EVERNESS

Ian McDonald

EVERNESS

L'odyssée des mondes

Traduction de Jean Esch

GALLIMARD JEUNESSE

Titre original : *Planesrunner*
(Volume 1 of the *Everness* Series)
Édition originale publiée par Pyr,
un département de Prometheus Books, en 2011

Pour Enid, comme toujours.

1

La voiture était toute noire. Même les jantes, les pare-chocs et les vitres. Sur sa carrosserie luisante, la pluie ressemblait à des gouttes d'huile noire. Une voiture noire par une nuit noire. Everett Singh remonta jusqu'au menton la fermeture Éclair de sa parka et mit sa capuche pour se protéger du froid, en regardant la voiture rouler au ralenti derrière son père, qui remontait le Mall sur sa bicyclette. Sale temps pour faire du vélo. Les branches des arbres fouettaient l'air. Le vent est l'ennemi du cycliste. Les décorations de Noël de l'Institut d'art contemporain claquaient bruyamment. Everett avait remarqué que chaque année, quand la municipalité de Hackney installait ses lampions et ses guirlandes, une tempête les flanquait par terre. Il avait suggéré aux membres du conseil de les installer une semaine plus tard, mais ils n'avaient même pas répondu à son courriel. Cette année, la tempête était fidèle au rendez-vous et les décorations jonchaient la grand-rue. Everett Singh avait un don pour noter ce genre de choses : les phénomènes récurrents, les comportements, les connexions et les coïncidences.

C'est ainsi qu'il avait remarqué la voiture. Elle n'avait pas déboîté pour doubler Tejendra sur sa bicyclette, en le frôlant agressivement. Non, elle avançait lentement derrière lui. À Londres, les voitures ne se comportaient pas de cette façon, pas avec les vélos, et certainement pas un lundi soir, sous la pluie et dans le froid, dix jours avant Noël. Son père ne s'était certainement pas aperçu de sa présence. Dès qu'il enfourchait sa bicyclette, il ne se rendait plus compte de rien. Il s'était mis au vélo après sa séparation d'avec la mère d'Everett. Il se déplaçait plus vite, affirmait-il, il allégeait son empreinte carbone et cela le maintenait en forme. Everett l'avait signalé sur Pèredivorcé.com. Au départ, ce site animé des meilleures intentions devait être un espace où « les enfants pouvaient partager la douleur de la séparation parentale ». Les enfants en question s'en étaient emparés et l'avaient transformé en forum pour décrire les comportements embarrassants de leurs pères. De l'avis général, l'achat d'un VTT à double suspension de quatre mille livres sterling, alors que l'obstacle le plus élevé qu'il avait à franchir était un ralentisseur, était typique des pères qui se séparaient de leurs épouses. Un internaute se demandait pourquoi il n'avait pas plutôt acheté une Porsche, comme tout le monde. *Parce que mon père n'est pas comme tout le monde,* avait répondu Everett.

Les autres pères donnaient à leurs fils des noms de footballeurs ou de vedettes de la télévision. Tejendra, lui, avait choisi le nom d'un savant mort. Les autres pères emmenaient leurs fils chez Pizza Express après le football. Tejendra organisait des « soirées cuisine » dans son nouvel appartement. Après chaque match de Tottenham à domicile, Everett et lui préparaient un festin avec les spécialités culinaires d'un pays différent. Tejendra aimait cuisiner thaï. Everett était doué pour la cuisine mexicaine. Les autres pères emmenaient leurs fils au *Laser Quest,* au kart ou au cours de surf. Tejendra emmenait son fils à des conférences à l'ICA, l'Institut d'art contemporain, sur les nanotechnologies, les économies alternatives et les conséquences de la raréfaction du pétrole. Everett Singh trouvait ça super : ce qui était différent n'était jamais ennuyeux.

Tejendra continuait à pédaler sur le Mall, tête baissée face au vent et à la pluie, tout de Lycra vêtu, paré de couleurs fluorescentes, de catadioptres et de réflecteurs, toujours suivi par la grosse berline allemande noire. Les pères pendjabis ne devraient pas porter du Lycra, pensa Everett. Il le salua en agitant le bras. Les bâtons fluorescents qu'il avait fixés aux poignets de sa parka dessinèrent des traînées éclatantes dans l'air. Tejendra leva la tête, adressa un signe de la main à son fils et se mit à vaciller. C'était un très mauvais cycliste. Il avançait presque à reculons face au vent qui descendait de Constitution Hill en gémissant. Pourquoi la voiture noire ne le doublait-elle pas ? Il ne dépassait certainement pas les dix kilomètres / heure. Ah, voilà. Elle déboîta dans un rugissement rauque, se rabattit devant la bicyclette et s'arrêta. Tejendra donna un grand coup de guidon, freina et faillit tomber.

– Papa ! s'écria Everett.

Trois hommes jaillirent de la voiture. Ils portaient de longs vêtements sombres. Everett vit que son père s'apprêtait à leur dire sa façon de penser. Leurs gestes étaient rapides et sûrs. L'un d'eux tordit le bras droit de Tejendra dans son dos. Un deuxième le poussa sur la banquette arrière. Le troisième ramassa le VTT sur la chaussée, ouvrit le coffre et le lança à l'intérieur. Des portières claquèrent et la voiture noire se faufila dans le flot de la circulation. Rapidité et assurance. Everett demeura hébété, le bras levé. Il n'était pas sûr de croire à ce qu'il venait de voir. La voiture noire fonçait dans sa direction. Il recula sous les arcades qui longeaient la façade de l'ICA. Les bâtons fluorescents de sa parka étaient comme un phare ! Il sortit son téléphone. La voiture passa à toute allure devant lui. Tejendra formait une tache jaune derrière les vitres fumées. Everett s'avança pour prendre une photo, deux, trois, quatre. Il mitrailla jusqu'à ce que la voiture noire disparaisse en contournant le Victoria Memorial.

Il fallait qu'il fasse quelque chose. Mais il était pétrifié. Sûrement ce qu'on appelait l'état de choc. Le stress post-traumatique. Pourtant, il aurait pu réagir de différentes façons. Il s'imagina courant après la voiture noire, ventre à terre, sur le Mall pluvieux, pourchassant la berline au milieu des embouteillages. Jamais il ne la rattraperait. Elle avait trop d'avance. La ville était trop grande. Il ne pourrait pas courir aussi loin, aussi longtemps, aussi vite. Il pourrait peut-être arrêter un taxi et lui demander de suivre cette voiture. Son père lui avait dit un jour que chaque chauffeur de taxi rêve d'entendre prononcer cette phrase. Mais à supposer qu'il parvienne à retrouver la voiture noire dans la circulation londonienne, que pourrait-il faire contre ces trois costauds qui avaient soulevé son père comme un simple chaton ? Il n'était pas dans une bande dessinée. Les super-héros n'existaient pas. Il pourrait demander aux personnes blotties sous leurs parapluies qui venaient assister à une conférence sur les nanotechnologies : « Vous avez assisté à la scène ? Vous avez vu ? » Il pourrait interroger les employés à l'entrée avec leurs chemises chics. Mais ils étaient trop occupés à accueillir les gens, ils n'avaient rien vu. Et même s'ils avaient vu quelque chose, que pourraient-ils faire ? En définitive, il n'y avait qu'une solution. Il composa le numéro de la police sur son portable.

– Allô ? La police ? Je m'appelle Everett Singh. Je suis devant l'ICA, sur le Mall. Mon père vient d'être enlevé.

2

Le poste de police empestait. Il venait d'être refait et l'odeur de peinture industrielle s'était répandue partout, de l'accueil à la salle d'interrogatoire. Everett savait qu'il ne sentirait rien d'autre pendant plusieurs jours. Déjà, il avait le tournis. Mais peut-être était-ce à cause des néons, des radiateurs trop chauds et de la sécheresse de l'air climatisé, ou à cause de la chaise qui lui appuyait derrière les genoux et lui coupait la circulation, si bien qu'il avait des fourmis dans les jambes... ou de l'une de ces dizaines de choses qui, dans les postes de police, incommodaient les citoyens ordinaires, sans que les policiers en aient conscience.

– Pourrais-je avoir un peu d'eau, s'il vous plaît?

– Bien sûr, Everett.

Ils étaient deux: un homme et une femme. C'était la femme, chargée de l'aide aux familles des victimes, qui parlait. Elle voulait se montrer chaleureuse, pleine d'empathie, rassurante. Everett lui donnait une trentaine d'années; elle était un peu rondelette, avec des cheveux décolorés trop défrisés qui grossissaient son visage. On aurait dit une comédienne jouant le rôle d'une femme agent de police, pensa-t-il. Elle s'était présentée, mais il n'avait jamais été doué pour retenir les noms. Leah, Leanne, Leona... un truc comme ça. Les policiers ne donnaient jamais leur nom de famille.

L'homme qui prenait des notes était l'exact opposé de Leah-Leanne-Leona. Il avait des joues creuses et une moustache comme en portaient les policiers dans les séries télé des années 1970, celles que Tejendra regardait sur Channel Dave. Il paraissait désabusé, comme si plus rien ne pouvait le surprendre, mais il devait se tenir prêt pour le jour où le monde lui offrirait quelque chose de sérieux à se mettre sous la dent. Il s'appelait Milligan. Ce qui plaisait beaucoup à Everett. Leah-Leanne-Leona répondit favorablement à la demande d'Everett, mais ce fut Moustache Milligan qui alla chercher de l'eau dans le frigo au fond de la pièce.

– Tu étais donc à l'Institut d'art contemporain ?

Leah-Leanne-Leona prononçait ces mots comme s'il s'agissait de l'endroit le plus bizarre et pervers où un père pouvait emmener son fils ; on frôlait le mauvais traitement à enfant.

– Une idée de son père, expliqua la mère d'Everett.

Après avoir alerté la police, il avait téléphoné chez lui. Ça s'était mal passé. Tout d'abord, sa mère ne l'avait pas cru. Enlevé ? Sur le Mall, un lundi soir, à l'heure de pointe ? Il inventait, il voulait faire son intéressant, ce genre de choses n'arrivait pas, ne pouvait pas arriver. Pas sur le Mall. Pas dix jours avant Noël.

– Maman, je les ai vus emmener papa.

Elle l'accusa d'être malveillant, de vouloir se venger.

– Je sais que tu m'en veux à cause de ton père, Everett. Il ne reviendra pas. On doit s'y habituer. On doit sauver la famille, veiller sur nous. Je sais ce que tu ressens. Tu crois que je n'éprouve rien, moi ?

– Écoute-moi, maman. Il n'est pas question de ce que je ressens. Je les ai vus enlever papa, sur le Mall, dans une grosse Audi noire. Ils ont même emporté son vélo.

Le pire, ce fut quand il lui annonça qu'il se trouvait au poste de police de Belgravia. Elle adopta un ton cassant, comme quand elle voulait le culpabiliser. Quelle honte ! N'avait-il donc aucun amour-propre ? En fait, il n'était guère différent des frères Virdi. Eux aussi passaient leur temps au poste de police. Où allait-elle bien pouvoir trouver un avocat à cette heure-ci ? En demandant à Milos, peut-être. Il était toujours là pour rendre service.

– Maman... Maman... Écoute-moi, bon sang ! Je n'ai pas besoin d'un avocat. Je suis à la police pour remplir une déposition, c'est tout. Mais ils ne peuvent rien faire tant que tu n'es pas là.

Il fallut à sa mère une heure et demie pour venir de Stokie[1], en roulant au pas, puis une heure pour se plaindre du manque de places de stationnement et de la taxe anti-embouteillage, sans compter qu'elle avait dû laisser Victory-Rose à Mme Singh mère. Cette vieille sorcière d'Ajeet ne manquait jamais l'occasion de fourrer de mauvaises idées dans la tête de la fillette. De plus, cet endroit empestait la peinture. Elle trouva Everett assis sur un banc, connecté à Facebook sur son smartphone et mangeant une barre de Twix achetée au distributeur. L'agent posté à l'accueil lui avait apporté un café. Comme il s'y attendait, c'était un infect jus de chaussette. Laura Singh s'assit à côté de lui et parla tout doucement, très vite, car elle aurait eu honte qu'on l'entende. Elle voulait qu'Everett sache qu'elle ne lui reprochait rien. Rien du tout. C'était typique de son père. Il entraînait son fils dans le pétrin et, ensuite, il disparaissait.

– Maman...

– Madame Singh ?

– Braiden.

Depuis quand se faisait-elle appeler ainsi ? L'inspectrice Leah-Leanne-Leona se présenta et les entraîna dans des couloirs qui semblaient avoir été peints avec la sueur prélevée dans la salle d'interrogatoire.

– On va souvent écouter des conférences à l'ICA, expliqua

1 Surnom donné à Stoke Newington, quartier de Londres

Everett en regardant la femme policier droit dans les yeux, les mains posées à plat sur la table. Sur les sciences économiques expérimentales, les nanotechnologies... Tout un tas de grands concepts. Ils reçoivent même des prix Nobel.

Le regard de Leah-Leanne-Leona devint vitreux, mais Everett remarqua que Moustache Milligan avait correctement orthographié *nanotechnologies* dans son carnet.

– OK, Everett. C'est bien que tu aies encore des choses à partager avec ton père. Des trucs d'hommes. Ton père devait te retrouver devant l'ICA après son travail ?

– Il arrivait de l'Imperial College.

– C'est un savant, expliqua la mère d'Everett.

Elle essayait de le devancer, comme si la police attendait la moindre réponse erronée ou irréfléchie pour contacter les services sociaux afin qu'ils placent Everett et sa petite sœur Victory-Rose dans une famille d'accueil.

– Il est physicien théoricien, précisa Everett.

Moustache Milligan haussa un sourcil. Everett avait toujours rêvé de pouvoir en faire autant.

– Dans quel domaine ? demanda le policier.

Les narines de sa supérieure se dilatèrent. C'était elle qui posait les questions.

– La théorie quantique. La théorie des mondes multiples d'Everett. Hugh Everett. C'est lui qui l'a développée. On m'a donné son nom : Everett Singh. Les méta-univers, les univers parallèles, tout ça, quoi.

Everett remarqua que Moustache Milligan avait noté *pas nucléaire* dans son carnet à côté du mot *physicien.*

– Ça veut dire quoi, « pas nucléaire » ? interrogea-t-il.

Le policier parut embarrassé.

– Tu es au courant des problèmes de sécurité actuels. Si ton papa avait été un physicien nucléaire, ça aurait pu poser un problème.

– S'il pouvait fabriquer des bombes atomiques, c'est ça?

– Nous devons envisager toutes les formes de menace.

– Par contre, s'il ne fabrique pas de bombes atomiques, si c'est un simple physicien quantique, il ne représente aucune menace. Et donc, il est moins important.

– Everett! s'exclama sa mère.

Il était en colère, il en avait assez de ne pas être pris au sérieux. Que ce soit au poste de police de Belgravia ou dans la salle d'informatique de son lycée, c'était toujours, toujours, toujours pareil. Moquons-nous du geek. Il n'avait rien demandé, lui! Il devait juste assister à une conférence avec son père. Il savait bien qu'il ne fallait pas espérer que le monde soit juste, mais qu'au moins on le laisse tranquille de temps en temps.

– Vous connaissez la théorie des mondes multiples? demanda Everett.

Il se pencha en avant sur la table. Les personnes qui l'avaient précédé à cette place avaient dessiné des spirales et des cubes ou griffonné des noms d'équipes de football sur le revêtement en plastique qui s'écaillait.

– Chaque fois qu'un événement infime, la moindre petite chose, se produit, l'univers se ramifie. Il y a un univers où la chose s'est produite et un univers où elle ne s'est pas produite. À chaque seconde, chaque microseconde, chaque jour, de nouveaux univers naissent en parallèle de celui-ci. Pour chaque événement possible, il existe un univers, quelque part, juste à côté de celui-ci. (Everett traça un trait dans le vide.) Un milliard d'univers, juste là, au moment où je vous parle. Tous les univers possibles existent quelque part. Ce n'est pas une invention de je ne sais qui, c'est une véritable théorie physique. Voilà ce que signifie la physique: du concret, du solide. Ça ne vous paraît pas aussi important? Moi, je trouve qu'il n'y a rien de plus capital!

– Très intéressant, Everett.

La tasse de Leah-Leanne-Leona s'ornait d'un vilain dessin représentant un gros chat couché sur le dos, les pattes en l'air, qui disait : *Je boirais bien un thé, moi !*

– Ne fais pas perdre leur temps à ces messieurs dames, Everett, ça ne les intéresse pas, dit sa mère. Il n'y a aucun rapport.

– Ces gens n'ont pas enlevé papa sans raison, souligna le garçon.

– C'est justement ce qu'on essaie d'établir, dit l'inspectrice. Quelqu'un d'autre a-t-il vu cette voiture et les trois hommes ?

Everett sentit toute son énergie s'envoler. Cette femme avait ouvert la valve de sa colère et celle-ci s'était échappée dans un sifflement.

– Non, murmura-t-il.

– Pardon, Everett ?

– J'ai dit « non ».

Il aurait dû s'adresser aux employés de l'ICA, aux gens qui venaient assister à la conférence, qui promenaient leurs chiens ou faisaient leur jogging malgré le mauvais temps. « Vous avez vu ? » Mais on ne pense pas à ce genre de choses quand votre père, qui roulait à vélo quelques instants plus tôt, se retrouve poussé à l'arrière d'une grosse Audi noire.

– J'ai des photos sur mon téléphone, dit-il. Je peux vous les montrer.

Quelques mouvements du pouce et elles apparurent sur le petit écran. Il les fit défiler une par une. Elles n'étaient pas cadrées, les feux arrière des voitures formaient des taches floues. Si vous ne saviez pas de quoi il s'agissait, impossible de reconnaître une scène d'enlèvement. Les deux policiers semblaient plus que sceptiques. Everett s'arrêta sur une photo plus claire que les autres : l'intérieur de l'Audi était éclairé par les phares d'un véhicule venant en sens inverse.

– Vous voyez cette tache jaune au milieu de la vitre arrière ? C'est mon père !

Il déplaça la photo vers le haut pour faire apparaître la plaque d'immatriculation. La résolution de ces téléphones à écran tactile était médiocre, mais en agrandissant au maximum, on parvenait à discerner les lettres et les chiffres.

– C'est une chose que vous pouvez vérifier.

– On pourrait améliorer l'image informatiquement, dit l'inspecteur Milligan.

– On va devoir conserver ton téléphone, ajouta Leah-Leanne-Leona. Un jour ou deux, pas plus.

– Je ne veux pas vous le donner.

– Donne-leur ton portable, Everett, ordonna sa mère. Qu'on puisse s'en aller. Dieu seul sait ce qu'Ajeet a pu raconter à Victory-Rose.

Elle s'adressa à Leah-Leanne-Leona, entre adultes :

– Franchement, il passe beaucoup trop de temps à lire ces histoires de complots sur des sites Internet. Vous devriez faire quelque chose à ce sujet, d'ailleurs. Il faudrait les interdire.

– Je veux bien vous donner la carte, dit Everett. (Avec son ongle, il éjecta la puce mémoire de son emplacement.) Les photos sont dessus.

Il la posa au milieu du bureau. Personne ne fit un geste pour la prendre.

– Vous me croyez, hein ?

– Je m'en occupe, promit Moustache Milligan.

Il déposa la puce dans un sachet en plastique transparent et hermétique.

– Il y a certaines choses qu'on voudrait te dire, reprit Leah-Leanne-Leona. Par mesure de précaution. Au cas où. Si tu veux nous aider, garde tout ça pour toi, d'accord ? N'en parle à personne, ni sur Twitter ni sur Facebook. Et si quelqu'un te contacte, s'il s'agit de M. Singh…

– Professeur Singh.

– Oui, si tu veux. Si c'est le Pr Singh en personne, ou même quelqu'un d'autre, préviens-nous. Peu importe ce qu'ils te disent. S'il a été enlevé pour obtenir une rançon, les ravisseurs disent toujours de ne pas alerter la police. Ne les écoute pas. Préviens-nous immédiatement.

– Une rançon ? s'exclama Laura. Oh, mon Dieu ! Pourquoi nous avoir choisis, nous ? On n'est pas riches. On tire le diable par la queue. On ne peut pas payer une rançon !

– « Si » ? répéta Everett. Vous avez dit : « S'il a été enlevé pour obtenir une rançon. » Il existe d'autres genres d'enlèvements ?

– Veux-tu que je dresse la liste ? demanda Moustache Milligan. Très bien. Mais laisse-moi te dire une chose : tu ne seras pas plus rassuré pour autant. Il y a ce qu'on appelle les *tiger kidnappings*. Généralement, une personne proche d'un directeur de banque est retenue en otage pendant que celui-ci vide les coffres. Ensuite, il y a les enlèvements pour procéder à des échanges d'otages. Il y a aussi les enlèvements de spécialistes : un médecin est kidnappé afin de soigner un gangster blessé au cours d'une fusillade. Et puis, il y a les enlèvements express. Des individus te séquestrent et tous les jours ils t'accompagnent au distributeur de billets pour retirer la limite autorisée, jusqu'à ce que ton compte soit vide. Comme tu vois, petit, c'est un business florissant. À côté de cela, on a les personnes qui disparaissent, tout simplement. Du jour au lendemain. C'est le cas le plus fréquent.

Moustache Milligan leva son stylo et regarda Everett droit dans les yeux.

– Maintenant, si tu veux bien faire ta déposition, ta mère et toi vous pourrez rentrer à la maison et nous laisser retrouver ton père.

Everett se renversa contre le dossier de son siège et respira les odeurs de peinture.

– OK. Je suis allé à Londres après les cours pour retrouver mon père…

3

Durant tout le trajet jusqu'à l'A10, Laura ne dit mot. Ses doigts pianotaient sur le volant et elle marmonnait les paroles des chansons qui passaient à la radio. Everett avait envie de balancer un coup de poing dans l'appareil, d'appuyer sur n'importe quel bouton, de choisir n'importe quelle station, pour peu qu'il y ait du bruit, du rythme, de la vie. Tout plutôt que d'écouter sa mère se tromper dans les paroles !

Il bouillonnait. *Clown Control to Mao Tse Tung...* «*Non! Ground control to Major Tom!* avait-il envie de hurler. *Major Tom Major Tom Major Tom!* Ne chante pas n'importe quoi, maman.» Cette chanson avait quarante ans et, pourtant, il la connaissait mieux que sa mère.

Quand enfin ils arrivèrent à Evercreech Road pour récupérer Victory-Rose, il comprit. C'était l'expression de la colère ; une colère d'un genre qu'il n'avait rencontré qu'une seule fois avant aujourd'hui. Le jour où, revenant de l'entraînement de foot, il avait trouvé toutes les lumières allumées chez lui, dans toutes les pièces ; les portes étaient ouvertes et la radio braillait, d'un bout à l'autre de la maison, pendant que sa mère passait la serpillière sur le sol de la cuisine, frénétiquement, en chantant en même temps que Girls Aloud.

– Maman, qu'est-ce que tu fais ?

– Ce sol est dégoûtant. Il empeste. C'est répugnant. Un sol de cuisine ne doit pas sentir mauvais. Il y a des choses dégoûtantes écrasées entre les carreaux. Et je t'interdis de marcher avec ça sur mon sol tout propre !

Elle désignait les chaussures de football d'Everett. Il les ôta et resta en chaussettes sur les marches en béton froid.

– Tout va bien ? demanda-t-il.

– Oui, très bien.

– Tu es sûre ?

– Oui, certaine. Absolument certaine.

– Tu as déjà nettoyé trois fois ce coin-là.

– Non.

– Si, je t'assure.

– Et alors ? Il a besoin d'être nettoyé. C'est dégoûtant. Toute cette maison est dégoûtante. Rien ne reste jamais propre. Pourquoi est-ce que rien ne reste propre ?

– Ça va, maman ?

– Oui, ça va. OK ? Je te le répète : tout-va-bien. Pourquoi tu n'arrêtes pas de me demander si ça va ? Évidemment que ça va, ça va toujours. Il faut bien que ça aille. Il faut que quelqu'un aille bien, et c'est toujours moi. Oh, ferme-la, toi, ferme-la ! Arrête ce stupide bavardage ! hurla-t-elle à la radio.

Elle s'acharna sur les boutons de réglage et arracha la prise du mur, finalement. Everett était gêné, honteux, effrayé. C'était une chose qu'il n'aurait pas dû voir. Les murs de son monde protégé et prévisible étaient devenus des parois de verre, et à travers, il entrapercevait des formes gigantesques, monstrueuses et menaçantes.

– Je suis navrée, dit sa mère. Everett… Ton père et moi… Il va… Il ne rentrera pas à la maison… On pense qu'il est préférable qu'on se sépare un moment. Je ne sais pas combien de temps. Longtemps, peut-être. Peut-être… pour toujours.

Voilà comment Everett Singh avait découvert que la vie de

famille qu'il avait toujours connue était terminée, en chaussettes sur les marches en béton froid du perron, son blazer d'école enfilé sur sa tenue de gardien de but. Ses chaussures de football à la main. Tandis que sa mère tenait une serpillière. Avec la radio qui hurlait une chanson des Girls Aloud. En vérité, cette vie était terminée depuis longtemps, comprit-il. Ses parents lui avaient menti pendant des années.

Il avait vu la Colère neuf mois, deux semaines et trois jours plus tôt. Il avait espéré ne jamais la revoir, mais elle était là, dans la voiture. Grand-mère Singh avait appris à Victory-Rose une chanson pendjabie, que la fillette chantait à tue-tête, et faux, pendant que sa mère l'attachait sur son siège-enfant. Laura mit un disque de comptines.

– On chante notre chanson, V-R ? Notre chanson préférée ? D'accord ? Hein ?

Elles chantèrent ensemble, à tue-tête et faux, jusqu'à South Tottenham et Stamford Hill.

« Je ne suis pas coupable, pensa Everett. Il n'y a pas de coupable. Mais il te faut quelqu'un pour passer ta colère, comme un paratonnerre, alors ce sera moi. Comme toujours. » Il comprenait ce fonctionnement maintenant. Si sa mère pouvait chanter ses propres paroles, sa propre interprétation, elle gardait le contrôle, même s'il s'agissait simplement d'une chanson.

Il se remémora le contenu de sa déposition. « Vers dix-sept heures quarante-cinq, le 15 décembre, j'étais assis devant l'Institut d'art contemporain, sur le Mall, avait lu Moustache Milligan. J'avais rendez-vous avec mon père, le Pr Tejendra Singh, à dix-huit heures pour assister à une conférence sur les nanotechnologies. J'ai vu mon père remonter le Mall sur sa bicyclette. Il arrivait de son bureau à l'Imperial College et portait une tenue adaptée, voyante. J'ai remarqué qu'il était suivi par une voiture noire aux vitres teintées, de marque allemande, sans doute une Audi. J'ai remarqué également que cette voiture roulait étonnamment lentement, sans que mon père semble la remarquer. À une centaine de mètres de moi, la voiture a déboîté brusquement, elle a dépassé mon père et pilé devant lui, l'obligeant à faire un écart et à s'arrêter. Trois hommes sont sortis du véhicule. Deux d'entre eux se sont emparés de mon père et l'ont poussé à l'arrière de la voiture. Le troisième a mis le vélo dans le coffre. Puis la voiture est repartie en direction de Constitution Hill. J'ai pris une série de photos avec mon téléphone portable, mais je n'ai pas crié ni tenté d'alerter des passants. »

– C'est bien cela ? avait demandé Leah-Leanne-Leona.

– Oui, je pense.

Ce récit lui paraissait bien succinct et plein de trous. Il n'y avait pas de témoins, uniquement la parole d'Everett et une photo un peu floue prise avec un portable qui, quand on la regardait d'un œil neutre, pouvait représenter n'importe quoi.

– C'est correct, Everett ? demanda l'inspectrice.

– Oui.

– Signe ici. Appuie fort, à cause du carbone.

Dans sa chambre, dans son espace, loin du vacarme, Everett ouvrit Dr Quantum. Son père lui avait offert cette tablette pour son dernier anniversaire. Un beau cadeau, le plus beau. Ça faisait un peu trop ordinateur pour son âge ; il était encore un enfant à l'époque. Sa mère lui avait immédiatement interdit de l'emporter à l'école, et même de l'exhiber. Everett avait obéi, pour une fois. Il avait de la jugeote et il était vif, plus vif que les gens l'imaginaient de la part d'un geek ; voilà pourquoi il était le gardien de but de l'Équipe Rouge.

Boîte mail. Ouvrir sujet : *enlèvement Mall.* Un rapide déplacement de l'index sur l'écran, une petite tape et il se retrouva dans son dossier photos. Il écarta les doigts comme un oiseau déploie ses ailes. La photo envahit tout l'écran. Il zooma sur la petite tache jaune fluo à l'arrière de la voiture. C'était bien son père; il pouvait presque distinguer le logo noir Assos sur la veste imperméable.

Règles de survie au XXIe siècle: ne jamais confier à la police votre photo unique.

La sonnette de la porte d'entrée retentit. Occupé à examiner la photo pixel par pixel, Everett l'entendit à peine. Il y avait toujours quelqu'un qui sonnait, pour essayer de vendre quelque chose, malgré l'écriteau qui disait, poliment: *Nous n'achetons rien aux démarcheurs*. Puis il perçut la voix et le bruit des chaussures sur le parquet du vestibule. Des pas traînants, un accent d'Irlande du Nord. Paul McCabe. Everett entrouvrit la porte de sa chambre. Paul McCabe se tenait dans le vestibule, le dos voûté dans son imperméable. Plus personne ne portait ce genre de vêtement depuis quarante ans. On aurait dit un détective privé de seconde zone. Il donnait toujours l'impression de rôder, la tête dans les épaules, coupable d'un méfait quelconque. Même dans son bureau à l'Imperial College, il n'avait jamais l'air d'être chez lui, comme s'il était entré là par hasard, un jour, dans les années 1980 et attendait depuis que quelqu'un s'aperçoive de sa présence et le flanque dehors.

Il s'adressait à Laura à voix basse, d'un ton hésitant. En ayant l'air de s'excuser, comme toujours. Sans doute avait-il entendu la porte de la chambre s'entrouvrir car il tourna la tête vers Everett.

– Everett! Ah, ah, ça va? Bien, bien. Terrible affaire, terrible. Ma sympathie la plus sincère. La police nous a appelés. Au département, tout le monde est affreusement bouleversé, affreusement. Colette est folle d'angoisse, totalement folle d'angoisse.

Impossible de reculer désormais. Everett avait grandi dans

l'univers du département de physique, courant en toute liberté entre les salles de cours et les laboratoires, les tableaux blancs couverts de symboles et le matériel de recherche ultra-sophistiqué avec ses mystérieux autocollants jaunes: *Laser! Radiations! Risque nanotechnologique!* Le personnel de l'université était une deuxième famille, mais Paul McCabe, le chef du département, lui avait toujours semblé trop jovial, tel un oncle dont on a un peu honte. Paul McCabe plissa la bouche, comme s'il avait goûté des mots immangeables.

– En fait, Everett, c'est toi que je viens voir.

Il paraissait mal à l'aise dans le salon, assis au milieu du canapé, les mains croisées sur les genoux. Il n'avait pas ôté son imperméable. Dans la cuisine, Laura préparait le thé, chose qu'elle ne faisait jamais après vingt et une heures en temps normal. La théine l'empêchait de dormir. Seules les petites lampes étaient allumées et les lumières clignotantes du sapin de Noël projetaient une lueur inquiétante sur le visage du scientifique.

– La police m'a appelé au sujet de ton père, Everett. Incroyable, tout bonnement incroyable. Sur le Mall! En plein jour… enfin, tu vois ce que je veux dire. C'est incroyable, tout bonnement incroyable, dans le Londres d'aujourd'hui, que la scène n'ait pas été filmée par une caméra. Nous sommes la nation la plus surveillée au monde.

– J'ai une photo de la voiture. Avec le numéro d'immatriculation.

Paul McCabe se leva.

– Ah oui? Vraiment? («Vous ressemblez à un suricate», pensa Everett.) Excellent! Ils devraient pouvoir en tirer quelque chose.

– Que vous a demandé la police?

Laura tira une table basse et y déposa une tasse de thé. Paul McCabe refusa d'un geste un Kit-Kat.

– Merci, merci, mais le chocolat me donne de terribles migraines. Terribles. La police ? Oh, la procédure habituelle. Quoi, où, quand. Ton papa était-il stressé ces derniers temps ? Avions-nous remarqué un… comportement insolite de sa part ?

– Eh bien ?

Paul McCabe écarta les mains d'un air contrit.

– Tu me connais, Everett. Je suis toujours le dernier à savoir ce qui se passe dans mon propre département. Mais, si tu le permets, je pourrais peut-être te retourner la question.

– Comment ça ?

– As-tu vu ton père se comporter de manière étrange récemment ?

Le garçon fit défiler dans sa tête des bribes de souvenirs fugaces, des samedis après-midi, des dimanches matin, comme des instantanés. Leurs conversations sur Skype, quand il se retrouvait en train de parler dans le vide parce que son père avait la tête ailleurs. La fois où, au stade, il avait complètement loupé un super but de Danny Rose parce qu'il lisait un message sur son iPhone. Le soir où, sur son vélo, il était passé sans s'arrêter devant Everett, à l'entrée de la Tate Modern, lors de l'inauguration de l'exposition Rothko. Tous ces moments où Tejendra Singh semblait évoluer dans un autre monde. Mais un fil reliait tous ces instants d'étrangeté.

– Vous connaissez le principe de la double fente ?

– Hein ? L'expérience ?

– Oui. Un classique. D'après papa. L'expérience qui montre que la réalité est quantique. Au départ, on s'interroge sur la nature de la lumière : est-ce une particule ou une onde ? C'est très simple, il y a juste la lumière et les ombres. Mais quand on y regarde de plus près, très attentivement, dans le détail, ce n'est pas l'une ou l'autre. C'est les deux. Les deux mais aussi ni l'une ni l'autre. Papa voulait vraiment que je comprenne, que je voie comment ça marche. Il m'expliquait encore et encore. La particule ne traverse pas deux fentes en même temps; elle traverse une fente dans cet univers, et l'autre fente dans un autre univers.

– C'était quand, ça, Everett?

Paul McCabe tenait sa tasse à deux mains et observait le garçon par-dessus le bord comme un oiseau malin. Il but une gorgée de thé.

– Juste après la rentrée scolaire. On parlait toujours de physique, évidemment, mais soudain, on aurait dit qu'il avait vraiment besoin que je comprenne. Peut-être parce que je venais d'entrer en troisième. Et vous savez quoi? J'ai compris. Je voyais comment ça marchait, je savais ce que ça signifiait. J'ai compris la théorie des mondes multiples.

– Tu connais la phrase de Richard Feynman, hein?

– «Je pense pouvoir dire, sans risque de me tromper, que personne ne comprend la mécanique quantique.»

Everett soutint le regard du scientifique Celui-ci tourna la tête. Avec lui, rien n'était jamais direct. Everett s'était rendu assez souvent dans son département à l'université pour voir comment il fonctionnait avec son équipe: une suggestion par-ci, une allusion par-là.

– Et si moi je comprenais?

– Tu serais le plus grand physicien de ta génération. Ou de toutes les générations.

Paul McCabe reposa sa tasse sur la table basse sans même troubler la surface du thé. Puis il tapa sur ses genoux, avec énergie.

– Bon, je ferais bien d'y aller. Je veux juste dire que c'est un drame effroyable, effroyable, et que tout le monde dans le département vous soutient. Le pire, c'est de ne pas savoir. Oui, c'est le pire. Mais je suis certain que tout va s'arranger, Everett.

Il se leva en arrangeant l'imperméable qu'il n'avait pas ôté.

– Merci, Laura. Si on peut faire quoi que ce soit pour vous aider…

Arrivé à la porte d'entrée, il se retourna. Derrière lui, la pluie tombait presque à l'horizontale. Le temps pourri s'était encore dégradé.

– Oh, j'oubliais, Everett ! Ton papa t'a-t-il donné quelque chose récemment ?

– Quel genre ?

– Une clé USB, un DVD, ou même un fichier transféré ?

– Je ne crois pas.

– Tu es sûr ?

– Oui.

Le garçon sentait la présence de sa mère derrière lui. Le vent froid venu de la rue s'engouffrait dans la maison.

– Bon, puisque tu es sûr… (Paul McCabe releva le col de son imperméable.) Pfft. Quelle sale nuit. Si jamais tu reçois quelque chose de ton père, auras-tu la gentillesse de me le faire savoir ? Pour toi, ça ne voudra peut-être pas dire grand-chose, mais pour nous, si. Ça pourrait nous aider. Tu me préviendras, hein ? Merci. Bonne soirée, Laura.

Il dut lutter contre la porte à cause du vent.

– Qu'est-ce que ça signifie, tout ça ? demanda Laura. J'ai toujours trouvé que c'était un bonhomme bizarre.

Everett savait ce que ça signifiait. Seules les deux dernières questions comptaient. Le reste, ce n'était qu'une petite comédie polie.

Le visiteur avait à peine touché à son thé.

4

Comment Everett avait-il pu ne pas entendre le ding de sa boîte de réception ? Réponse : il essayait d'identifier la petite voix de Paul McCabe à la porte. De plus, il n'utilisait pas beaucoup cette application ces derniers temps : au collège, l'échange de fichiers s'était ralenti depuis qu'Aaron Leigh avait reçu une lettre menaçante des avocats de Viacom. Quoi qu'il en soit, l'icône sautillait sur la barre d'outils en bas de l'écran. Un dossier l'attendait. D'un simple contact du doigt, Everett se retrouva connecté à sa boîte de réception, sur un serveur quelque part en Islande.

– Everett !

Sa mère avait une façon bien à elle d'insister sur la dernière syllabe de son nom, en montant dans les aigus, quand elle voulait lui faire comprendre qu'elle était exaspérée. Ever*ette*.

– Extinction des feux ! Il y a école demain.

– OK, maman.

Il pouvait éteindre la lumière et plonger sous sa couette avec sa tablette. Cela lui rappelait quand il était gamin, le visage éclairé par la lueur de l'écran, la couette soulevée comme une tente par son vieux netbook asthmatique posé sur le côté comme un vrai livre, pour regarder une rediffusion de *Doctor Who* avec iPlayer. C'était toujours mieux en hiver, les soirs d'orage, comme aujourd'hui, quand la pluie cinglait les carreaux et que le vent faisait trembler les gouttières. Sous la couette, c'était un autre monde. Le monde d'Everett.

Sa boîte de réception ne contenait qu'un seul dossier. *Infundibulum.* Aucune information sur l'expéditeur. Envoyé aujourd'hui même à vingt heures, alors qu'Everett était assis en face de Leah-Leanne-Leona et Moustache Milligan au poste de police de Belgravia. Taille : trente gigaoctets. Il ouvrit le dossier avec précaution, prêt à tout fermer au cas où jaillirait un virus dévoreur d'ordinateur. À l'intérieur se trouvaient un dossier, un fichier exécutable et une note dans Notepad. Ça ne ressemblait pas à un spam. Les malwares, les programmes nocifs, aimaient prendre l'apparence d'un jeu ou d'une mise à jour. Certains allaient même jusqu'à se déguiser en logiciel anti-malware. Celui-ci avait l'apparence d'un bon vieux fichier exécutable. Everett ouvrit un logiciel très malin qu'il avait échangé avec Abbas au collège : il pistait les adresses IP. À partir de là, il pourrait identifier l'expéditeur. Mais le logiciel d'Abbas fit chou blanc. L'adresse avait été masquée. Avec un truc genre iPredator, pensa Everett, un site suédois qui cryptait les adresses IP et les protégeait des regards indiscrets. Ça devenait exaltant.

Il n'y avait rien d'autre à faire : Everett cliqua sur la case « téléchargement ». Il n'y avait pas d'option « enregistrer » ou « exécuter ». Le fichier s'installa en même temps qu'il se chargeait. Des dizaines de barres vertes affolèrent l'écran ; elles se remplissaient à toute vitesse, libérant de nouvelles icônes, ouvrant de nouveaux menus. Les données provenant de sa boîte de réception s'enregistraient aussi vite que le permettait la connexion sans fil.

– Ouah ! fit Everett en essayant de cliquer dans les cases de fermeture.

Ça allait trop vite, même pour lui. Dr Quantum était assailli de toutes parts.

– Everett ? Tu es encore sur ton ordinateur ?

Ne pas répondre. Ne pas avouer. Il essayait de dompter les fenêtres frénétiques. Mais dès qu'il réussissait à en coincer une dans un coin de l'écran et à la fermer, une nouvelle s'ouvrait. Et soudain, l'écran devint noir.

– Oh, non, murmura-t-il, terrifié à l'idée d'avoir planté sa tablette.

Dr Quantum clignota, puis redémarra. Une nouvelle icône avait fait son apparition sur le bureau, au centre. Une tulipe blanche. *Infundibulum.* Everett laissa échapper un long soupir.

– Tu es quoi, toi ?

Il tapota deux fois sur l'icône. La tulipe déploya ses pétales numériques. L'écran se remplit de voiles lumineux et translucides qui s'enroulaient les uns autour des autres, fusionnaient comme des vagues qui se brisent au ralenti ou se traversaient, en répandant des embruns de pixels argentés fantomatiques. Tout était mouvement et métamorphose. Dès qu'Everett pensait avoir repéré un schéma, les bandeaux de lumière prenaient une nouvelle apparence, imprévisible. L'esprit d'Everett était parcouru par des images d'ailes de libellules, de méduses inquiétantes, de pétales transparents, de nuages de gaz interstellaire comme sur les photos du télescope Hubble, de fantômes de fantômes. Il pensa aux rideaux scintillants et tremblotants des aurores boréales au-dessus de la nuit arctique. Soudain, il remarqua le trait fin comme un cheveu au centre de l'écran. Il se développa en trois dimensions : de gauche à droite, de bas en haut et de l'avant vers l'arrière. Une petite palette d'outils flottait au bord de la fenêtre. Everett utilisa la loupe pour zoomer sur l'axe horizontal. À tous les degrés d'agrandissement, les images étaient identiques : des voiles de lumière, semblables à des ailes, à des anges ou aux boucles de cheveux incandescents de gigantesques divinités de l'espace. Aucune différence. Les grands motifs étaient composés des mêmes motifs en plus petits, eux-mêmes composés de motifs encore plus petits. Des voiles de lumière du début à la fin.

Il avait déjà vu ça. Enfant. Alors qu'il s'amusait sur l'ordinateur de la maison, il avait ouvert un programme parce qu'il aimait bien un mot : *Mathyka*. Ça évoquait un recueil de sortilèges ou la porte d'entrée d'un monde magique. Ce programme avait effectivement ouvert une porte, non pas sur un royaume mystique, mais sur l'éternité. Everett savait maintenant que cette chose qui évoquait un scarabée noir au centre de l'écran, entouré de halos et de serpentins aux couleurs éclatantes, semblables à des éclairs, s'appelait un ensemble de Mandelbrot. Il pouvait en programmer un, c'était facile. Il avait remarqué que les éclairs colorés qui partaient du scarabée noir renfermaient de petites taches noires. Quand il zooma sur l'une d'elles, il découvrit un nouveau petit scarabée, avec ses halos et ses éclairs de couleur, et ses taches qui, quand on les agrandissait, avaient une forme de scarabée noir, avec des halos, des éclairs et des taches noires qui devenaient des scarabées qui... Indéfiniment. Cette nuit-là, il avait fait un cauchemar. Il tombait dans l'œil noir au centre de l'ensemble de Mandelbrot, il tombait au milieu des éclairs colorés et à travers d'autres yeux noirs qui s'ouvraient sur un nouvel ensemble de Mandelbrot, et ainsi de suite.

– Jusqu'où ça va ? avait-il demandé à son père.

– C'est sans fin.

Ici, il ne s'agissait pas d'un ensemble de Mandelbrot, mais Everett reconnaissait le logiciel Mathyka que son père utilisait pour modéliser ses théories sur le fonctionnement de l'univers. C'était...

– Infundibulaire, murmura-t-il sous sa couette, éclairé par

la lumière de l'écran, tandis qu'au-dehors l'orage d'hiver se déchaînait. Il se rappelait où il avait déjà entendu ce mot.

Tejendra s'était converti tardivement à *Doctor Who*. Il était devenu fan de cette série quand il avait emménagé seul dans son appartement, où il pouvait la regarder à l'abri des critiques de Laura qui trouvait ça trop «débile». C'était tout juste bon pour les enfants, disait-elle. Le dimanche, après un match ou une promenade dans la Lea Valley, Everett et son père s'installaient devant la télé pour regarder la série, pendant que leur nouvelle création culinaire mijotait. «Infundibulaire, avait dit son père. Cette chose, c'est une sorte de cabine téléphonique. Plus grosse à l'intérieur qu'à l'extérieur. En mathématiques, il est facile d'avoir une chose beaucoup plus grosse à l'intérieur qu'à l'extérieur. S'ils étaient intelligents, ils construiraient les cabines sur le principe infundibulaire, c'est-à-dire que plus on s'enfonce à l'intérieur, plus ça devient grand. Il y aurait une cabine plus petite à l'intérieur de la cabine, mais elle serait plus grande que celle qui la contient, et à l'intérieur de celle-ci, une autre cabine encore plus petite, mais plus grande à l'intérieur, etc. si bien qu'en arrivant au cœur, elle serait plus petite qu'un électron, sauf qu'à l'intérieur, elle serait plus grande que tout l'univers visible.»

Infundibulum. Plus on avançait à l'intérieur, plus ça devenait grand. Pour Everett, cela ne faisait plus aucun doute: il savait qui lui avait envoyé ce dossier anonyme. De même, il était convaincu que la dernière question de Paul McCabe, juste avant de partir, concernait ce dossier. Le savant avait essayé de prendre un ton désinvolte, mais c'était l'unique raison de sa visite. Soudain, Everett sentit la peur lui nouer l'estomac. Paul McCabe connaissait l'existence de cet Infundibulum, et il y attachait beaucoup d'importance. Savait-il ce que c'était, précisément? Pour Everett, c'étaient des schémas mathématiques mystérieux que lui avait envoyés son père, à lui et à lui seul. Pour Paul McCabe, c'était suffisamment important pour qu'il fasse une heure et demie de voiture afin de poser la question mine de rien. N'y avait-il pas accès? Son père tenait-il à ce qu'il ne l'ait pas en sa possession? Ne faisait-il pas confiance à son chef de département? Everett était-il la seule personne à qui son père pouvait se fier?

Il fit disparaître les tourbillons fantomatiques, silencieux et hypnotiques, pour revenir sur sa boîte de réception. Le dossier avait été chargé à vingt heures. Son père avait été enlevé à dix-huit heures. Everett était prêt à parier que ses ravisseurs ne lui avaient pas donné un ordinateur en disant: «Désolés, on avait oublié. Allez-y, envoyez ce dossier rempli de mathématiques absconses.»

Il repensa au message joint. Quatre mots: *Pour toi uniquement, Everett.* Pas de nom, pas de signature. *Pour toi uniquement, Everett.*

Les pensées, les théories, les soupçons l'emportaient tel un courant puissant. Il connaissait bien cet état d'esprit, trop bien même, quand il avait l'impression de réfléchir sans réfléchir: les idées, les connexions et les possibilités lui échappaient comme des furets qui s'enfuient d'un sac. Généralement, cela se produisait quand il lisait une ligne dans un livre ou sur un blog, quand il était surpris par le monde réel, ou dans les embouteillages quand les voitures s'arrêtaient, redémarraient, s'arrêtaient... ou devant les motifs que traçaient les étourneaux en tournoyant au-dessus de Hackney Marshes. Ses pensées explosaient comme un feu d'artifice. Dans ces moments-là, il touchait du bout des doigts le fonctionnement du monde.

Son père avait dû programmer le chargement automatique du dossier. Mais il ne pouvait pas savoir qu'il se ferait enlever le jour même. Sans doute avait-il installé un système d'alerte: s'il n'entrait pas un code chaque jour à heure fixe, le dossier Infundibulum serait automatiquement envoyé à son destinataire. À Everett. Pas à Laura ni à son ami Vinny, qui louait à l'année le siège voisin du sien au stade, ni à aucun de ses collègues ou étudiants à l'université, ni même à Colette. Ou à Paul McCabe. Mais à lui, Everett. Son père devait se douter qu'une mésaventure semblable pouvait lui arriver. Il savait qu'un danger le menaçait. Un enlèvement… ou pire ? Everett aurait aimé que les pensées cessent de galoper dans sa tête. Qu'elles cessent de lui susurrer des choses qu'il ne voulait pas entendre, de lui montrer des choses qu'il ne voulait pas imaginer. Quand son père avait-il préparé tout cela ? Depuis combien de temps vivait-il dans la crainte d'être suivi par des hommes dans une voiture noire ? Avant que Laura et lui se séparent ? Everett découvrait que les parents masquaient des secrets derrière les secrets.

– Non nucléaire, marmonna-t-il. Il ne crée pas des bombes atomiques, alors il n'est pas important. Tu parles !

Sa chambre lui paraissait immense, sombre, assiégée. Les décorations fluorescentes transformaient sa parka, suspendue à une patère derrière la porte, en un robot tueur surgi de l'enfer. Pour la première fois depuis qu'il n'était plus enfant, Everett avait peur du noir. Il y avait des yeux dans tous les coins. Des monstres sous le lit. Et une voiture noire dehors qui espionnait de loin toutes les manipulations qu'il effectuait sur l'interface de Dr Quantum. Le sommeil ne viendrait pas cette nuit. Il attendit que le rai de lumière sous la porte de chambre de sa mère s'éteigne, alors il émergea de sous sa couette et sortit sur le palier en silence. Il connaissait l'emplacement des lattes de parquet et des marches qui grinçaient. Il serrait Dr Quantum contre lui. Il ne pouvait pas le laisser. Il ne pourrait jamais le laisser. Même en ouvrant la porte du réfrigérateur pour prendre des tranches de fromage et un pot de yaourt à boire, il garda un œil dessus après l'avoir posé sur la table de la cuisine. Il le serra dans ses bras pendant qu'il attaquait une partie de *Modern Warfare* sur le Xbox Live. Mais impossible de se concentrer. Ses réactions étaient ralenties par l'image de son père. Il prenait raclée sur raclée, mais il continuait à jouer, encore et encore, et à mourir.

Au matin, sa mère le trouva endormi sur le canapé. La Xbox bourdonnait, les lumières du sapin de Noël clignotaient et sa joue était appuyée contre Dr Quantum.

5

La police se présenta au moment du petit déjeuner. Victory-Rose avait une moustache de lait et une barbe chocolatée aux Coco Pops. Un animateur s'époumonait à la radio. Everett n'avait pas les yeux en face des trous après sa mauvaise nuit, mais avant même que la sonnette retentisse, sèchement, deux fois, il savait que c'était la police. Leurs silhouettes éclairées par le lampadaire dans la rue se découpaient derrière le verre dépoli de la porte, collées l'une à l'autre, une grande une petite, un homme et une femme. Seuls les policiers et les missionnaires mormons se tenaient de cette façon. Everett racla la margarine au fond de la barquette pour l'étaler sur son toast ; elle fondit étrangement, sous forme de globules de graisse et d'eau.

– Il gèle dehors, dit l'agent Milligan. L'anticyclone a dû débarquer dans la nuit. Faut bien compter une demi-heure de plus pour aller à l'école ; peut-être même qu'on aura un Noël blanc. C'est du café que vous avez là ?

Laura le servit dans une tasse aux couleurs du club de Tottenham Hotspur. Leah-Leanne-Leona s'assit en face d'Everett.

– Asseyez-vous donc, lui dit-il. Alors, vous l'avez retrouvé ?

Victory-Rose regardait d'un œil inquiet ces grandes personnes en manteaux sombres qui faisaient entrer le froid dans sa maison. On aurait dit qu'elle allait fondre en larmes.

Laura s'assit à son tour, derrière les paquets de céréales pour cacher son débardeur et son survêtement honteusement distendu.

– Désolée, Everett, répondit Leah-Leanne-Leona.

Il remarqua son petit sourire, ses yeux de cochon plissés, ses battements de pied. « Vous me détestez vraiment », pensa-t-il.

– On a examiné les photos qui se trouvent sur la carte mémoire que tu nous as donnée, dit Moustache Milligan. (Laura éteignit la radio.) Il y a des toasts dans le grille-pain ? Vous ne pourriez pas en mettre une ou deux ?

Laura se leva pour introduire deux tranches de pain complet dans le toaster.

– Vous n'auriez pas plutôt du pain blanc, par hasard ? demanda l'inspecteur.

– Dans cette maison, on mange des fibres, répondit sèchement Laura.

– Je veux la récupérer, dit Everett.

– Quoi donc ? demanda Moustache Milligan, le nez dans sa tasse.

– La carte mémoire.

Leah-Leanne-Leona fit glisser sur la table une pochette de CD en vinyle transparent.

– On a récupéré tout ce dont on avait besoin. On a longuement regardé tes photos avec notre logiciel d'amélioration des images. Tu veux voir les tirages ?

Elle déposa sa mallette sur la table du petit déjeuner entre la cafetière et la brique de lait. Et elle en sortit un très grand tirage haute définition, sur papier glacé, de la plaque d'immatriculation.

– On a interrogé le fichier. Cette voiture appartient à un certain M. Paul Stefanidis, de Hounslow. Il fournit des marchandises chypriotes à des restaurants et à des épiceries.

– Et alors ?

– Alors, il est peu probable que ton père ait été enlevé par un épicier méditerranéen.

– Les plaques, ça se trafique.

– Everett, il s'agit bien de la voiture de M. Stefanidis. Il conduit une Audi. Et il roulait effectivement sur le Mall au moment que tu as indiqué. Tu as photographié sa voiture. Il allait assister à un dîner organisé par le Forum commercial Londres-Chypre.

– Qu'êtes-vous en train de me dire ? Que j'ai tout inventé ?

Les toasts jaillirent. Tout le monde sursauta. Laura mit les deux tranches de pain dans une assiette et la plaça devant l'inspecteur Milligan.

– Ah, magnifique. Vous avez du beurre ? Je sais que ce n'est pas bon pour la santé, mais ce truc, là, je trouve que ça a un goût chimique.

– Ici, on mange des aliments polyinsaturés, répondit Laura.

Milligan étala bruyamment sur ses toasts de la margarine allégée provenant de la barquette qui venait d'être ouverte.

Leah-Leanne-Leona sortit de sa mallette un autre cliché sur papier glacé, le posa sur la table et le tourna face à Everett. C'était sa dernière photo, celle de la vitre arrière où s'encadraient les trois silhouettes. Trois têtes vues de derrière, toutes brunes. Et trois bustes, enveloppés de tissu sombre.

– Quelque chose ne va pas, dit Everett. Papa portait sa tenue de vélo. Il avait son blouson de pluie fluo. Jaune vif.

– Tu sais, Everett, on travaille souvent sur des photos fournies par des gens. Beaucoup sont prises à toute vitesse, avec des téléphones, dans toutes sortes d'éclairages et de conditions climatiques. Ils n'ont pas le temps de régler la mise au point ni de zoomer ni de cadrer. Tu serais surpris par ce qu'ils pensent avoir photographié, mais quand on examine leurs photos avec nos regards exercés, il n'y a rien du tout.

– Vous avez modifié la photo.

– Quelle est la résolution de ton téléphone, Everett ?

– Quatre mégapixels. Avec un zoom numérique de 4.

– Et tu as zoomé.

– Évidemment.

– Alors qu'il pleuvait.

– Oui. Et alors ?

Leah-Leanne-Leona montra une tache en forme de larme sur le bord droit de la photo. Le bas de la gouttelette formait un arc doré.

– C'est une goutte de pluie sur l'objectif.

– Il pleuvait, je vous l'ai dit.

Il avait deviné la suite. Il n'y avait aucune issue. Ils l'avaient coincé, au petit déjeuner, devant sa mère et sa petite sœur. Ils allaient démonter son récit pixel par pixel.

– De quelle couleur sont les lampadaires, Everett ?

– Jaunes. Ce sont des lampes au sodium.

– Il est donc possible qu'une autre goutte de pluie sur l'objectif, au niveau de la personne assise au milieu, ait capté la lumière du lampadaire et donné une tache jaune.

– Vous avez modifié la photo.

– Voici l'originale.

L'inspectrice la fit glisser derrière le cliché amélioré. C'était un agrandissement, suffisamment large pour faire apparaître les grains des pixels. Elle était bien là, de la taille de son pouce, impossible de ne pas la voir : une goutte, une larme, pile sur Tejendra à l'arrière de la voiture, déformant l'image et répandant la lumière jaune diffractée du lampadaire. Non, ça ne s'était pas passé comme ça. « Ce n'est pas ce que j'ai vu », se dit Everett.

– Je n'ai rien inventé. Pourquoi irais-je photographier une voiture au hasard ?

Milligan intervint :

– Je vous prie de m'excuser, madame Braiden, mais les problèmes familiaux nous poussent parfois à faire d'étranges choses.

Il avait des miettes de toast dans la moustache

– *Mademoiselle* Braiden, rectifia Laura d'un ton cassant.

Elle était furieuse et humiliée. La police avait traité son fils de menteur et de fantaisiste, sous son propre toit ; ils l'avaient vue en survêtement déformé et en débardeur, et sa fille barbouillée de Coco Pops.

– Et nous ne sommes pas une famille à problèmes, ajouta-t-elle.

– En tout cas, je suis contente que cette question soit réglée. (Leah-Leanne-Leona rangea les photos dans sa mallette.) Mais nous tenons à te dire, Everett, que ton papa est toujours considéré comme une personne disparue et nous continuons à enquêter.

Sur ce, elle se leva. Moustache Milligan s'empressa de reposer son deuxième toast.

– Merci pour les toasts et le café, dit-il. Le petit déjeuner, c'est mon repas préféré de la journée.

Laura les raccompagna jusqu'à la porte. Il faisait jour maintenant. Everett les regarda partir à bord d'une Skoda. Il emporta la carte mémoire dans sa chambre et l'introduisit dans Dr Quantum.

– Everett ! lança sa mère d'en bas, d'un ton hargneux.

– Une minute.

– Non. Tout de suite !

– Je suis occupé.

Il ouvrit d'abord l'image enregistrée sur la puce que lui avaient rendue les policiers, puis celle qu'il s'était envoyée pendant qu'il attendait au poste.

– Je m'en fiche que tu sois occupé ou pas. J'ai à te parler.

– Je suis en train de faire un truc !

Il fit glisser les deux images côte à côte et ajusta les formats pour les ramener aux mêmes dimensions.

– Il faut qu'on se parle, Everett. Tout ça rend V-R extrêmement triste.

Quand sa mère était très très en colère, elle baissait le ton. *Comportement passif-agressif typique*, expliquaient-ils sur Pèredivorcé.com.

– Everett, deux policiers sont entrés dans ma cuisine pour me réclamer des toasts et du beurre, et pour nous traiter de famille à problèmes. Est-ce que quelqu'un va enfin m'expliquer ce qui se passe ?

Everett agrandit les photos entre le pouce et l'index et les tapota pour zoomer. *Tap-tap-tap. Crac.* La marche n° 4 venait de craquer. Sa mère montait l'escalier.

– Everett...

« Voilà ! *Voilà !* » Il rejoignit sa mère sur le palier. En brandissant Dr Quantum devant lui.

– Je ne suis pas un menteur.

– Everett...

– Je sais ce que j'ai photographié. Tiens, regarde. Je m'étais envoyé la photo avant de remettre la carte à la police. C'est l'originale. Il n'y a aucune goutte de pluie. Et ça, c'est bien le dos de papa. C'est sa tête. Ils ont ajouté la goutte !

– Qu'est-ce que tu racontes ? Je ne comprends rien.

– La police a menti, maman. Ils ont menti au sujet de la photo. Et ils ont sans doute menti au sujet de M. l'Épicier Chypriote. Ils se sont assis à notre table et ils nous ont menti, en essayant de te faire croire que c'était *moi* le menteur.

Laura plaqua ses mains sur sa bouche. Elle se laissa tomber sur la dernière marche et s'appuya contre la rampe.

– Oh, mon Dieu. Tout ça me dépasse.

Everett s'assit sur le tapis. Lui aussi s'appuya contre la rampe. Il avait l'impression que le fond de son cœur s'était ouvert et que tout ce qu'il contenait, toutes ses certitudes, sa confiance, sa joie et sa solidité, s'était déversé dans un océan de doutes.

– Fais-moi voir ça, dit sa mère.

Il lui passa Dr Quantum. Du bout des doigts, elle suivit les détails des photos.

– Pourquoi ? demanda-t-elle.

– Je ne sais pas.

C'était une piètre réponse. Ce n'était même pas une réponse. Mais la question, ce n'était pas *pourquoi*. La question, c'était : *et maintenant* ? Il se l'était déjà posée, et elle l'avait conduit vers de terribles conclusions. Leah-Leanne-Leona et Moustache Milligan ne savaient peut-être pas qui avait enlevé son père, peut-être même croyaient-ils à ce qu'on leur avait demandé de raconter à la famille Singh au petit déjeuner, mais les personnes qui avaient ordonné que l'on ajoute une goutte de pluie sur la photo savaient. Ces personnes savaient également aussi que son père, lorsqu'il réapparaîtrait, dénoncerait leur mensonge, haut et fort. Par conséquent, son père ne devait pas réapparaître. À chaque déduction, Everett s'élevait un peu plus haut, il voyait un peu plus loin. Si seulement il pouvait arrêter de voir les connexions, parfois. Si seulement il pouvait arrêter de réfléchir. Mais il ne pouvait pas s'en empêcher. C'était ce qui faisait de lui Everett Singh. Et ça, les individus qui pouvaient ordonner à la police de mentir, les individus qui avaient fait disparaître son père, ne le savaient pas. C'était leur erreur.

– Je le retrouverai.

– Everett, mon chéri, non.

– Je le retrouverai.

– Tu ne peux pas faire ça.

– Je le retrouverai, je te dis !

Victory-Rose avait quitté sa chaise pour s'aventurer

jusqu'au pied de l'escalier. Maman et Evtt, comme elle appelait son grand frère, étaient assis sur le palier du premier. En entendant Evtt crier, la fillette se mit à pleurer.

– J'arrive, Rosie chérie.

Laura s'adressa à son fils dans un murmure, mais chaque mot était parfaitement clair :

– Ne fais pas ça. Tu comprends ? Je te l'interdis. Ce n'est pas un jeu. Ton père a disparu, je ne sais pas où, je ne sais pas pourquoi et je ne sais pas ce qui va se passer. Je sais juste que j'ai peur, j'ai peur que si tu t'en mêles, si tu poses trop de questions, si tu accuses certaines personnes de mentir, tu disparaisses toi aussi.

– Tu me crois, au moins ?

– Je ne sais pas ce que je crois, mais j'ai très très peur, mon chéri.

Victory-Rose pleurait de plus belle et en regardant sa mère rejoindre sa petite sœur, en voyant ses épaules trembler, Everett s'aperçut qu'elle aussi pleurait : à cause de lui.

6

Everett devina la trajectoire du ballon, alors même que Yolandi remontait l'aile gauche et l'expédiait en douceur vers Ryun dans l'immense espace vide au centre du terrain. Efron voulut s'élancer pour devancer Ryun, mais après trois jours de pluie incessante, le sol ressemblait à un marécage et Efron se déplaçait avec la grâce d'un morse. S'il possédait le gabarit d'un défenseur central, il lui manquait le talent. Ryun le dribbla sans peine et se retrouva en position de tir, alors qu'Efron se demandait encore quoi faire avec ses pieds. Au moment du shoot, le ballon souleva une petite gerbe d'eau. Everett était déjà dans les airs. Lucarne gauche. Son poing frappa le ballon et l'expédia vers Anuska, qui s'était repliée en profondeur. Elle exécuta un amorti et s'élança à l'attaque, suivie par les défenseurs de l'Equipe Or qui pataugeaient dans l'herbe boueuse. Elle était toujours aussi rapide. Le ballon tourna autour de la surface de réparation adverse en une succession de passes croisées, de tirs, de corners et de dégagements mollassons, pendant qu'Everett frappait ses gants l'un contre l'autre et sautillait sur sa ligne de but pour essayer de se réchauffer. Le coup de sifflet final retentit. L'Équipe Rouge et l'Équipe Or quittèrent le terrain sous de nouvelles rafales de pluie glaciale.

– Je te déteste, Everett Singh, déclara Ryun dans les vestiaires.

Tout juste sorti de la douche, il s'essuyait les oreilles avec le coin d'une serviette.

– Tu ne peux pas me tromper, répondit Everett. Je suis trop fort pour toi, mon pote. En fait, tu as une façon de regarder autour de toi juste avant de tirer, et ensuite, tu te penches légèrement en arrière. À chaque fois. À. Chaque. Fois. C'est comme ça que j'arrête tous tes ballons.

– Et si je faisais pas ça ?

– Tu ferais autre chose et je le verrais aussi. Je te connais, Ryun.

Ryun Spinetti était le meilleur marqueur de l'Équipe Or, mais depuis deux ans qu'Everett avait rejoint l'Équipe Rouge, il n'avait pas réussi à lui mettre un seul but ! C'était également le plus vieil et le meilleur ami d'Everett. Footballeurs ennemis, ringards amis. Équipe Or. Équipe Rouge. Équipe Bleu Ciel. Équipe Lilas. Quel nom pour une équipe : lilas ! Everett soupçonnait le fabriquant de vêtements de sport de s'être débarrassé d'un stock de tissu qu'il n'arrivait pas à vendre. Des noms ridicules pour des équipes à la noix dans une compétition bidon privée de tous les éléments qui donnaient un sens à la compétition. Des choses comme le lieu, l'histoire, la tradition ou la loyauté. Des choses qui vous faisaient rugir sur les gradins de White Hart Lane le samedi.

Dans tous les coins des vestiaires on entendait maintenant siffler les bombes de déodorant Lynx. Everett, lui, refusait de se doucher devant les autres. Il n'habitait qu'à un quart d'heure du terrain, au bout du chemin jonché de déjections canines, surnommé le Paradis des chiens, juste derrière la pénombre paisible et arborée du cimetière d'Abney Park. Il avait l'habitude d'enfiler son blazer, plus sa doudoune quand il faisait un temps comme aujourd'hui, par-dessus sa tenue de gardien de but pour rentrer chez lui avec ses chaussures à crampons crottées et prendre une douche bien chaude en écoutant du death metal sur son lecteur mp3 étanche. Le confort. L'intimité. Seul sous le jet chaud. Il pouvait y rester longtemps, isolé du reste du monde par la buée et le bruit de l'eau. Sa mère ne cessait de lui demander ce qu'il fabriquait. La réponse était : rien. Ou tout. Il réfléchissait. Ou non. Il laissait venir les idées.

– À la prochaine !

Everett quittait toujours les vestiaires en premier.

– Hé ! Everett ! lui lança Abbas au moment où il sortait. Alors, tu passes encore tes jeudis après-midi avec la Pipelette ?

La Pipelette était le surnom donné à Mme Packham, la psychologue de l'école. Au trimestre dernier, Everett avait passé tous ses jeudis après-midi dans le bureau de celle-ci à la suite de la séparation de ses parents. Cela lui permettait d'éviter les cours d'éducation religieuse.

– Il faut que j'invente de nouveaux mensonges à lui raconter.

Il aurait été vain d'espérer que la disparition de son père ne parvienne pas aux oreilles de la petite communauté du collège de Bourne Green. De Facebook à Twitter, en passant par les textos, la nouvelle avait fait le tour du collège avant même qu'Everett soit arrivé au bout du Paradis des chiens ce matin-là. Toutefois, ses camarades de classe se gardèrent bien de le questionner ou de le taquiner au sujet de son père qui avait fichu le camp avec une autre femme… ou un autre homme. Everett ne ferait jamais partie du petit clan des branchés, des sportifs ou des cancres, mais tout le monde avait vu la colère noire qui pouvait exploser en lui, puis disparaître tout aussi vite, quand on le provoquait. S'ils ne l'appréciaient pas, ils le respectaient. On ne cherchait pas des crosses à Everett Singh.

La petite sonnerie annonçant un texto tinta au moment où il quittait le Paradis des chiens pour prendre l'allée sinueuse du cimetière. *Mus hist. Nat vite.* Il se mit à courir. La pluie maculait les visages des pierres tombales victoriennes.

Appelez ça sixième sens. Appelez ça l'instinct du gardien de but. Appelez ça manifestation quantique étrange. Ou un pressentiment concernant cette Renault Mégane qui roulait un peu trop lentement dans Rectory Road, la façon dont la femme au volant et l'homme à côté d'elle étaient un peu trop bien habillés, assis un peu trop droits, la façon dont ils le regardèrent un peu trop longtemps en passant, devant l'arrêt du bus 73. Appelez ça un sixième sens pour repérer les voitures louches. La Renault pénétra dans Gibson Gardens. Everett la suivit des yeux. Il retint son souffle en la voyant réapparaître derrière la camionnette blanche garée le long de la double bande jaune au coin de la rue. Elle avait tourné dans la rue perpendiculaire. Elle déboucha dans Northwold Road. Aucun doute : c'était lui qu'ils cherchaient. Ils n'avaient pas peur d'agir en plein jour. La Renault était prise dans le flot de véhicules qui roulaient au ralenti. Elle s'arrêta devant le passage protégé pour laisser passer une femme qui tentait de faire traverser dix petits chiens au bout de dix laisses différentes. Everett observait la voiture du coin de l'œil. L'homme assis à la place du passager avait le crâne rasé et des pommettes saillantes. Il paraissait mal à l'aise dans son costume. La conductrice avait un visage jeune, mais un regard âgé, sombre. Des boucles blondes tombaient sur ses épaules. On aurait dit une rock star. Elle portait des gants, qui pianotaient sur le volant en attendant que la fille vêtue d'un coupe-vent sur lequel on pouvait lire *Les P'tits Coquins Hôtel pour chiens* réussisse à démêler les laisses des chiens qui sautaient dans tous les sens. Le feu passa au vert. La Renault démarra en douceur. Où était donc le bus ? Le 73 était toujours en retard à cette heure de l'après-midi. Le conducteur, assis au volant, faisait des sudokus au dépôt. Everett l'apercevait, là-bas, à travers le petit espace triangulaire dégagé qui constituait le terrain communal de Stoke Newington.

– Ah, c'est pas trop tôt ! commenta l'Antillaise qui attendait sous l'Abribus au milieu d'une dizaine de sacs de supermarché orange.

Au dépôt, le chauffeur avait plié son journal. Le bus s'engagea sur la chaussée. Il tourna au coin pour prendre Northwold Road. C'est alors que réapparut la Renault. La rock star blonde aperçut Everett, mais un monospace Volkswagen qui roulait devant elle, ayant avisé une place de stationnement, pila net et mit son clignotant. Le flot ininterrompu de voitures qui venait en sens inverse dans Rectory Road coinçait la Renault. Le 73 se déporta vers son arrêt. Everett sauta à bord, en devançant la femme aux innombrables sacs.

– 'scusez-moi, 'scusez-moi, murmura-t-il en fonçant vers les sièges du fond.

Le bus bloquait la circulation et créait un vide devant lui. La Renault s'y engouffra et doubla le monospace. Everett se tassa sur son siège. Il entrevit la rock-star blonde qui regardait à l'intérieur du bus, puis ils le dépassèrent et le bus quitta son arrêt. Everett se retourna sur son siège pour jeter un coup d'œil par la vitre arrière marbrée de pluie. La Renault avait stoppé au beau milieu de la chaussée pour effectuer un demi-tour en trois manœuvres. Des automobilistes klaxonnèrent et le chauffeur de la camionnette blanche se pencha par la vitre pour vociférer en agitant le poing.

La Renault colla au train du bus 73 tout le long d'Albion Road et Essex Road. Le bus s'arrêtait et repartait, s'arrêtait et repartait. Les portes s'ouvraient, se refermaient. Coups de sonnette, annonces enregistrées. Des passagers montaient, d'autres descendaient. Comme ça dans tout le nord-est de Londres. Et la Renault était toujours là, parfois quatre voitures plus loin, parfois seulement deux, parfois même juste derrière le bus. Plusieurs fois, Everett la vit déboîter et passer devant. Une minute plus tard, il ressentait des picotements, une présence comme la pointe d'une lame de couteau sur sa nuque, et il savait que la rock star blonde était revenue se placer derrière lui. Ils pouvaient suivre le bus rue par rue, arrêt après arrêt, grâce à l'itinéraire téléchargé. Ils attendaient de savoir où il descendait.

Le bus dévala Upper Street et tourna dans Pentonville Road. Everett éprouva un vif soulagement quand le 73 quitta la circulation pour s'engager dans une voie de bus. Mais en regardant derrière lui, il vit que la Renault en faisait autant! Seuls les taxis et la police étaient autorisés à emprunter ces voies. Et les cyclistes. Ces gens appartenaient donc à la police, ou bien c'étaient eux qui donnaient des ordres à la police. La Renault collait aux feux arrière du bus. Everett devait les semer avant le Muséum d'histoire naturelle. Il sortit son téléphone, supprima le flash, et prit une quinzaine de photos de la voiture, du passager, de la conductrice au visage glacial. Le bus franchit l'intersection encombrée de King's Cross. Il y avait du monde, de la circulation, du désordre et des accès rapides à d'autres moyens de transport. L'endroit idéal pour semer des poursuivants. Everett se leva d'un bond et appuya sur la sonnette. Le bus se rabattit vers l'arrêt situé en face des gares : St. Pancras, imposante et gothique, qui semblait basculer sur lui, et King's Cross, basse et distante, qui demeurait en retrait du vacarme de la rue. Everett jaillit dès que la porte s'ouvrit et se mit à courir, droit devant, comme un dératé, au milieu de la circulation de l'heure de pointe. Les véhicules pilaient pour l'éviter. Des klaxons rugissaient. Des poings rageurs se dressaient. Des bouches hurlaient en silence derrière les pare-brise. Un scooter l'évita de justesse, le conducteur lâcha un chapelet d'injures dans son sillage. Everett réussit néanmoins à atteindre l'îlot central. Il jeta un coup d'œil derrière lui. Le skinhead en costume était descendu de la Renault pour se lancer à sa poursuite. Une petite voiture électrique s'arrêta net devant ses orteils et fit entendre son petit klaxon ridicule. Le skinhead en costume foudroya du regard la conductrice, agrippa le pare-chocs et souleva l'avant de la voiturette. Le véhicule grinça et craqua de toutes parts quand il le laissa retomber. Mais pendant ce contretemps, le feu passa au rouge et Everett en profita pour atteindre le parvis de King's Cross. Il plongea dans le métro, en bousculant les voyageurs qui en émergeaient.

Il avait sorti sa carte d'abonnement de son portefeuille avant de prendre conscience du danger. Grâce à cette carte, ses poursuivants pourraient savoir où il était allé. Gloucester, station du Muséum d'histoire naturelle et de l'Imperial College, leur fournirait un indice suffisant pour deviner qui il devait rencontrer, et pourquoi. Mais les distributeurs de tickets étaient lents et un inévitable groupe de touristes, massés devant, lisaient les instructions et appuyaient au hasard sur les boutons. Everett regarda derrière lui. Posté en haut de l'escalier, le skinhead en costume scrutait la foule. Everett ôta son sac à dos de ses épaules et se rapprocha des touristes. Sa doudoune passait inaperçue dans le hall bondé, mais son short de football jaune et le collant en Thermolactyl, encore plus jaune, qu'il portait dessous, attiraient le regard. Il se servit de son sac à dos pour cacher ses jambes. La machine distribuait enfin des tickets aux touristes ravis. Everett s'avança à son tour et appuya sur les boutons. Quelle lenteur exaspérante ! Un aller simple ? Oui. Sélectionner le mode de paiement. Liquide. Désirait-il un reçu ? Non, merci. Allez, allez, allez ! Le ticket et la monnaie dégringolèrent dans la rigole métallique.

Les portillons étaient devant lui. « Ne cours pas, surtout. Tu te ferais repérer. Fonds-toi dans la foule. » La borne scanna son ticket, le portillon s'ouvrit bruyamment. Everett risqua un coup d'œil en arrière. L'espace d'une seconde, pas plus, son regard croisa celui du skinhead en costume, mais à cet instant, ce fut comme s'ils étaient seuls dans la station de King's Cross. L'homme dévala l'escalier et se fraya brutalement un passage au milieu des voyageurs. Un employé du métro, coiffé d'une casquette et portant un gilet orange fluo, s'avança pour l'arrêter. L'homme le repoussa de son bras tendu et sauta par-dessus le portillon. Everett prit ses jambes à son cou. Devant lui se trouvait l'escalator principal, aussi raide et dangereux qu'un tremplin de saut à skis. Il inspira à fond et s'élança dans l'escalier mouvant. « Pardon, pardon ! » criait-il. Les gens se plaquèrent contre la main courante pour laisser passer ce jeune garçon qui avalait les marches comme un dément. Elles étaient raides, sournoises et interminables. Il fallait adopter un rythme et le garder. Descendre, descendre, sans se retourner car, si on se retournait, on perdait le rythme et c'était la dégringolade assurée, sur les marches aux arêtes vives, jusqu'en bas. Son sac à dos cognait contre son épaule. Derrière lui, le vacarme s'amplifiait. « Continue à descendre. » L'escalator le projeta dans le hall de la ligne Circle. Maintenant, il pouvait se retourner. Le skinhead en costume dévalait l'escalator à la manière d'un rugbyman, en écartant du bras quiconque lui bloquait le passage.

Soudain, un souffle d'air chaud. Le crissement et le fracas d'une rame qui entrait dans la station. La ligne Circle n'était pas la plus directe, mais Everett savait que son poursuivant l'aurait rattrapé dans la succession de couloirs et d'escaliers qui menaient à la ligne Piccadilly. Il sauta dans la rame au moment où les portes se refermaient. Le skinhead en costume arriva deux secondes plus tard. Il martela les portes à coups de poings. « Elles ne s'ouvriront pas pour vous, pensa Everett. Qui que vous soyez. » L'homme l'aperçut, accroché à la barre, au milieu, dans la partie sans sièges. Il plaqua les paumes sur la vitre et regarda Everett droit dans les yeux. Quand le métro repartit, Everett lui adressa un petit geste de la main. « Salut ! Je vous ai semé. »

Il arriva au Muséum d'histoire naturelle dix minutes avant la fermeture. Les quelques personnes présentes émirent des raclements de gorge en entendant ses chaussures à crampons sur leur sol carrelé. Colette Harte l'attendait sous le squelette du dinosaure. Elle avait les cheveux violets cette semaine.

– Tout va bien, Everett ?

Il lui montra le diaporama qu'il avait réalisé de l'arrière du bus : la Renault, la rock star blonde, le skinhead en costume.

– Vous connaissez ces gens ? demanda-t-il.

– La femme a exagéré le maquillage années 80, répondit Colette. Et le type semble tout droit sorti de *Grand Theft Auto*. Désolée, Everett, je ne les ai jamais vus.

La première fois qu'il avait rencontré Colette Harte, elle l'avait terrifié. Maigre comme un clou, grande comme un arbre, avec des trucs en métal dans les sourcils et des cheveux teints en rose, sculptés au gel, telle une héroïne de manga. « C'est une tête de mort que vous avez tatouée dans le dos ? » lui avait-il demandé. Elle s'était penchée vers lui, de toute sa hauteur, accentuée par ses bottes à semelles compensées, et avait murmuré à son oreille : « Je suis la Reine des pirates d'East Cheam. » Avec un clin d'œil. Il avait six ans à l'époque. C'était un dimanche d'été, son père avait organisé un barbecue dans le jardin. Ce clin d'œil avait scellé leur amitié. Il semblait dire : « Il n'y aura jamais aucun problème. » Colette Harte était alors étudiante de deuxième cycle. Huit barbecues estivaux plus tard, elle était chercheuse et boursière et travaillait avec Tejendra Singh. Ses piercings et ses bottes à semelles compensées n'apparaissaient plus qu'à l'occasion des nuits passées dans des clubs qui, pour

Everett, dégageaient un parfum de mystère et de danger; et elle changeait de couleur de cheveux tous les mois seulement, et non plus toutes les semaines. Mais la tête de mort restait nichée au creux de ses reins et elle demeurerait à tout jamais la Reine des pirates du département de physique quantique. Everett lui avait envoyé un texto ce matin, alors qu'il traversait le cimetière d'Abney Park sous la pluie. *P McC est venu. Il pensait que j'avais quelque chose. Besoin d'aide.*

– Ils ont essayé de me suivre jusqu'ici, dit-il. À mon avis, ils m'attendaient à la sortie de l'école, mais ils ne savaient pas que je rentrais directement en sortant des vestiaires.

– J'aime bien l'emploi du mot « essayé », dit Colette Harte.

Une annonce retentit dans le grand hall principal: le musée, la cafétéria et la boutique fermaient dans cinq minutes.

– Alors, oui ou non ? demanda-t-elle.

– Quoi donc ?

– Tu as quelque chose ?

Everett ouvrit son sac à dos, sortit Dr Quantum et l'alluma. Il ouvrit l'icône Infundibulum. Colette se pencha en avant. Everett l'entendit étouffer un juron.

– Ferme ça, dit-elle.

– C'est ce truc qu'ils cherchent, hein ? Ce dont parlait Paul McCabe.

Il éteignit Dr Quantum et le rangea dans son sac à dos.

– Oui. (C'était la première fois qu'il percevait la peur dans la voix de Colette.) Pas ici, Everett. Allons-nous-en.

Ils quittèrent le musée en se mêlant au flot clairsemé et lent des visiteurs qui quittaient les lieux. Une fois dehors, Colette alluma une cigarette. Autour d'eux, les gens ouvraient leurs parapluies et relevaient les cols de leurs manteaux pour se protéger de la pluie.

– Tu as faim ? Allons manger un morceau. Des sushis, ça te dit ? Je connais un bon restau japonais.

– Ouais ! Chez Mama, je me souviens.

Il y était allé assez souvent avec son père et Colette pour connaître les règles. Règle n° 1 : pas de comptoir roulant. Les sushis avaient l'air frais, mais vous ne saviez pas depuis combien de temps ces petites bulles en plastique transparent tournaient sur le tapis. Règle n° 2 : tremper le poisson dans le mélange wasabi / soja. Jamais le riz.

– Non, dit Colette, c'est un peu trop près de mes collègues.

Le temps qu'ils trouvent un taxi, ils étaient trempés comme des soupes. Le restaurant, situé derrière Tottenham Court Road, était petit, chaleureux et tenu par une seule et même famille. Des boxes qui offraient une certaine intimité. Le patron obligea Everett à ôter ses chaussures de foot à l'entrée. Il s'assit en tailleur sur le tatami, attendant patiemment que ses nombreuses couches de vêtements sèchent.

– Bon, voyons ça.

Il ouvrit l'application Infundibulum et passa Dr Quantum à Colette. Dans la lumière tamisée du box, les voiles de lumière mouvants illuminaient son visage.

– Alors, j'ai quelque chose ?

– Tu as plus que ça. (Colette posa la tablette sur la table basse.) Tu as *tout*.

Les sushis arrivèrent. Ils étaient parfaits : riz nacré, poisson brillant et ferme. Everett mélangea le wasabi et la sauce soja avec ses baguettes. Le chat Maneki Neko dans sa niche dans le mur les saluait en levant la patte gauche. La droite pour attirer l'argent, la gauche pour attirer les clients.

– Ton père, moi, Paul... on fait partie d'un projet à long terme, et à gros budget, destiné à chercher les signes expérimentaux de l'existence d'univers parallèles.

– Oui, je sais tout ça.

Everett trempa délicatement un morceau de bar dans la sauce.

– Non, tu ne sais pas tout, Everett.

Il se hérissa. Tout le monde, *tout le monde* estimait avoir le droit de donner son opinion sur lui. Et ses opinions, alors ?

– Papa m'a enseigné la théorie. Je suis capable de résoudre des algorithmes quantiques, mieux que notre prof de physique. D'ailleurs, je crois qu'il ne sait même pas ce que c'est.

– Je sais que tu en es capable, Everett. Peut-être même plus que moi, mais tu n'as pas écouté ce que j'ai dit. J'ai parlé de *signes expérimentaux.*

– Des preuves.

– Oui. Des preuves physiques. Tu les as là, sur ta tablette.

Everett était le maître Shaolin des baguettes. Il était capable de manger des lanières d'algues avec, et même des nouilles glissantes. Il ne ratait jamais son coup. Mais là, ses baguettes se croisèrent et il laissa tomber le petit cylindre de riz dans l'assiette.

– Tu as entre les mains un annuaire du multivers. J'ignorais que ton père lui avait donné un nom. Infundibulum. Ce sont les emplacements des univers parallèles connus. Pas tous. On ne pourrait pas faire entrer dans ton ordinateur tous ceux que l'on a découverts jusqu'à maintenant.

– Combien vous en avez découvert ?

– Dix puissance quatre-vingts.

Everett connaissait cette notation mathématique. Des amis calés en logiciels avaient gonflé la mémoire intégrée de son Dr Quantum jusqu'à un téraoctet. Soit dix octets d'informations puissance douze. Hors du domaine de l'informatique et des informations, on obtenait le chiffre un suivi de douze zéros. Mille milliards. Un nombre que l'on pouvait seulement imaginer. Dix puissance quatre-vingts, le chiffre un suivi de quatre-vingts zéros, ça dépassait carrément l'imagination. On était au-delà des millions de milliards de trillions. Everett sentit son estomac se nouer, il avait la tête qui tournait. De nouveau, il plongeait en chute libre dans le déploiement sans fin de l'ensemble de Mandelbrot. Au milieu des chiffres immenses, excitants et terrifiants.

– Mon père a découvert tout ça?

– Ton père travaille sur ce sujet depuis plus longtemps que tu le crois.

Everett repensa au dernier été. Ce souvenir semblait si loin de cette fin d'année sombre et froide. Un autre monde. Les vacances scolaires et universitaires coïncidaient plus ou moins. Conformément à l'accord sur la garde alternée, il passait des semaines entières dans le nouvel appartement de son père à Kentish Town. Le soir, ils remontaient Hampstead Heath jusqu'à Parliament Hill pour se promener et là, au milieu des cerfs-volants et des joggers, ils contemplaient Londres. Souvent, Everett avait le sentiment que son père voyait une ville différente, une ville étrangère tombée d'un autre univers. Un soir où ils revenaient par les petites rues, au crépuscule, son père avait parlé, abondamment; les paroles se bousculaient dans sa bouche. Il avait parlé d'autres mondes, «aussi proches que le souffle dans tes poumons, mais aussi éloignés que la plus lointaine des étoiles», avait-il dit. Des mondes si semblables à celui-ci qu'un Tejendra Singh et un Everett Singh traversaient un Highgate légèrement différent; et d'autres si différents que la vie, la Terre, les étoiles et la matière elle-même ne s'étaient jamais formées. Il s'était exprimé avec une telle force, une telle conviction qu'Everett s'était retourné, certain d'avoir entendu ces autres Everett murmurer son nom.

– Je le savais, dit-il à Colette. Je le savais.

– Plus d'une fois il m'a avoué qu'il pensait que tu étais plus doué que lui. Il a dû travailler dur sur ce projet, ça se voyait. Et voilà, il t'en a fait cadeau. Le multivers est sur ton iPad. Le problème, c'est que nous ne savons pas quoi en faire. C'est juste ce que nous appelons des graphiques de probabilités d'amplitude. Cela revient à explorer Londres avec uniquement un annuaire contenant les noms, les adresses et les numéros de téléphone des gens. Il y a des Singh au 43 Roding Road et des Singh à Ormonde Place, des Singh dans Queen Elizabeth Way, mais l'annuaire ne t'indique pas où ils se trouvent dans Londres – à l'est, à l'ouest, au nord du fleuve, au sud du fleuve – pour pouvoir leur rendre visite. Tu connais l'adresse de leur maison, mais tu ne sais pas à quoi elle ressemble, si c'est une villa de footballeur ou un taudis. Tu comprends le principe, Everett ?

– On s'appelle Braiden maintenant, plus Singh. D'après ma mère.

– Non, c'est faux.

– Je ne suis pas un Braiden. Je ne l'ai jamais été et je ne le serai jamais.

– Je devrais te payer une bière, Everett.

– Je préfère la Kirin à la Sapporo.

– Je plaisantais. Mange tes sushis.

Il mangea le nigiri. Le riz était vinaigré juste comme il fallait, les grains bien ronds et la texture parfaite, il n'était pas trop collant et ne se désagrégeait pas. Colette repoussa les lamelles de gingembre en saumure sur les bords de son assiette. Elle posa ses baguettes, en croix.

– Everett, ton papa t'a-t-il parlé d'une chose nommée « porte de Heisenberg » ?

– C'est un point théorique où les univers parallèles se touchent et s'ouvrent l'un sur l'autre. Comme un « trou de ver » entre deux mondes.

– Et si ce n'était pas théorique ?

Le serveur apporta une toute petite théière en fonte et servit le thé, fumant, clair et parfumé. Le restaurant, le décor, le thé bouillant commençaient enfin à réchauffer les os glacés d'Everett. Colette fit glisser une clé USB sur la table.

– Que Dieu me pardonne. S'ils savaient ce que je fais, ils m'enfermeraient et jetteraient la clé. Prends ça, Everett. Regarde tout. Et appelle-moi.

Il glissa la clé dans une poche intérieure, près de son cœur. Il referma la fermeture Éclair, mais il avait l'impression que tout le monde pouvait voir la clé USB rougeoyer à travers le tissu. Pendant que Colette réglait la note, il termina son thé ; il avait un drôle de goût maintenant. Le chat Maneki Neko levait et baissait la patte, inlassablement, tandis qu'Everett remettait ses chaussures de football. Les crampons claquèrent sur le trottoir dans la nuit menaçante.

7

La porte d'entrée du 43 Roding Road était grande ouverte.

– Maman ?

Peut-être était-elle sortie un instant, pour aller faire une course au bout de la rue ou un saut chez les McCullough, les voisins, afin d'emprunter une agrafeuse, un aiguisoir à couteaux, ou déposer un colis. Mais depuis le départ de son mari, Laura prenait doublement soin de verrouiller sa porte, même pour faire quelques dizaines de mètres. Et le mardi, c'était le jour où elle emmenait Victory-Rose à la natation, au centre de loisirs. Elles ne rentraient jamais avant vingt heures. Le mardi soir, Everett rentrait seul et se débrouillait pour dîner avec ce qu'il trouvait dans la cuisine : c'était une règle bien établie. Le vent avait éparpillé dans le vestibule des prospectus pour des sociétés de livraison de pizzas à domicile ou de pose de fenêtres, et le chemin d'escalier était trempé à cause de la pluie. Autrement dit, la porte était ouverte depuis des heures.

« Non, pas maman, maintenant », pensa Everett. Un noyau de glace emprisonna son ventre et son cœur. Malgré tout, il pénétra dans le couloir. La porte du salon était ouverte, elle aussi. Peut-être y avait-il encore quelqu'un dans la maison. Il risqua un coup d'œil derrière le chambranle. La pièce était sens dessus dessous. Tous les tiroirs de la commode avaient été sortis et vidés, les boitiers des DVD ouverts et les disques répandus par terre. Les magazines qui jonchaient le sol ressemblaient à des oiseaux aux ailes brisées. Le canapé et les fauteuils avaient été renversés, les housses des coussins arrachées. Le sapin de Noël gisait sur le flanc. Les guirlandes continuaient à clignoter comme si de rien n'était. Les fragiles décorations en verre avaient été écrasées sur la moquette. Tous les paquets cadeaux avaient été déchirés et les emballages ouverts. Everett prit son portable pour appeler la police. Puis sa mère. Pendant un long moment, il crut qu'elle n'allait pas répondre.

– Everett, mon chéri. Il y a du poulet froid dans le frigo…

– Maman. Si tu es sur le chemin du retour, je crois que tu ferais mieux de laisser Victory-Rose à grand-mère.

– Qu'y a-t-il, Everett ? Que se passe-t-il ?

– Quelqu'un est entré dans la maison.

Elle arriva pendant que la police inspectait la scène du délit. C'étaient des policiers du coin, en uniforme, mais eux aussi conduisaient une Skoda. Laura se tenait sur le seuil du salon, une main plaquée sur la bouche, horrifiée, tandis qu'une femme tentait de lui poser des questions. Celle-ci la suivit jusque dans sa chambre au premier. La mère d'Everett laissa échapper un petit râle qu'il n'avait jamais entendu sortir d'une bouche humaine.

– Oh, mon Dieu, mon Dieu, non, non, oh, mon Dieu… Ma maison ne sera plus jamais propre. Je ne peux pas dormir ici, c'est impossible, je ne peux pas. Ils sont allés partout. On va être obligés de déménager.

En voyant l'état de sa propre chambre, Everett comprit ce qu'elle éprouvait. Tout paraissait souillé. Dégoûtant. Vêtements, chaussures, draps, livres, vieux jouets, magazines de football et affiches arrachées des murs. Tout. Ils avaient fouillé dans tous les coins, ils avaient plongé leurs sales pattes dans toutes ses affaires et laissé leur crasse, leur puanteur. Il avait envie de vomir.

– Il faut tout jeter, absolument tout ! Je ne veux plus voir tout ça ! dit Laura. Pourquoi nous ? Qu'est-ce qu'on possède ?

« Non, pas *nous*, pensa Everett. *Moi*. Qu'est-ce que je possède ? » Il serra son sac à dos contre lui, le sac qui contenait Dr Quantum, qui lui-même contenait l'Infundibulum. C'était une illusion, bien évidemment, mais il sentait dans sa poche la chaleur de la clé USB que lui avait donnée Colette.

Un policier les rejoignit sur le palier.

– On peut dire qu'ils ont regardé partout, commenta-t-il. Ils cherchaient quelque chose, ça ne fait aucun doute. Généralement, on a affaire à des gamins qui entrent et qui ressortent aussitôt ; ils emportent la première chose qui leur tombe sous la main et ils décampent. Là, c'est du travail de spécialiste. Ils ont crocheté la serrure de la porte d'entrée, et je ne sais pas ce qu'ils ont fait au système d'alarme mais il y a un tas de chiffres et de lettres qui clignotent sur le boîtier. Ils ont pris leur temps.

La femme policier avait pris Laura par les épaules.

– Vous avez quelqu'un chez qui vous pouvez passer la nuit ?

– Ma belle-mère. Elle garde ma fille.

– Je vais aller chez Ryun, maman.

– Everett…

– Il a un lit pour les invités. Bebe Ajeet n'a pas assez de place pour nous héberger tous. La mère de Ryun sera d'accord.

– Tu es sûr ?

Il venait juste de prendre sa décision, mais il n'avait aucun doute. Car il savait, tout aussi sûrement, qui allait débarquer chez grand-mère Ajeet ce soir, avec son petit air gêné et emprunté, ses intonations légèrement menaçantes, ses condoléances et ses propositions : « Si on peut faire quoi ce soit pour vous aider... Oh, une dernière chose, Everett ! Ton papa t'a-t-il donné quelque chose récemment ? Tu es sûr ? »

– Tout ira bien, dit-il. Je demanderai à la mère de Ryun de te téléphoner. Allez, vas-y. Ne t'en fais pas pour moi.

La police attendit que Laura appelle un serrurier pour qu'il vienne s'occuper de la porte et qu'elle rassemble quelques affaires pour elle et Victory-Rose parmi toutes celles éparpillées dans les chambres, puis ils déposèrent Everett chez Ryun. Comme il le supposait, les Skoda étaient des voitures de police pourries.

8

La cuisine de la mère de Ryun était tout ce que celle de la mère d'Everett n'était pas: propre, bien rangée, claire, chaleureuse, avec un papa à l'intérieur. Everett connaissait Ryun Spinetti depuis l'école primaire, et durant toutes ces années, il n'avait conservé qu'une seule image de M. Spinetti, celle d'un homme qui riait constamment. Tout était prétexte à de grands éclats de rire qui le secouaient de la tête aux pieds. Everett l'avait vu pleurer de rire en jouant avec le chat de la maison qu'il avait placé dans un carton au centre de la cuisine: M. Spinetti tournait autour de l'animal et tous les deux essayaient de se donner des coups de patte. Avec Tejendra, les moments de rigolade semblaient toujours prémédités, jamais débridés et spontanés. Mais ce soir-là, John Spinetti lui-même n'eut pas le cœur à rire en apprenant que la maison d'Everett avait été vandalisée.

– Tu peux rester ici aussi longtemps qu'il le faudra. La maison t'est ouverte.

– Everett, si ta maman a besoin d'aide... cria la mère de Ryun de la vaste cuisine. Quoi que ce soit. C'est affreux. Que Dieu nous protège d'un tel drame!

Elle fit le signe de croix et embrassa son poing.

- Ryun, tu as installé ton moniteur haute définition? demanda Everett.

Au cours moyen, Everett Singh et Ryun Spinetti s'étaient reconnus grâce à une réplique du film *Transformers* et avaient découvert qu'ils n'étaient pas seuls au monde. Les geeks du monde entier forment une tribu, et ils sont puissants. Les deux garçons avaient bâti une amitié devant un écran.

– Oui, tout est prêt.

– J'aimerais regarder un truc.

Ils emportèrent leur thé et les légendaires biscuits aux M&M's de la mère de Ryun dans la chambre de celui-ci. Depuis leur entrée au collège Bourne Green, Everett et Ryun avaient vu leurs centres d'intérêt évoluer du virtuel vers le monde physique, et plus particulièrement le football. Malgré cela, le bureau restait encombré de vieux écrans, de ports USB et de lecteurs divers, poussés sur les côtés pour accueillir le nouveau moniteur, immense. Ryun ferma Facebook et *World of Warcraft*. Everett sortit la clé USB de sa pochette et l'introduisit dans une prise disponible.

– C'est quoi ? demanda Ryun.

– Je ne sais pas.

Everett ouvrit les dossiers : des fichiers vidéo sous un format que l'ordinateur de Ryun ne reconnaissait pas. Everett se connecta à Internet et dénicha un logiciel capable de les lire. Il l'installa.

– Hé, si ça se trouve, c'est bourré de virus répugnants...

Everett ouvrit la première vidéo. Le time code dans un coin indiquait qu'elle avait été tournée le 16 janvier, à onze heures douze.

– C'est ton père.

En compagnie de Colette, de Paul McCabe et de quelques universitaires qu'Everett reconnut, plus d'autres qu'il ne connaissait pas. Ils se trouvaient dans un endroit qu'il n'avait jamais vu, sans doute à l'université : une pièce tout en longueur, sans fenêtres, au plafond bas soutenu par des piliers en métal brut ; les tubes au néon formaient des alignements parfaits. Un seul sur trois était allumé et dispensait une lumière grise blafarde. On aurait dit un parking souterrain ou un bunker. D'ailleurs, la scène se déroulait-elle réellement à l'université ? Des bureaux surchargés d'ordinateurs portables et de moniteurs plats étaient disposés en un large cercle. Des lampes de bureau halogènes projetaient des cônes lumineux qui éclairaient les mains sur les claviers et les visages tendus vers les écrans. Dans la pénombre environnante se dressaient des objets cubiques, de la taille d'un homme. Everett aurait aimé pouvoir déplacer l'objectif et zoomer sur ces masses sombres. Des câbles, fixés au sol par des bandes d'épais rouleau adhésif, couraient sous les bureaux, jusqu'à la chose vers laquelle tous les écrans et les visages étaient dirigés. Au centre du cercle se trouvait un bloc métallique. Everett estima qu'il mesurait environ trois mètres de haut, sur un mètre cinquante de large peut-être. L'objectif écrasait les volumes, mais la profondeur devait être égale à la longueur de son avant-bras. Chaque centimètre carré était recouvert par des circuits, des fils électriques et des tuyaux. Des triangles jaunes *Attention : laser* étaient collés à côté des signes indiquant la présence de liquide cryogénique. De super chaud à super froid. Au centre du bloc, il y avait un trou. Pas très gros. Everett se dit qu'il aurait pu y lancer une balle de tennis, pas plus. Il s'en échappait des volutes de vapeur provenant des gaz liquides super-refroidis.

– Sûrement un anneau de céramique supraconductrice, dit Everett.

Ryun comprenait ce genre de langage.

– Cool !

– *Super* cool.

Des paraboles radio avaient été disposées autour du bloc. Un des techniciens, qu'Everett ne connaissait pas, se déplaça de l'une à l'autre pour les orienter sur le trou. Les câbles des paraboles semblaient reliés à un récepteur radio hi-fi. Un amplificateur alimentait une rangée de haut-parleurs posés sur le sol.

Tejendra Singh prit la parole. Sa voix paraissait métallique et artificielle.

« Bien, dit-il. Il s'agit de l'expérience de communication par fréquences radio n° 8. Puis-je avoir un décompte de vingt secondes pour la porte ? À mon signal. Trois, deux, un. OK ! » Des écrans s'animèrent tout autour du cercle de bureaux. Des horloges égrenèrent le compte à rebours. 00 : 20. 00 : 19... Les participants à l'expérience regardaient intensément leurs écrans.

« Puissance à cent pour cent » annonça Colette. Paul McCabe mit un casque semblable à ceux utilisés dans les centres d'appel. 00 : 08... Il tapota sur le micro. 00 : 05... Les chiffres continuaient à défiler. 00 : 00. Le trou au cœur du bloc de technologies se transforma en disque de lumière blanche.

– Ouah ! fit Everett.

Le disque blanc était assez puissant pour éclipser toutes les autres sources de lumière dans la pièce. Il projetait des ombres allongées sur les piliers. Les visages des scientifiques étaient comme décolorés.

« La porte de Heisenberg est ouverte, annonça Colette. Nous sommes en contact interuniversel avec E2. Professeur McCabe ? »

Celui-ci se racla la gorge. Quand il s'exprima, sa voix était fluette et tremblotante.

« Bonjour, ici l'Imperial College de Londres. Département de physique. » Les haut-parleurs crachaient des parasites. « E2, E2, ici l'Imperial College de Londres. Département de physique. » La voix de Paul McCabe prenait de l'assurance. Toujours des parasites. Everett sentait la tension qui régnait dans la pièce, comme s'il s'y trouvait. Paul McCabe fit une troisième tentative: «E2, E2, ici l'Imperial College de Londres.»

Les haut-parleurs grésillèrent, puis une voix se fit entendre. Une voix d'homme, teintée d'un fort accent, qui prononçait des mots qu'Everett ne comprenait pas, même si certains avaient quelque chose de familier. Était-ce de l'espagnol, du portugais? Non, ces sons n'avaient rien d'européen, ils ressemblaient davantage au pendjabi, la langue dans laquelle Bebe Ajeet bavardait avec son fils, Tejendra. À moins que ce soit de l'arabe? La suite fut couverte par une éruption dans la salle: des cris de joie, des sifflets, des applaudissements. Toutes les personnes présentes se tapèrent dans les mains. Colette étreignit Tejendra de toutes ses forces; celui-ci offrit une poignée de main enthousiaste à Paul McCabe. Les deux hommes se donnèrent des tapes dans le dos. Les bouchons de champagne sautèrent. Des verres se levèrent pour porter un toast, éclairés par la lumière qui s'échappait du trou dans l'univers. Fin de la séquence vidéo.

– C'était quoi, ça? Ce qu'on vient de voir? Qui parlait? demanda Ryun.

Everett avait déjà ouvert la deuxième vidéo. Même décor: la pièce sans fenêtres, les ordinateurs, les écrans, les paraboles, les haut-parleurs, le bloc de métal d'où sortaient des vapeurs de nitrogène liquide. La date: une semaine après la séquence précédente. Mêmes personnes. À part…

– C'est David Cameron, là? Le Premier Ministre?

– Et l'autre, à côté, c'est le ministre de l'Emploi et de la Formation, dit Everett.

Il ne se souvenait plus de son nom. Ils changeaient tout le temps et se ressemblaient tous.

«Nous avons établi une liaison radio avec E2», annonça Paul McCabe, d'un ton mielleux, rempli de déférence envers les deux politiciens. « Tejendra, peut-on avoir un compte à rebours, je vous prie ? »

Sans un mot, Tejendra fit apparaître les chiffres sur l'écran. 00 : 20. Everett devinait le ressentiment qu'éprouvait son père à la façon dont il exécutait les ordres. Quand il était nerveux, furieux ou contrarié, il se murait dans le silence et faisait des gestes lents, comme s'il évoluait en eau profonde et que le moindre bruit, le moindre mouvement, risquaient d'attirer les requins. Everett comprenait sa colère. La science s'était effacée devant la politique. On lui avait volé son projet. 00 : 00. De nouveau, la lumière provenant d'un autre univers inonda la pièce.

« Bonjour, E2, bonjour, E2. Ici le professeur Paul McCabe de l'Imperial College de Londres. »

Une voix lui répondit, la même que dans la séquence précédente, mais cette fois, elle s'exprimait en anglais, avec un curieux accent, presque familier.

« Bonjour, Paul, bonjour, l'Imperial, ici Ibrim Hoj Kerrim de la Chambre des Mille Mondes.

– Ravi de vous entendre, Ibrim. J'ai le grand honneur d'accueillir aujourd'hui notre Premier Ministre, M. Cameron.

– Le cadeau honore celui qui l'offre. J'ai à côté de moi Saide Husaen Eltebir, Éminence du Pavillon des Félicités d'Al Burak. »

– Qu'est-ce qu'il raconte ? demanda Ryun.

– Je crois que c'est leur Premier Ministre à eux, chuchota Everett.

– Mais c'est qui, *eux* ?

Everett regarda M. Cameron mettre un casque micro.

« Euh... bonjour ? fit-il, hésitant. Monsieur Eltebir ?

– Pardonnez-moi, dit l'étrange voix chantante au-delà du disque de lumière. Son Éminence n'a pas reçu les implants de langues. Avec votre permission, j'assurerai la traduction. »

Une nouvelle voix se fit entendre, plus grave, dans l'idiome de la première séquence. Le nommé Ibrim Hoj Kerrim traduisit simultanément.

« Son Éminence salue son estimé homologue trans-universel et lui souhaite la bienvenue au nom des nombreux peuples de la Plénitude des Mondes Connus. »

Le Premier Ministre britannique parut troublé pendant un instant, avant de se ressaisir : « Merci pour vos paroles aimables, Votre Éminence... »

La vidéo prit fin brutalement.

– C'est une sorte de film ou quoi ? demanda Ryun. C'était vraiment Cameron ou un sosie ?

– C'était le véritable Premier Ministre. Et ce n'est pas un film. C'est la réalité.

– Quelle réalité ? insista Ryun, mais Everett avait déjà ouvert le troisième fichier vidéo. Les deux garçons laissèrent échapper un hoquet de stupeur en même temps.

Ils dominaient une ville. Un soleil aveuglant se reflétait sur des dômes, hauts et bas, des dômes d'albâtre blanc, des dômes en terre cuite rouge, des dômes ornés de motifs composés de carreaux de céramique multicolores, des dômes argentés, des dômes enrobés d'or pur, des alignements infinis de minuscules dômes dessinant des lignes et des carrés, des dômes de cent mètres de diamètre et de cent mètres de haut coiffés de croissants de lune étincelants, des cascades de dômes, des dômes creux comme des soucoupes ou ronds comme des oignons. Et entre tous ces dômes se dressaient des tours : des minarets fins comme des crayons et des gratte-ciel de un kilomètre de haut, véritables sculptures. Ils semblaient tricotés au crochet avec du titane et du verre, trop fins et fragiles pour supporter leur propre poids, mais ils formaient des bouquets comme des arbres dans une forêt. La caméra se déplaça. Sans doute une sorte de drone, pensa Everett. Il contemplait maintenant, d'en haut, de larges avenues et boulevards arborés. Soudain, la caméra plongea entre des rangées de grands immeubles dont chaque étage surplombait celui d'en dessous. De profondes arcades bordaient les rues, offrant un abri pour se protéger d'un soleil plus éclatant que tous ceux qui avaient jamais brillé sur Stoke Newington. La caméra ne saisissait que des images furtives des habitants de cette étrange ville qui marchaient à l'ombre dans la fraîcheur des arcades. Everett repéra malgré tout des hommes vêtus d'élégants costumes à col rond, dans le style indien, des femmes en robes longues aux couleurs éclatantes et aux motifs éblouissants, avec des manches bouffantes. Les couvre-chefs étaient la norme : petites casquettes rondes, fez colorés et une large gamme de turbans pour les hommes ; et pour les femmes, de minces voiles de dentelle blanche posés sur des peignes plantés dans leurs cheveux et qui leur faisaient comme des auréoles. Il vit tout cela en un clin d'œil, avant que le drone remonte presque à la verticale, passant devant des balcons en fer forgé et sous les toits en saillie. Les immeubles entouraient des cours et des jardins privés. Everett aperçut également des bassins, des fontaines, des fougères luxuriantes arrosées de gouttelettes et des arbres ornementaux, le miroitement des dalles mouillées. Puis la caméra se mit à tournoyer dans le ciel. Les nuages se mélangèrent au paysage urbain. Everett crut voir un avion atterrir, puis un éclair argenté produit par une étendue d'eau et le drone se posa sur un vaste complexe portuaire, au bord du fleuve, face à la ville. Sur l'eau, des hydrofoils et de petits ferries rapides fonçaient entre les tankers et des vraquiers aussi grands que des pâtés de maisons. Des remorqueurs conduisaient les gros navires à quai. La caméra survola des canaux, des embarcadères, des grues et des entrepôts. Elle effectua un demi-tour au-dessus d'installations pétrochimiques : un vaste ensemble de citernes, de tuyaux et de quais de ravitaillement. Everett tenta de déchiffrer les inscriptions figurant sur les citernes, en lettres de dizaines de mètres de haut, mais il ne connaissait pas cet alphabet. Les courbes et les boucles lui rappelaient l'arabe. Tandis que le drone repartait, il regarda encore une fois la raffinerie. Ce n'en était pas une. Il s'agissait d'un terminal de chargement. Les gigantesques tankers amarrés à quai remplissaient leurs cuves de brut. C'était un pays pétrolier. Quand la caméra reprit de la hauteur au-dessus du fleuve grouillant d'animation, Everett eut alors une vue d'ensemble. Le lent virage en venant du sud, la longue trajectoire est-ouest et la boucle serrée vers le sud, qui bifurquait brutalement vers le nord autour de l'étroite péninsule de verdure. Il reconnut le tracé du fleuve.

– C'est la Tamise, lâcha Everett dans un souffle. Et cette ville, c'est Londres, ou quelque chose qui ressemble à Londres, mais dans un univers parallèle.

La caméra dériva vers la grande langue de l'Île aux Chiens. Dans ce Londres-ci, c'était un immense espace vert où scintillaient des bassins et des fontaines. Des canaux traçaient des lignes géométriques entre les alignements parfaits d'arbres et de haies taillées. Dans des espaces dégagés se dressaient des pavillons coiffés de dômes et des halles abritées par des toits en forme de coquillages. Au cœur de ces jardins, sur un lac artificiel, s'étendait un vaste palais aux innombrables arcades qui s'élevaient jusqu'à un gigantesque dôme central recouvert d'or. Du sommet de celui-ci jaillissait un unique et énorme drapeau, blanc, frappé de deux croissants rouges qui se tournaient le dos.

L'image tressauta, changement de plan : sur l'écran réapparut la salle sinistre avec ses colonnes. Les deux spectateurs retinrent leur souffle. La grande plaque percée d'un trou qui s'ouvrait sur d'autres univers avait disparu. Elle avait été remplacée par un épais anneau métallique de trois mètres de diamètre, orné de câbles et de signes de mise en garde. Everett devinait la présence d'autres nouvelles machines dans les coins. Soudain, l'écran l'aveugla. Au centre de l'anneau brillait un disque de lumière blanche. La silhouette d'un insecte grêle se détachait en ombre chinoise au milieu de cette lueur douloureuse. La lueur de la frontière entre les univers s'éteignit. Il fallut quelques secondes à la caméra pour s'adapter à l'éclairage ambiant. Puis Everett et Ryun virent un drone de reconnaissance en plastique blanc s'immobiliser dans les airs, grâce à ses quatre ventilateurs, et déployer son train d'atterrissage pour se poser devant le gros anneau.

– Ils l'ont envoyé là-bas, commenta Ryun. Je sais pas où.

– Fais un arrêt sur image, ordonna Everett.

La caméra avait été posée, et elle continuait à filmer, inutilement, un des écrans d'ordinateur. Ryun se jeta sur la souris.

– Regarde la fenêtre, dit Everett en tapotant l'écran. Regarde ce qui s'affiche.

À première vue, c'était une banale photo satellite provenant de Google Earth : le continent européen, avec la grande péninsule de la Scandinavie, la France qui s'avançait en saillie, le carré isolé de l'Espagne et du Portugal.

– Là, c'est l'Irlande, mais où est la Grande-Bretagne ?

On distinguait le Danemark et les Pays-Bas, et là, sur l'Atlantique, il y avait l'Irlande, en effet. Entre les deux, une étendue d'eau déserte. Et plus de mille kilomètres au sud : la Grande-Bretagne, à une centaine de kilomètres des côtes du Portugal et du Maroc, ancrée dans l'embouchure de la Méditerranée.

– C'est l'Angleterre ? demanda Ryun.

« Oui, et on vient de voir sa capitale », pensa Everett. Et à partir de ces images, filmées selon toute vraisemblance par le drone qui était revenu de cette Terre parallèle, mais placées soigneusement avant cette scène, et grâce à cette caméra posée de manière si nonchalante et qui continuait à filmer cet écran, « accidentellement », il pouvait deviner les grandes lignes de son histoire. Les Romains avaient atteint cette île située à l'extrémité du monde connu. Ils l'avaient conquise, ils avaient apporté leur langue et leur culture, puis étaient repartis. Ensuite étaient arrivés les Maures, les armées de l'Islam, qui s'étaient installées et avaient bâti un pays solide et puissant, une civilisation durable. Il n'y avait jamais eu d'Angleterre ici. Al. Burak, avait dit la voix à la radio. Était-ce le nom de cette Grande-Bretagne ? Everett pouvait déduire autre chose de ce montage grossier, et de la position parfaite de la caméra : il savait qui avait filmé ces images, et pourquoi.

– C'et quoi, le time code ?

– 05.12. 14 : 32.

Onze jours plus tôt. Dix jours avant que son père soit enlevé sur le Mall. Il voulait qu'Everett voie ça, comme il avait voulu qu'il ait l'Infundibulum. Il préparait son testament. Il se savait en danger.

Dernière séquence vidéo. Everett l'ouvrit. Une caméra pivota et s'arrêta sur une chaussure marron impeccablement cirée. Le lacet était défait. Des mains entrèrent dans le cadre pour le refaire. Des mains à la peau mate, élégantes, avec une petite cicatrice blanche à la deuxième jointure de l'auriculaire droit. Fin de la séquence.

– Hein ? fit Ryun. Remontre-nous ça. (Everett cliqua sur l'icône.) Un type qui refait son lacet ?

« Sauf que ce n'est pas juste *un type,* pensa Everett. Je connais cette cicatrice. Elle a été faite par un couteau électrique lors de la fête de Diwali, il y a trois ans, mais cet homme affirme qu'elle est due à un laser, c'est plus cool. La cicatrice, ces longues mains brunes, les chaussures bien cirées appartiennent à mon père. Mais pourquoi filmer cette dernière séquence ? Et pourquoi l'ajouter aux autres ? Un type qui refait son lacet. »

L'ouverture soudaine de la porte, le trait de lumière qui balaya la chambre éclairée uniquement par l'écran de l'ordinateur firent sursauter Ryun et Everett.

– Voilà deux garçons qui n'ont pas la conscience tranquille, on dirait, lança la mère de Ryun. Qu'est-ce que vous regardez ? Ryun, si tu as encore trouvé un moyen de contourner le contrôle parental, plus d'Internet. Terminé. Vous avez fini avec ces assiettes et ces tasses ? Je vais les faire tremper. L'autre jour, j'ai trouvé des tasses avec deux centimètres de moisissure au fond, Ryun Spinetti.

Ils tendirent leur vaisselle sans rien dire. Quand la porte se referma, ils respirèrent.

– C'est réel, dit Ryun.

– Il n'y a rien de plus réel, ajouta Everett.

9

Everett passa un appel de la vieille cabine téléphonique située en bas de la rue de Ryun. Il se méfiait de son portable désormais. Le monde était rempli d'oreilles indiscrètes. Des gens l'observaient derrière chaque porte, chaque mur, à l'intérieur de chaque voiture. L'écran de l'appareil avait été badigeonné d'une substance rouge visqueuse et la cabine empestait l'urine, plus une autre odeur qu'il ne parvenait pas à identifier.

– Colette, je l'ai visionné.

Il ne mentionna pas Ryun. C'était plus simple. Les mensonges se propageaient déjà.

– Il faut qu'on se voie, ajouta-t-il.

Le parvis de Covent Garden était gris, battu par la pluie et balayé par des bourrasques qui retournaient les parapluies, mais c'était un endroit dégagé et en cette matinée pourrie, il y avait quand même du monde. Les conditions climatiques avaient chassé les artistes de rue, mais il en fallait davantage pour décourager les amateurs de shopping. Blottis sous des parapluies, capuches sur la tête, cols relevés, ils couraient d'une boutique à l'autre, les bras chargés de sacs en papier aux couleurs de Noël. Noël. «J'ai vu un Londres où il ne pleut pas ainsi, sans décorations en lambeaux ni courses de dernière minute», pensa Everett en observant, de l'autre côté du parvis, deux femmes en train de siroter des cappuccinos, bien au chaud et à l'abri dans une cafétéria. « Vivez-vous également dans cet autre monde ? Sortez-vous pour boire un café, êtes-vous amies, quel genre d'existence menez-vous ? » Il souffla sur la mousse de son propre cappuccino, posé sur la table, sous la verrière du marché.

– Nous avons ouvert des portes de Heisenberg sur neuf autres univers parallèles, annonça Colette Harte en prélevant avec sa cuillère la mousse à la surface de son café. On appelle ça des « plans ». Le premier avec lequel nous avons établi un contact est le plan baptisé E2. C'est celui que tu as vu dans les séquences vidéo : une Grande-Bretagne islamique située à l'entrée de la Méditerranée. C'est celui que la plupart des autres plans rencontrent en premier ; il possède sur nous une avance technologique d'environ soixante-quinze à cent ans. La technologie des portes est une science avancée là-bas. Le problème, c'est qu'ils ne peuvent accéder qu'à un seul autre plan, que nous appelons E3, encore un des premiers adeptes de la technologie des Portes de Heisenberg.

Après une pause, elle enchaîna :

– E2 et E3 ont été contactés dès 1995 par un autre plan, E4, qui a développé seul de son côté une technologie des portes. E2 et E3 sont des terres très différentes de la nôtre. En revanche, le plan E4 est presque identique au nôtre. Ils ont une théorie sur E2, selon laquelle E4 et E10, c'est-à-dire nous, font partie d'un ensemble d'univers parallèles similaires qui se sont séparés récemment. Tu pourrais pénétrer dans E4 sans même savoir que tu es entré dans un univers parallèle. Il aurait la même apparence, voire le même climat. Mais il existe des différences : Al Gore accomplit son deuxième mandat de président, le 11 Septembre n'a pas eu lieu et il est arrivé quelque chose à la Lune, mais ils n'ont pas voulu nous en parler.

– Et mon père dans tout ça ? demanda Everett.

Colette grimaça.

– Commençons par les trois P. Les plans dont tu connais l'existence. Il existe deux autres P, pour que tu comprennes bien : Plénitude et Panoplie. Plénitude – *la* Plénitude, la Plénitude des Mondes Connus, est une alliance de plans en contact les uns avec les autres. Il y a neuf Mondes Connus, le nôtre est le numéro 10. Les choses vont vite, Everett, et je ne suis plus en position dominante, les politiciens ont repris la main, mais des diplomates et des négociateurs arrivent de la Plénitude. Tu as entendu Ibrim Hoj Kerrim, de E2, sur l'enregistrement audio. Il fait partie de l'équipe. Il y a également une femme de E3 et son homologue masculin de E4. Comme je te le disais, je ne suis plus au courant de ce qui se passe, ce sont des discussions entre politiciens. Nous avons désigné un membre du gouvernement, il y a aussi un représentant de l'UE et un émissaire des États-Unis. Les Russes sont présents également, ainsi que les Chinois et les Indiens. Imagine la Plénitude comme les Nations unies des univers parallèles.

– Dix mondes, dit Everett. Ce n'est même pas une fraction d'une fraction d'une fraction de l'ensemble.

– Le reste, les autres univers parallèles, constitue la Panoplie. Le multivers. Tout le bataclan. Il y a énormément de place. D'autres plans, d'autres mondes. D'autres Plénitudes. Plus grandes, peut-être. Moins amicales, peut-être. Beaucoup moins amicales. J'ai entendu des rumeurs selon lesquelles un groupe à l'intérieur de la Plénitude voudrait qu'elle ressemble un peu moins aux Nations unies et un peu plus à un pacte de défense.

– Nous, on est E10. E2, E3 et E4 maîtrisent la technologie des portes de Heisenberg depuis longtemps, résuma Everett. Et E1 dans tout ça ?

– C'est la grande question. Personne n'en parle... pas à moi, du moins.

– Mon père est-il toujours dans ce monde ?

Colette fut un peu décontenancée par cette question brutale.

– Je l'ignore, Everett. Peut-être pas.

– A-t-il franchi la porte de son plein gré, ou quelqu'un l'a-t-il enlevé ?

Colette inspira à fond et posa ses mains à plat sur la table.

– En fait... Avant de disparaître, il a annoncé qu'il avait découvert quelque chose.

– Dans l'Infundibulum.

– Jusqu'à présent, ça fonctionnait de cette façon : tous les Mondes Connus de la Plénitude se sont trouvés parce qu'ils ont développé des portes de Heisenberg. Comme des stations de radio qui se connectent les unes aux autres. Il y avait une destination définie à l'autre bout. Mais ce qui se passe avec les portes, c'est qu'elles peuvent ouvrir un passage dans n'importe quel plan de la Panoplie. N'importe lequel des milliards d'univers parallèles. Le problème, c'est qu'on ne sait pas où l'on ouvre cette porte. Tu peux tout aussi bien déboucher dix kilomètres sous terre, à cinquante mille pieds d'altitude ou à l'intérieur d'un mur. Tu peux te retrouver nez à nez avec un tigre à dents de sabre ou un tyrannosaure furibond, ou ce qu'ils sont devenus après des centaines de millions d'années d'évolution supplémentaires. Ou bien dans un monde transformé en verre radioactif par une explosion. Impossible de savoir. C'est comme posséder des coordonnées GPS, alors que tu as besoin d'une carte pour savoir où aller.

– Mon père a trouvé la carte.

– Il a trouvé quelque chose, en effet. Il me l'a dit.

– Quand ?

– Trois jours avant sa disparition.

Everett n'avait pas oublié ce vendredi. Il avait appelé son père. Ils avaient projeté de se retrouver avant le match et discuté de ce qu'ils pourraient préparer lors de leur soirée cuisine. Oh, il y avait une conférence intéressante à l'ICA le lundi, sur les nanotechnologies et les bouleversements qu'elles allaient apporter. Et pendant tout ce temps, alors qu'ils étaient assis à côté de Vinny au stade, pendant qu'Everett préparait sa spécialité de chili con carne au chocolat, son père ouvrait des portes sur des univers parallèles, il s'entretenait avec des scientifiques et des Premiers ministres d'autres Terres, il trouvait la clé de dix mondes puissance quatre-vingts.

– En a-t-il parlé à quelqu'un d'autre ? demanda Everett.

– Oui.

– Paul McCabe ?

– Oui.

Il frissonna. Le froid s'installait de nouveau dans ses os ; un froid intense qui s'échappait par les interstices entre les univers. C'était un environnement glacial où l'on ne pouvait faire confiance à personne. Ces gens qui couraient sous la pluie battante étaient peut-être des espions, des ennemis, des doubles venus d'un autre monde, en douce. En l'espace de trois jours seulement, le monde d'Everett avait été totalement ébranlé, englouti par un milliard d'autres mondes, pulvérisé en une infinité d'atomes de peur et de méfiance. Il craignait de ne plus jamais avoir chaud.

– Ils l'ont enlevé parce qu'ils pensaient qu'il avait l'Infundibulum, dit Everett.

– Celui qui contrôle l'Infundibulum contrôle la Plénitude et la Panoplie. On ne parle plus de dix mondes, ce pourrait être dix mille mondes. Dix millions de mondes. Tout un empire.

– Mais mon père ne possède pas l'Infundibulum.

– Non.

– Moi, si.

– Exact. Et j'aurais préféré que ton père ne te le donne pas. Tu ne seras jamais en sécurité, ton entourage non plus. Ta mère, ta sœur, tes grands-parents, tes oncles et tantes, tes cousins et cousines, qu'ils soient en Grande-Bretagne ou en Inde. Tes amis. Moi. Ils ne reculeront devant rien pour mettre la main dessus. Ils n'abandonneront pas. Tu es en possession de l'objet le plus important du multivers.

Les artistes de rue avaient repris leurs numéros. Défiant le ciel, juchés sur leurs monocycles, ils roulaient sur les pavés mouillés en jonglant avec des torches enflammées.

10

Le four dans la cuisine de Ryun indiquait 03 : 45. La mère d'Everett n'avait jamais réussi à régler le moindre appareil doté d'une horloge. Chaque fois qu'il les remettait à l'heure, elle faisait une manipulation quelconque qui déréglait tout, presque dans la seconde. Mme Spinetti aimait avoir l'heure juste : cuisinière, radio, micro-ondes... tout était parfaitement synchronisé. Le vrombissement du moteur du réfrigérateur aurait pu réveiller toute la maison. En sortant de la chambre, Everett avait trébuché, il s'était cogné, il avait fait grincer le plancher et les marches en descendant, mais les Spinetti, gens bruyants habitués à vivre dans le bruit, continuèrent à dormir à poings fermés. Everett se servit un verre de jus de fruits puis, à la lumière d'une dizaine de pendules à affichage digital, il alluma Dr Quantum.

Son doigt se posa sur l'icône de l'Infundibulum. D'une chiquenaude, il pouvait l'envoyer dans la poubelle. Dossier supprimé. Effacé de tous les univers. Il ne doutait pas un seul instant qu'il s'agissait du document original, le seul et unique. Il possédait une théorie désormais. Son père avait vu quelque chose dans les nuages de données incandescents. Et il en avait fait une clé capable d'ouvrir la porte de n'importe quel monde de la Panoplie, sans risque, avec précision. Il avait été enlevé à cause de ce qu'il savait. Comme il le craignait. Colette avait raison. Everett ne serait jamais à l'abri, aucun membre de sa famille, aucun de ses amis non plus, tant que l'Infundibulum existait. « Allez, débarrasse-t'en. » Son doigt hésitait au-dessus de l'écran tactile.

Il devrait l'effacer. Il ferait mieux de l'effacer. Il devait l'effacer.

Il tapota deux fois sur l'icône. Les voiles incandescents du multivers envahirent l'écran. Son père aurait pu effacer lui-même ce dossier. Cela aurait été plus prudent. Au lieu de cela, il l'avait envoyé à Everett, en sachant qu'il mettait sa famille en danger. Or, Tejendra Singh était avant tout, et toujours, un père pendjabi. Pour lui, la famille, c'était tout. Conclusion, il devait y avoir autre chose dans l'ensemble de ces données. Un élément caché dans ces nuages de lumière qui constituaient les mondes de la Panoplie.

Everett sentait les plans affluer autour de lui, tel un vol d'étourneaux. Des mondes fantômes ; d'autres cuisines dans d'autres Londres. Mais il n'y avait que dans celui-ci qu'Everett Singh détenait la clé de tous ces autres mondes. Il tendit la main, ouvrit l'Infundibulum et saisit une poignée d'univers. Il fit tourner les nuages de chiffres vers la gauche, vers la droite, les fit tournoyer, il tressa des rubans flamboyants de codes, puis les sépara ; il ouvrit une faille dans la réalité et plongea à l'intérieur d'une crevasse de lumière sans fin. Il y avait des univers au-dessus de lui, dessous, devant et derrière, sur tous les côtés. « Qu'as-tu vu dans tout ça, papa ? »

Nombres infinis, univers infinis. On pourrait tourbillonner au milieu pendant des siècles sans jamais repérer ce qui liait un code à un autre.

Lier.

Une paire de mains. Une paire de chaussures marron cirées. Son père avait toujours pris grand soin de ses chaussures. Un lacet défait. Des mains qui refont le nœud.

« Pourquoi me montrer ça ? » s'était demandé Everett dans la chambre de Ryun. Des vues de Terres parallèles, de paysages urbains étrangers, de géographies alternatives... Puis un homme qui lace sa chaussure. « Parce qu'il s'agit d'un message. »

Un nœud. Un objet qui passe à l'intérieur de lui-même en trois dimensions. C'était de la topologie : l'étude mathématique des formes et des surfaces, et de la manière dont des objets apparemment différents pouvaient se transformer les uns en les autres. Trois dimensions, c'était le minimum pour pouvoir faire un nœud. Une seule dimension, c'était un trait. Il n'y avait pas d'espace pour faire une boucle. Un cercle, il n'y avait que deux dimensions. Vous pouviez courber le trait et faire se rejoindre les deux bouts. Mais impossible de faire un nœud car le trait ne pouvait pas passer dans lui-même. D'avant en arrière, de droite à gauche, oui, mais ni en haut ni en bas. Trois dimensions – haut et bas, avant et arrière, droite et gauche – c'était le minimum pour faire un nœud. Mais vous pouviez aller beaucoup plus loin.

Everett avait toujours été capable de raisonner en plus de trois dimensions. Ce qui stupéfiait son père. Everett ne pouvait pas expliquer ce phénomène. Il fallait des années, des décennies, pour apprendre à réfléchir en dehors de la boîte des trois dimensions. « Je les vois, c'est tout », disait-il. De même, il voyait des schémas dans son environnement, il percevait des liens entre des choses qui semblaient indépendantes, il visualisait l'endroit où Yolandi allait envoyer le ballon. Une dimension, deux dimensions, trois dimensions, quatre dimensions. Cinq, six, sept...

Il toucha l'écran. Il saisit un morceau d'Infundibulum, le tourna dans un sens, puis dans l'autre, l'observa sous différents angles. Il tira dessus, formant un long filament de codes. Il agrandit l'image. Il avait remarqué que les codes formaient des groupes qui débutaient par les mêmes chiffres, mais là, il ne percevait aucune suite récurrente entre un essaim et ceux qui l'entouraient. Il copia les neuf premiers chiffres et les entra dans un logiciel de détection. Les essaims s'illuminèrent sur les voiles ondulants de l'Infundibulum. Il prit le filament et l'accola au groupe le plus proche. Il obtint une boucle. Née du chaos. Il s'empressa de la sauvegarder. Il examina l'Infundibulum à la recherche d'un autre pan de codes identiques.

La réalisation des premiers nœuds fut un travail méticuleux qui faisait mal aux yeux. Plus d'une fois, Everett dut battre des paupières pour chasser de son cerveau les nuages de nombres tourbillonnants et regarder les lumières mates et froides des pendules dans la cuisine obscure. 4 : 38. À mesure que les nœuds se multipliaient, il apprit à savoir ce qu'il cherchait. Il distinguait les schémas. Il tricotait la réalité. En suivant un patron. Il rit à voix haute. Ça prenait forme sous ses mains. Tout était relié. C'était facile. Très facile. Ses doigts couraient sur l'écran, faisaient apparaître de nouvelles parties de l'Infundibulum, trouvaient les points de liaison, pénétraient dans des dimensions plus lointaines pour les réunir. À l'intérieur, dessous, à travers, derrière.

Il recula et contempla l'écran. L'Infundibulum. Le multivers. Mais il n'était pas achevé. Il restait une ultime transformation. Des nœuds à l'intérieur d'un nœud. Il zooma au maximum, nomma les emplacements qui correspondaient au code – c'était devenu instinctif – et leur appliqua les transformations mathématiques qui les réunissaient en un nœud solide. Des nœuds faits de nœuds faits de nœuds. Plus il avançait, plus les nœuds devenaient complexes. Plus grands à l'intérieur qu'à l'extérieur. Un Infundibulum.

Everett se leva de son siège. Il entendit un bruit de casiers à bouteilles : le dernier camion de lait de Hackney remontait péniblement Roding Road. Oh! 6: 07. Les habitants de la maison allaient bientôt se réveiller. Il ouvrit le réfrigérateur pour se servir un autre verre de jus de fruits et regarda son travail. Il avait pris les données et les avait tissées pour en faire une carte; non pas une carte plate en deux dimensions, ni même roulée sous forme de cylindre à trois dimensions, mais une carte en sept dimensions, repliée à l'intérieur et au travers d'elle-même. *La* carte. La chose la plus précieuse de tous les univers. Il avait réussi! Et personne dans cette maison, personne dans cette rue, personne dans cette famille ni parmi ses amis, pas même Ryun le super geek, ne pourrait comprendre ce qu'il avait fait.

Il caressa l'écran de la tablette et l'Infundibulum se mit à rouler comme une pelote de ficelle. «Par ici, par là, partout où je veux. Je peux trouver n'importe quel point de l'univers. Ce ne sont pas uniquement des morceaux de code aléatoires. Ça veut dire quelque chose.»

– Que veux-tu que je fasse avec ça, papa? demanda-t-il à voix haute.

Alors même qu'il posait la question, Everett connaissait la réponse. Colette lui avait dit qu'à son avis Tejendra Singh n'était plus dans ce monde. Mais dans lequel, alors? Comment les portes de Heisenberg se trouvaient-elles mutuellement? Par résonance, en associant ces blocs de codes, comme des stations de radio. Il fallait apporter la carte devant la porte.

– «Viens me chercher», voilà ce que tu me dis, murmura Everett.

Le chauffage central se mit en marche. Les tuyaux grincèrent. Everett n'avait pas remarqué qu'il grelottait. Le froid entre les mondes.

Il ouvrit Skype. Le numéro sonna plusieurs fois avant que quelqu'un réponde.

– Everett. Tu es bien matinal.

– Professeur McCabe. Vous vous souvenez que vous m'avez demandé de vous appeler si mon père m'envoyait quelque chose ? Eh bien, il l'a fait. Je pense que vous devriez voir ça.

11

Bien que réveillée alors qu'il faisait encore nuit, juste avant l'aube, Rock Star Blonde n'avait rien perdu de son élégance. Ni de son aspect menaçant. Sans doute que les super-vilains dans son genre ne dormaient jamais. Elle avait troqué la Renault contre une Mercedes Classe S. De bon goût. Plus besoin de se fondre dans le décor désormais. Quant à Skinhead en Costard, il avait toujours l'air d'une brute. Sa casquette de chauffeur ajoutait un petit air idiot inattendu. Everett le regarda se garer sur l'emplacement réservé aux handicapés devant la cafétéria. Il descendit pour ouvrir la portière arrière. Il avait toute la tenue: les bottes, les jodhpurs, la veste à col droit et les gants de conduite. Rock Star Blonde posa une chaussure noire à talon haut sur le trottoir, puis une autre. Elle était grande et se déplaçait comme une écharpe en soie dorée qui fend l'eau. Sa jupe moulante s'arrêtait à mi-cuisse, son blouson cintré à la taille s'élargissait au niveau des épaules. Elle portait une petite toque ronde, légèrement inclinée, ornée d'une voilette. Bref, elle était… mortelle.

« Mais j'ai une chose dont vous avez besoin », pensa Everett.

À l'intérieur de la cafétéria, les étudiants tire-au-flanc, les jeunes gens branchés, le type au Mac qui écrivait son scénario en rêvant d'un oscar, tous levèrent la tête et ne purent détacher leur regard de la femme qui entra et marcha droit vers la table d'Everett.

– Everett ?

Ses lèvres étaient d'un rouge éclatant.

– Lui-même.

Il se leva. Ses parents lui avaient enseigné les bonnes manières, mais il se serait senti obligé de se lever de toute façon. Cette femme lui en imposait, par sa simple présence. Un mince sourire balaya ses lèvres écarlates.

– Je suis Charlotte Villiers. Envoyée plénipotentiaire du monde baptisé E3. Nous devons discuter d'une affaire, je crois. Allons-y.

D'un léger mouvement de tête, elle désigna la voiture garée devant la cafétéria et le chauffeur qui attendait. Everett se réjouissait de s'être changé dans les toilettes de l'école avant de faire le mur. Vous ne pouviez pas jouer ce rôle de manière crédible en uniforme de collégien. Les narines de Charlotte Villiers se dilatèrent quand elle vit les tubes fluo fixés aux poignets de sa parka. Il balança son sac à dos sur son épaule et lança quelques pièces de monnaie sur la table. Il avait toujours rêvé de faire ça, comme dans les films de Tarantino : balancer du fric et se tirer.

– Montez à côté de moi, Everett, dit Charlotte Villiers.

La condamnation centralisée des portières s'enclencha. La Mercedes se faufila dans la circulation. Et Everett sentit tout son courage s'envoler. Les plans conçus dans l'obscurité paraissaient bien médiocres et bancals en plein jour. Placer l'Infundibulum devant la porte. Pour le reste, il improviserait au fur et à mesure. Il s'était toujours targué de voir venir le ballon. Et si, cette fois, il n'y arrivait pas ? S'il se retrouvait face à des gens aussi bons que lui ? Meilleurs que lui ? La peur lui soulevait l'estomac. Non, ils n'étaient pas meilleurs. Ils n'étaient même pas aussi bons. Il avait réussi à tisser l'infundibulum.

Aucun d'eux n'y était parvenu, dans aucune des dix Terres remplies de gens, ni dans E2, la Grande-Bretagne mauresque, ni dans sa jumelle, E4, où quelque chose était arrivé à la Lune, ni dans E1, dont personne ne parlait, ni dans E3, le monde de l'élégante Charlotte Villiers. Seul Everett Singh y était arrivé, avec son père, Tejendra.

Charlotte Villiers (elle faisait partie de ces personnes qu'on ne pouvait appeler que par leur nom complet) regardait par la vitre ruisselante de pluie. Une moue de mépris plissait ses lèvres écarlates devant le spectacle des passants vêtus de leurs gros manteaux d'hiver, de leurs sweat-shirts à capuche ou de leurs vestes chics. « Ici, c'est chez moi, je vis avec ces gens, pensa Everett. Ne les regardez pas comme une touriste. »

La voiture roulait vers le nord, sous la pluie et au milieu des embouteillages, en suivant les panneaux bleus qui indiquaient la M25.

– On ne va pas à l'université ? s'étonna-t-il.

– Exact.

Charlotte Villiers ouvrit son petit sac à main et se regarda dans un miroir de poche. Everett entrevit un bout de métal sombre, une crosse en ivoire et un canon gravé. Un pistolet. Visiblement satisfaite de son apparence, la Rock Star Blonde rangea son poudrier et fit claquer le fermoir de son petit sac à main. « Vous avez fait ça uniquement pour que je voie ce qu'il y avait à l'intérieur », pensa Everett.

Une fois sur le boulevard périphérique, Skinhead en Costard (devenu Skinhead avec une casquette de chauffeur) put pousser le moteur de la Mercedes Classe S. Charlotte Villiers sourit en sentant la poussée soudaine. Everett avait assisté aux tests de ce modèle dans l'émission *Top Gear*. Il connaissait le temps d'accélération de zéro à cent kilomètres / heure, le nombre de chevaux et la vitesse maximale. « Tu regardes encore ce truc débile pour garçons ! » lui criait sa mère. « Va faire tes devoirs ! » Ce souvenir lui serra la gorge. Elle devait l'attendre. Elle lui avait préparé un repas. Elle l'appellerait. Elle appellerait Ryun. Elle appellerait la police. « Désolé, maman, je n'ai pas le choix. »

La Mercedes fonçait sur la file de gauche, bien au-delà de la vitesse autorisée. Le chauffeur chassait les véhicules qui se trouvaient devant lui à coups d'appels de phares. Plénipotentiaire. C'était comme un ambassadeur, mais un cran au-dessus. Überambassador. Jadis, avant le téléphone et Internet, quand il fallait plusieurs mois à un message pour aller d'un bout à l'autre de la planète, un plénipotentiaire incarnait l'État. Tout accord conclu avec cette femme engageait son gouvernement. La diplomatie interplans devait être forte.

Ils empruntèrent le pont de Dartford qui traversait la Tamise. Direction le sud maintenant.

– Où avez-vous emmené mon père ?

– Il travaille dans un centre de recherches sécurisé.

– Un centre de la Plénitude ?

– Dans certains domaines, votre technologie surpasse la nôtre. Dans d'autres domaines, c'est l'inverse. Nous connaissons depuis des décennies ce que vous appelez les portes de Heisenberg. Il est normal que nous réunissions le talent et la technologie.

« Il est donc dans votre monde », pensa Everett.

Il demanda :

– Il travaille ou il est retenu prisonnier ?

Charlotte Villiers émit un léger soupir.

– Allons, monsieur Singh, ne tombez pas dans la paranoïa de roman d'espionnage. Le monde des adultes ne fonctionne pas de cette façon. Il s'agit d'une affaire sensible. Des mesures de sécurité s'imposent. C'est comme si votre père travaillait dans une de vos installations d'armement atomique.

La Mercedes s'engagea dans un gigantesque échangeur.

Des panneaux indiquaient la direction des ports et du tunnel sous la Manche. Skinhead coiffé d'une casquette de chauffeur dépassa à toute allure les longues files de poids lourds qui roulaient vers la côte. Ils avaient laissé la pluie derrière eux ; les nuages les devançaient, poussés par un puissant vent d'ouest. Le soleil hivernal brillait sur un paysage dégoulinant, mais les routes séchaient déjà. La Mercedes se faufila entre les voitures pour se glisser dans la voie menant au terminal de l'Eurotunnel.

– Je n'ai pas pris mon passeport, annonça Everett.

– Vous n'avez pas besoin de passeport.

À moins de un kilomètre des guichets d'enregistrement, ils bifurquèrent à gauche, sur une voie de service qui s'éloignait du vallon où les voies ferrées et les trains émergeaient du tunnel, vers les collines de craie. La route grimpa jusqu'au sommet de la falaise, replongea de l'autre côté et longea un champ de blé à moitié inondé. L'eau stagnait dans les sillons. Au centre du champ se trouvait un enclos d'une centaine de mètres de côté. Aucun bâtiment, aucune antenne radio, aucune structure d'aucune sorte. La clôture était l'élément le plus remarquable. Le chauffeur s'engagea sur un chemin étroit qui traversait le champ détrempé, jusqu'à l'enclos. Il était creusé d'ornières et les accotements s'effritaient ; des touffes de mauvaise herbe émergeaient du goudron. À l'approche de la voiture, un portail s'ouvrit. Des caméras de surveillance la suivirent. Everett découvrit alors que la route descendait en pente raide dans le sol, jusqu'à un bunker en béton, invisible de loin, fermé par une épaisse porte en acier noir à double battant. Elle s'ouvrit devant eux. La voiture s'enfonça dans l'obscurité. Des grincements de rails et d'engrenages incitèrent Everett à se retourner : les battants de la porte se refermaient sur un rectangle de lumière de plus en plus étroit, qui finit par disparaître totalement. Ils étaient dans un tunnel. Les phares éclairaient des appliques électriques éteintes, des tuyaux, des câbles qui pendaient, des ventilateurs, des portes en acier sur lesquelles étaient peints des numéros au pochoir, à moitié effacés. Au loin, il y avait une tache de lumière blanche. La Mercedes sembla mettre un long moment à l'atteindre. Dans ce tunnel, les distances et la vitesse, le temps et l'espace étaient déformés. Charlotte Villiers se redressa, remit de l'ordre dans sa tenue, remonta ses gants et se regarda de nouveau dans le miroir de son poudrier. Deux petits traits de rouge à lèvres et elle redevint mortelle.

Everett aperçut Paul McCabe qui l'attendait dans le halo de lumière blanche. Il paraissait tout chiffonné et froissé, comme s'il portait ces vêtements quand le coup de téléphone d'Everett l'avait réveillé. À côté de lui se tenait un homme de petite taille au teint olivâtre, avec une moustache et une barbe taillées de manière très sophistiquée, aussi élégant et soigné que McCabe était négligé. Il arborait un costume de brocart ivoire et gris, à col rond. Près de lui se trouvait Colette Harte.

La voiture s'arrêta. Une femme vêtue d'un treillis noir et coiffée d'une casquette militaire de la même couleur surgit de l'obscurité pour ouvrir la portière. Everett cligna des yeux, ébloui par la lumière qui jaillissait des quatre batteries de projecteurs montés sur des trépieds. Cela ne l'empêcha pas de remarquer le fusil d'assaut qu'elle portait en bandoulière dans son dos.

– Everett ! Excellent, excellent ! s'exclama Paul McCabe en lui serrant vigoureusement la main. Tu as fait bon voyage ? Nous t'avons envoyé la plus belle voiture. Traitement VIP et tout le tintouin, si, si. Moi-même, je suis ici depuis cinq minutes seulement. Un peu matinal, ce réveil, tu ne trouves pas ?

Charlotte Villiers descendit à son tour de la Mercedes. Everett crut voir Paul McCabe s'incliner devant elle ; un bref et discret hochement de tête, une marque de servilité néanmoins.

L'homme au costume élégant plaqua sa main droite sur son cœur.

– C'est un honneur, monsieur Singh. Je suis Ibrim Hoj Kerrim, plénipotentiaire de E2.

Everett dut faire appel à toute sa volonté pour ne pas répondre : « Je sais, je reconnais votre accent ni tout à fait espagnol ni tout à fait marocain. J'ai entendu votre voix à la radio. J'ai survolé les toits de votre Londres. »

– Je suis enchanté de vous rencontrer, monsieur Kerrim.

Le plénipotentiaire lui adressa un sourire ; ce genre de sourire qui transforme les visages. Il avait des yeux pétillants et de très belles dents. « J'aimerais pouvoir vous faire confiance, pensa Everett. J'ai besoin de faire confiance à des gens. »

– Je crois savoir que vous possédez un joyau d'une valeur inestimable, dit Ibrim Kerrim.

– La carte de la Panoplie, répondit Everett. (Un murmure parcourut le cercle des personnes présentes.) En effet, je l'ai créée.

– Un exploit remarquable, dit Ibrim Kerrim. Vous possédez un talent précoce, assurément.

Everett remarqua la présence d'un petit crochet orné de pierreries derrière l'oreille gauche du plénipotentiaire de E2, semblable à un appareil auditif émaillé. Dans une des séquences vidéo, cet homme avait fait allusion à des implants de langage. Ce petit appareil lui permettait-il de parler anglais ?

– En fait, mon père... commença Everett.

– Un homme extraordinaire, extraordinaire, le coupa Paul McCabe. Il aurait mérité la médaille Fields. Le génie des maths est inscrit dans leur ADN familial.

Everett crut, l'espace d'un instant, que le professeur allait lui ébouriffer les cheveux. Il aurait été obligé de le frapper, soldats armés ou pas.

– Je souhaiterais avoir la preuve de l'existence de cet appareil, déclara Charlotte Villiers.

« Vous savez qu'il est dans mon sac », pensa Everett. C'était le moment délicat. S'il lui montrait l'Infundibulum, elle risquait de le lui voler. Il était entouré de gens armés. Et il avait vu ce que cette femme cachait dans son sac à main.

– Le mieux, c'est que je vous explique comment ça fonctionne, dit-il. La porte de Heisenberg est ici ?

Paul McCabe et Charlotte Villiers échangèrent un regard. Ibrim Kerrim fut le premier à réagir :

– J'aimerais beaucoup voir ça, professeur McCabe.

– Si tel est votre souhait, monsieur le plénipotentiaire.

Un individu tout en noir ouvrit une trappe dans la paroi du tunnel. Au-delà s'étendait un autre tunnel, plus étroit, inachevé, creusé dans la craie. Des câbles serpentaient au plafond, d'un néon à l'autre. D'épaisses gaines d'alimentation couraient au pied de la paroi. Il flottait dans l'air une odeur d'humidité, de poussière et d'électricité. Deux individus en noir ouvrirent le chemin ; Everett et Paul McCabe leur emboîtèrent le pas, immédiatement suivis de Colette Harte. Venaient ensuite les deux plénipotentiaires et, pour fermer la marche, deux autres individus en treillis noir. Le sol du tunnel, qui crissait sous les pieds d'Everett, descendait en pente douce vers une autre trappe. Everett se figea en entendant enfler un vrombissement qui faisait tomber des gouttes de condensation des rampes d'éclairage et des éclats de craie du plafond.

– Nous sommes presque exactement parallèles à l'Eurotunnel, expliqua Paul McCabe. Everett, tu serais stupéfait de voir combien nous sommes près des rails. Stupéfait, oui. Les vibrations sont exaspérantes. Pour les amortir, nous avons dû bâtir toute notre installation sur des ressorts. Mais je pense que cette intimité en valait la peine.

– C'est quoi exactement, ici ?

– Bien avant ta naissance, Everett, en 1974 précisément, un projet a vu le jour pour construire un tunnel sous la Manche. Des essais de forage ont même été effectués. Mais des problèmes économiques ont surgi, le climat politique a changé, le plan n'était pas réalisable... Bref, ils ont arrêté de creuser. Des années plus tard, ils ont repris le projet. La galerie de service, en revanche, ils l'ont fermée, puis ils sont repartis et ils l'ont oubliée. Mais pour nous, c'est l'idéal, en attendant le jour où nous pourrons informer l'opinion publique. D'ailleurs, à ce sujet...

Paul McCabe ralentit le pas pour glisser quelques mots aux plénipotentiaires qui marchaient derrière. Colette Harte en profita pour rejoindre Everett.

« Qu'est-ce que tu fais ? » articula-t-elle.

– J'ai un plan, murmura-t-il.

Et pour détourner l'attention, il ajouta :

– On se croirait dans *Doctor Who*.

Un des gardes en noir pouffa.

La trappe au bout du tunnel était verrouillée par un système d'analyse de l'iris. La femme en treillis noir approcha son œil du lecteur. Le laser scanna son iris. La trappe s'ouvrit.

– Je pense que tu n'es pas au bout de tes surprises, Everett, dit Paul McCabe. (Des lumières s'allumèrent quand il franchit le seuil.) Bienvenue à la Porte Terrestre Dix.

La salle voûtée, d'environ dix mètres de diamètre, avait été taillée dans la roche. Le sommet se perdait au-delà du cercle de projecteurs qui déversaient une lumière blanche sur l'objet disposé au centre du sol grillagé : un bloc de la hauteur d'une maison, couvert de circuits et de branchements électriques et percé, au centre, d'un trou de trois mètres. Une rampe y conduisait. Aucune rampe ne redescendait de l'autre côté. De gros câbles d'alimentation partaient du bloc, vers des éléments métalliques brillants, à peine visibles, alignés contre les murs de la salle. L'air vibrait d'électricité. D'autres câbles, enroulés, luisaient dans la lumière crue, sous le sol grillagé. Le bloc était entouré du cercle habituel de bureaux, d'ordinateurs et d'écrans.

En posant le pied sur la grille, Everett la sentit s'enfoncer légèrement. Sans doute les ressorts dont avait parlé Paul McCabe. Il entendit le grondement sourd d'un train, quelque part dans un autre tunnel creusé au cœur de la roche; les lumières tremblotèrent, mais le bloc noir demeura immobile. La porte de Heisenberg. Everett gravit la rampe pour toucher la porte. Froide et inerte. Pas un frémissement, pas le moindre bourdonnement électrique.

– J'ai besoin d'accéder à votre système, dit-il.

Charlotte Villiers ouvrit la bouche pour protester, mais Paul McCabe s'empressa de tendre à Everett un minuscule boîtier à affichage numérique.

– Fais vite, le code change toutes les trente secondes.

Everett sortit Dr Quantum de son sac à dos et l'alluma. Il trouva immédiatement le réseau sans fil. Le code n'eut même pas le temps de changer. Voilà, il était entré. Sécurité défaillante. La même clé ouvrait tout: le réseau sans fil et le panneau de configuration de la porte de Heisenberg. Paul McCabe et ses plénipotentiaires devaient se croire à l'abri des pirates au milieu de toute cette roche, entourés d'individus armés.

– Comment fais-je pour activer la porte?

– Euh, Everett, je pense sincèrement que...

– Il n'y a aucun mal à laisser ce jeune gentleman accéder aux contrôles de la porte, dit Ibrim Kerrim.

Paul McCabe rentra la tête dans les épaules et s'éloigna prestement d'Everett et de son ordinateur. Colette lui montra l'interface.

– C'est très simple, dit-elle en faisant apparaître une fenêtre qui contenait des cases vierges. Il y a juste trois chiffres à entrer. Quand, combien de temps et où. Le minuteur est essentiellement une serrure de sécurité pour les sauts de porte en porte, afin qu'on ne puisse pas sauter à travers une porte déjà ouverte sur un autre endroit. On ignore ce qui se passerait dans ce cas-là.

– Je ne fais pas de sauts de porte en porte, dit Everett.

Il fit glisser le tableau de configuration de la porte de Heisenberg dans le coin inférieur de Dr Quantum et ouvrit l'Infundibulum.

– Bon sang, murmura Colette.

Charlotte Villiers l'écarta, pressée de découvrir la carte de tous les univers, connus et inconnus. L'écran éclairait son visage d'une lueur bleutée spectrale. Ses lèvres remuaient, tandis qu'elle examinait cet entrelacs multidimensionnel.

– Des nœuds topologiques de troisième ordre en sept dimensions, murmura-t-elle. Plus on pénètre à l'intérieur, plus ça devient grand.

Everett arracha Dr Quantum aux yeux avides de la femme blonde et se retourna vers la porte de Heisenberg. Il régla le minuteur sur quinze secondes et la durée sur cinq secondes. Puis il zooma sur l'Infundibulum, saisit un morceau de code dans les profondeurs des entrelacs mathématiques et l'introduisit dans la case « destination ». Les lumières s'atténuèrent. La salle bourdonna sous l'effet d'une surtension soudaine. La porte de Heisenberg scintillait comme un sapin de Noël décoré de diodes. Des lumières jaunes de mise en garde tournoyaient en clignotant. Paul McCabe se pencha au-dessus d'un moniteur.

– Bonté divine. Bonté divine.

Ibrim Kerrim vint se placer à côté d'Everett. Une nouvelle option apparut sur l'écran de Dr Quantum : un gros bouton vert portant la mention *SAUT*.

– E2, dit Everett. Votre monde. Votre ville, à huit kilomètres de votre porte.

Il appuya sur le bouton vert. Le trou au centre du bloc se remplit de lumière. Les personnes présentes se protégèrent les yeux avec leurs mains. Charlotte Villiers sortit de son sac une paire de lunettes noires et rondes et les chaussa.

La porte de Heisenberg s'ouvrit. Le vent venu d'un autre monde ébranla toutes les personnes présentes ; une feuille de journal dévala la rampe dans un tourbillon. La porte choisie par Everett s'était ouverte sur des arcades ombragées, avec des boutiques d'un côté, une rangée de colonnes et, au-delà, des voitures hautes et de longs tramways. Une femme vêtue d'une robe resserrée à la taille, avec des manches bouffantes, s'était arrêtée, stupéfaite, les yeux écarquillés. Elle laissa tomber son ombrelle et plaqua sa main sur sa bouche. Everett la salua d'un petit geste.

La porte de Heisenberg se referma. Les générateurs s'éteignirent. La lumière retrouva une intensité normale. Ibrim Kerrim se baissa pour récupérer la feuille de journal.

– C'est le *Daily Intimator* d'aujourd'hui, dit-il. Le journal que je lis en prenant mon café du matin.

Everett fit tourner l'Infundibulum et apparaître une nouvelle carte. Il déplaça des codes vers la fenêtre de saut. En bas de l'écran, une barre rouge se remplissait peu à peu : les condensateurs de la porte de Heisenberg se rechargeaient. Le bouton « SAUT » s'alluma.

– E8, annonça Everett. Trois, deux, un…

La lumière inonda de nouveau la salle. La porte de Heisenberg s'ouvrit. Everett entraperçut le dôme de la cathédrale St.

Paul, la vilaine architecture de Pasternoster Row, semblable à une bouche remplie de dents cariées, et soudain, l'eau jaillit par la porte. Elle dévala la rampe, faucha Everett et projeta Kerrim, Charlotte Villiers et Paul McCabe contre les bureaux. Everett dut lutter pour protéger Dr Quantum du déluge. La porte de Heisenberg se referma en claquant.

– Ce Londres a été inondé à la suite d'un violent déluge en 1972, expliqua Paul McCabe. Ils ont déplacé la capitale à Birmingham.

Everett se releva. L'eau s'était évacuée à travers le sol grillagé. Elle continuait à ruisseler et à goutter entre les mailles du treillis.

– Tout va bien, déclara Colette en examinant les moniteurs l'un après l'autre. Nous n'avons rien perdu d'important. Tous les systèmes principaux sont opérationnels. On est parés pour sauter.

– Parlez pour vous. Et mes chaussures, alors ? pesta Charlotte Villiers.

Everett chargea un autre ensemble de coordonnées. La porte de Heisenberg se prépara en vue d'un nouveau saut interunivers.

– E1, dit-il.

– Non, intervint Ibrim Kerrim.

Sa voix emplit la salle. Le doigt d'Everett hésita au-dessus du bouton vert.

– Non, jeune homme. Ce monde est en quarantaine. L'accès est strictement interdit, en permanence.

Everett le défia du regard. Kerrim ne baissa pas les yeux. Everett promena sa main sur l'écran tactile de Dr Quantum.

– « Elle tourne, tourne, tourne… » chantonna-t-il. (Il, entra un morceau de code au hasard dans le tableau de configuration.) « Où elle s'arrête, nul ne le sait. »

Avec le talon de la main, il appuya sur le bouton. La porte

de Heisenberg s'ouvrit une fois de plus. Les personnes présentes découvrirent un paysage de dunes rouges sous un ciel indigo. La lune, énorme, était affreusement proche de l'horizon. Une poignée de sable s'échappa par la porte et coula sur la rampe. La désolation n'était pas totale : au loin, quelque chose déformait la crête d'une dune qui se découpait en ombre chinoise devant la lune monstrueuse. Des ondulations souterraines ridaient les pentes de sable, à une vitesse folle. Les soldats en noir s'avancèrent, leurs fusils d'assaut à la main. La dune enfla : la chose qui se trouvait dessous remontait à la surface. Un objet sombre jaillit. La porte se referma.

– Où était-ce ? interrogea Ibrim Kerrim.

– Je ne pourrais pas vous le dire, répondit Everett. Mais cet endroit correspond à celui que j'ai sélectionné dans votre monde. En tout cas, il n'y a pas de Londres là-bas. Je peux faire la même chose avec n'importe quelle Terre du multivers.

Une ultime rotation de l'Infundibulum. Il prit un nouveau code.

– E3. Votre monde, madame Villiers.

Les lumières faiblirent, l'air se mit à vibrer et la porte de Heisenberg s'ouvrit sur un long couloir au plafond haut et voûté, percé à son extrémité d'une fenêtre panoramique en verre armé. Derrière la vitre, on apercevait des nuages. Les gens dans le couloir étaient de minuscules insectes sombres sur le fond du ciel immense, dans lequel se déplaçait un énorme objet noir. Aussi gros qu'une planète qui approchait.

– Vous êtes un jeune homme très intelligent, monsieur Singh, dit Charlotte Villiers.

Son ton glacial incita tout le monde à se retourner. Le pistolet qu'Everett avait entrevu dans son sac se trouvait maintenant dans sa main. Et pointé sur lui.

– Je crois que nous avons vu suffisamment de tours de passe-passe. Vous allez me donner l'Infundibulum.

– Qu'est-ce que ça signifie, madame la plénipotentiaire ? tonna Ibrim Kerrim.

Profitant d'un moment de flottement, Colette intervint. Bondissant de son siège, elle détourna d'une tape le pistolet pointé sur Everett.

– Sauve-toi, Everett ! Vite !

Everett Singh coinça Dr Quantum sous son bras, salua une toute dernière fois Colette d'un petit hochement de tête et plongea dans le trou au centre du bloc noir.

La porte de Heisenberg se referma derrière lui.

12

Ce n'était absolument pas douloureux. Ce qui surprit Everett. Il avait imaginé qu'il éprouverait une sensation physique en passant d'un univers à l'autre : une atroce vague de transformation dans tout son corps, une déformation de chaque partie de son être, l'impression d'être pulvérisé, réduit à l'état d'atome, éparpillé dans tous les coins de chaque multivers, puis reconstitué. Ou au moins un léger vertige, une envie pressante de vomir. Mais non, rien. C'était comme passer d'une pièce dans une autre. Aucune douleur. Ce qui fit mal en revanche, très mal même, ce fut l'atterrissage de l'autre côté.

Everett arriva sur E3 et cette arrivée ne se fit pas en douceur. Les gens s'éparpillèrent en voyant ce jeune garçon – d'où venait-il ? quelqu'un l'avait-il vu ? – déraper sur le sol dallé. Il se releva, groggy. Quelque chose appuyait sur le côté gauche de sa poitrine. Ça bougeait à l'intérieur. Une côte ? Non. La porte de Heisenberg s'était refermée pendant qu'il se remettait sur ses pieds. Il disposait d'une poignée de secondes seulement avant que E10 se rouvre et envoie quelqu'un à sa recherche. « Fiche le camp d'ici, cache-toi ! » Dans quelle direction ? Où aller ? Everett se retourna et franchit le point dans l'espace où la porte s'était ouverte. « Psychologie inversée : si tu pars dans une certaine direction, ils supposeront tout naturellement que tu vas continuer dans cette direction. Alors, reviens sur tes pas. »

Sa cheville l'élançait. Mais au moins, les gens ne le dévisageaient pas. Pas trop. Il fallait avouer que sa tenue ne passait pas inaperçue. Ici, les hommes portaient des costumes aux épaules et aux revers larges, avec des pantalons retroussés. Des chemises sans cravates, remplacées par des broches émaillées de différentes formes géométriques. Certains avaient des pardessus, resserrés à la taille. Les femmes aussi portaient de longs manteaux, ornés de fourrure, des tailleurs cintrés, des jupes droites et serrées qui descendaient jusqu'à mi-mollet. Pour les filles, la mode était aux longs cardigans à capuche, par-dessus des leggings. Les garçons, eux, arboraient des blousons de style militaire et de grands shorts qui rejoignaient presque leurs chaussettes montantes. Et tout le monde portait un chapeau. C'était l'univers du couvre-chef. Feutres élégants, décorés de rubans, pour les hommes ; pour les femmes : petites toques ou coiffes sophistiquées, perchées en équilibre délicat. Les filles préféraient les capuches et les garçons, les bandanas qui, de l'avis d'Everett, leur donnaient des airs de petits voyous. Tweed et sergé, velours côtelé et lainages. Chaussures en cuir, parfaitement cirées. Le denim n'avait jamais été inventé dans ce monde-ci. Everett, avec son jean, sa parka North Face décorée de tubes fluo, ses baskets à grosses semelles et son sac à dos, devait ressembler à un astronaute. Non, pas un astronaute : un voyageur venu de bien plus loin. Un *quantum*naute.

Il se trouvait dans un autre *univers*.

Le hall s'incurvait autour d'une épine dorsale constituée de guichets et de toboggans dans lesquels des porteurs déposaient des bagages. Les gens grouillaient autour d'Everett, trop accaparés par leurs affaires pour accorder plus qu'un rapide regard à ce jeune gars bizarre. Mais l'exclamation soudaine d'un gamin qui le montrait du doigt pouvait modifier la situation. « Lève la tête. Continue à avancer. Comme si tu étais dans ton élément.» Le mur externe présentait des publicités pour des hôtels, des banques et des clubs de vacances. Des écrans en verre soufflé, de la taille d'une voiture, portant les mentions *Arrivées* et *Départs,* étaient suspendus au plafond à intervalles réguliers. Une sorte d'aéroport? Les gens qui le croisaient affichaient des visages anxieux; ils serraient contre eux des pochettes et transportaient des mallettes ou des serviettes en cuir. Everett s'arrêta devant une immense baie vitrée, un peu sonné par l'émerveillement. Oubliée la douleur dans sa poitrine. Un tube de métal et de verre d'une vingtaine de mètres de long partait du centre du mur vitré et incurvé. À l'autre extrémité, un dirigeable glissait vers son quai d'arrimage. Voilà donc l'énorme chose qu'il avait entraperçue par la porte de Heisenberg. Même ainsi, de front, il dominait tout l'horizon. La partie supérieure du nez conique arborait un blason stylisé: des lions, des licornes et des boucliers. Sur la partie inférieure, on pouvait lire: *Liaisons aériennes transatlantiques britanniques,* et un nom: *Sir Bedivere.* Sous le blason, il y avait une rangée de hublots. Everett eut le souffle coupé par l'excitation. Derrière les vitres, des silhouettes en uniforme, coiffées de casquettes, allaient et venaient pour vérifier le matériel. Une ombre survola Everett. Il leva la tête. Un ensemble cylindrique de poutrelles, de canalisations, de tuyaux et de cages d'ascenseur s'élevait à une centaine de mètres au-dessus de lui et déployait quatre branches, disposées à quarante degrés par rapport aux quais situés au niveau d'Everett. Un dirigeable venait de larguer les amarres. Une passerelle se rétracta, des tuyaux qu'on enroulait laissèrent échapper des gouttes d'eau qui s'écrasèrent sur le toit de verre en dessous. Le dirigeable était une torpille aplatie aux lignes pures et aérodynamiques, bien plus sophistiqué et élégant que ces sortes de grosses saucisses pesantes qu'Everett avait vues à la télé dans les programmes éducatifs. Il devait mesurer dans les deux cents mètres de long et, malgré cela, il manœuvrait avec légèreté et agilité, grâce à ses hélices nichées dans leurs nacelles. En quittant le quai en marche arrière, le dirigeable se retourna et Everett découvrit les rangées de hublots qui occupaient toute la longueur de l'engin. Derrière les vitres, des gens regardaient vers le sol et agitaient la main. *Deutsche Kaiserlich Luftservis,* pouvait-on lire en grosses lettres en bas du fuselage. Puis les nacelles des moteurs pivotèrent, la gouverne se déplaça et le dirigeable sortit du champ de vision d'Everett.

Comme ensorcelé, il se fraya un chemin au milieu de la foule, vers la baie vitrée convexe. Il regarda en bas. Le vertige le fit chanceler. Il était haut, très haut. Tout en bas, aussi éloigné de lui qu'il l'était du quai le plus élevé, il apercevait un autre ensemble de quatre branches d'amarrage, situé à la même distance du sol. Des dirigeables étaient ancrés à chaque quai, nez en avant, tels des porcelets à la tétée. Everett calcula que la tour devait mesurer dans les six cents mètres de haut. Au niveau intermédiaire où il se trouvait, il dépassait déjà n'importe quel immeuble de Londres. *Son* Londres. Il fut pris de vertiges encore une fois. Peut-être un effet secondaire provoqué par le saut d'un univers à l'autre. Mais ce n'était peut-être pas une réaction physique. Peut-être était-ce philosophique : le moment où quelque chose vous indique que vous êtes plus loin de chez vous que n'importe qui dans toute l'histoire de l'humanité.

Everett contempla ce nouveau Londres. Il vit des anges et des briques. Il vit les clochers et les dômes, les saints et les lions, les dieux grecs et les corniches des églises de Christopher Wren et de Nicholas Hawksmoor, en pierre de Portland, avec leurs statues d'anges enveloppés dans leurs ailes qui toisaient les rues grouillantes de monde ; il vit les murs de briques sévères, semblables à des falaises, les centrales électriques de Battersea et de Bankside, et même la façade intimidante de l'University College qui lui donnait toujours l'impression que Batman allait sauter dans le vide du sommet de l'édifice. Un Gotham baroque, telle était l'architecture du Londres de E3. Des câbles électriques pendaient entre les dômes et les monolithes de brique aveugles. Des toits supportaient d'horribles pylônes ; toute la ville s'étendait sous une toile d'araignée de lignes à haute tension. Des voies ferrées surélevées zigzaguaient entre les vieux immeubles. On apercevait les verrières voûtées des grandes gares. Il y avait plus de parcs que dans son souvenir, mais ils étaient traversés par d'autres voies ferrées. D'après les points de repère qu'il reconnaissait, Everett en déduisit qu'il se trouvait dans le secteur de Sadler's Wells. La vue s'étendait sur un rayon de cinquante kilomètres. Il en eut le souffle coupé. À la limite de son champ de vision, un mur s'étirait dans toutes les directions, aussi loin que portait le regard : un mur ardent d'où s'échappaient de la fumée et de la vapeur, d'un bout à l'autre. Les mains appuyées contre la vitre, Everett se pencha en avant. Non, ce n'était pas un mur. Mais des cheminées. Des kilomètres et des kilomètres de cheminées et de tours de refroidissement qui crachaient leurs déchets dans l'atmosphère. Il aurait parié qu'elles encerclaient toute la ville.

Un bruit, soudain : des éclats de voix jaillissant du brouhaha général. Une agitation dans la foule, à l'endroit d'où il venait, derrière la courbe du hall. Une seule explication possible : il était resté là bouche bée, comme un idiot, trop longtemps. « Cours ! Non. Ne cours pas. Marche d'un pas lent. » Là-bas, des ascenseurs. Celui qui descendait semblait immobilisé au dernier niveau. « Vite ! Vite ! »

Ding. Les losanges lumineux au-dessus du bouton d'appel s'allumèrent en vert. Les portes s'ouvrirent. Everett se faufila au milieu des gens en s'excusant. Il vit Charlotte Villiers fendre la foule, coiffée de son chapeau qui évoquait la proue d'un navire de guerre. Un triangle d'hommes en uniformes bleu foncé, avec des casques blancs ressemblant à des casques de pompiers, lui ouvrait un chemin. Les policiers ressemblent toujours à des policiers, dans tous les univers. La femme blonde tourna la tête vers l'ascenseur au moment où les portes se refermaient. La cabine descendit à une vitesse phénoménale qui donna à Everett l'impression que son cœur était remonté dans sa gorge. Le saut dans cet univers avait été moins éprouvant. *Ding*. Deuxième niveau : vols intérieurs. *Ding*. Rez-de-chaussée. Tout le monde se dirigea vers les sorties où attendaient des gens venus accueillir des passagers et des hommes en costumes tenant des pancartes avec des noms inscrits dessus. Le danger était là, car derrière toutes ces personnes, au-delà des parois de verre, il y avait d'autres individus en uniformes bleu marine et casques blancs. Ils tenaient une feuille à la main et comparaient attentivement les visages de toutes les personnes qui sortaient avec celui figurant sur leur feuille. La foule qui poussait Everett dans le dos allait le propulser juste devant leurs nez.

Il se détacha du flot humain. Autour de lui, des porteurs fonçaient sur leurs chariots électriques surchargés de bagages. Il se faufila dans les toilettes. Enfermé dans une cabine, il essaya d'élaborer un plan. C'était un endroit idéal pour réfléchir. Il avait toujours de bonnes idées dans ce genre d'endroits. C'était lié à la solitude, à l'intimité, loin du vacarme. Il fouilla dans le kit de voyage que contenait son sac à dos. Un sac préparé à la hâte ce matin, quand il avait décidé d'utiliser la porte de Heisenberg pour partir à la recherche de son père. Pendant que les Spinetti s'affairaient bruyamment pour se préparer à aller à l'école ou au travail, il avait discrètement chapardé quelques petites choses dont il pourrait avoir besoin dans un autre univers. Tournevis.

Adaptateurs. Ruban isolant. Crayons et papier. Couteau, fourchette et cuillère. L'outil multifonctions et le testeur de courant du père de Ryun. Un allume-gaz. Des allumettes. Des cachets d'aspirine. Une lampe électrique avec des piles de rechange. Le sentiment de culpabilité lui serra la gorge, une fois de plus, quand il sortit l'alliance et la bague de fiançailles du fond de la poche latérale. S'il en avait eu le temps, il serait retourné chez lui pour prendre celles de sa mère. Elle promettait sans cesse de les jeter, d'organiser un rituel de « bon débarras » ou de simplement les envoyer à une de ces sociétés qui rachetaient votre or et faisaient de la publicité à la télé l'après-midi. Mme Spinetti ôtait toujours ses bagues quand elle travaillait dans la cuisine et les suspendait au porte-bijoux en porcelaine à côté de l'évier. Une occasion à saisir. Hop. Sur le coup, il n'avait éprouvé aucun remords. Trop de choses se bousculaient dans son cœur et son cerveau. Maintenant, il regardait ces bagues dans sa paume et la honte lui donnait la nausée. Il imaginait Mme Spinetti les cherchant partout, mettant la maison sens dessus dessous, accusant toute la famille, de plus en plus inquiète, en larmes, rongée par un terrible sentiment de perte. Everett était plus perturbé par ce vol que par le fait de se retrouver seul dans un nouvel univers étrange et dangereux.

– J'en ai besoin, murmura-t-il. (Sa voix fut couverte par le bruit d'une chasse d'eau dans une cabine voisine.) J'en ai vraiment besoin.

Sa tenue de foot. Il avait oublié qu'il la portait en rentrant chez lui la veille, quand il avait découvert sa maison mise à sac. Un coup de Charlotte Villiers, très certainement, et de son petit copain le voyou. Avec la complicité de ces deux policiers sans doute : Leah-Leanne-Leona et Moustache Milligan. Avec un short de foot par-dessus des collants, plus un blazer de collégien, il pouvait passer pour un ringard dans son

Londres. Mais ici, il se fondrait parfaitement dans la masse. Les chaussures posaient un problème, mais il ne pouvait rien y faire. Il regrettait de ne pas avoir chapardé un bandana.

Se changer rapidement et discrètement dans des toilettes d'aéroport était un défi plus délicat qu'il l'avait imaginé. Bien qu'il ne se soit jamais imaginé en train d'essayer d'ôter son jean et d'enfiler une tenue de sport avec un genou appuyé contre le distributeur de papier et un pied coincé sous le tuyau de la cuvette, tout en veillant à ce que le contenu de son sac à dos ne se répande pas sur le sol ciré, jusque dans la cabine d'à côté.

L'opération achevée, il ôta le verrou et s'observa dans la glace pendant qu'il se lavait les mains. Passable. Il ne tromperait pas les policiers postés à la sortie; les «Missionnaires» comme il les appelait, en référence à une vieille photo que lui avait montrée Tejendra, de son arrière-grand-père Narinder, à l'époque coloniale, en train de promener dans un pousse-pousse des Blancs coiffés de casques coloniaux. Mais il n'avait pas l'intention de tromper les Missionnaires, pas de cette façon.

Tenant la boîte d'allumettes dans sa paume, il traversa le hall des arrivées. Il regardait à l'intérieur des poubelles en passant. Il dut attendre la troisième pour trouver ce qu'il cherchait: un vieux journal. Quelques secondes lui suffirent pour gratter l'allumette, coincer le bout non enflammé sous le couvercle et laisser tomber la boîte dans la poubelle. Il entendit toutes les allumettes s'enflammer avec un petit souffle de satisfaction, tandis qu'il s'éloignait en flânant. Des cris s'élevèrent. Quelqu'un déclencha une alarme. Des gens paniqués s'enfuirent, loin de la poubelle en feu. Les Missionnaires postés à l'entrée se retournèrent. Everett savait qu'une ruse si grossière ne les tromperait pas non plus. Mais l'affolement dans le hall lui accorda le répit dont il avait besoin. Très vite, il déchargea des bagages qui se trouvaient sur un chariot, pendant que le porteur avait le dos tourné, puis se glissa dans l'espace ainsi dégagé et remit les bagages autour de lui. Après avoir déposé la dernière valise au-dessus de sa tête, il noua ses bras autour de ses genoux. Au bout d'un moment qui lui parut durer une éternité, oppressé par l'odeur puissante du cuir, il sentit que le chariot s'ébranlait enfin. Il comprit qu'il était sorti du terminal quand ses fesses tressautèrent sur les pavés. *Toc toc toc...* Stop. Il retrouva la lumière du jour lorsque le porteur déchargea les bagages du dessus. L'homme le regarda d'un air hébété. Everett repoussa les sacs et les valises et sauta du chariot. Sans se soucier des voitures, des bus, des taxis ou quels que soient les véhicules qui circulaient dans ce Londres, il s'éloigna du terminal en prenant ses jambes à son cou et il continua à courir jusqu'à ce qu'il ne voie plus que la tour métallique de l'aéroport se dresser au-dessus des toits, semblable à une tour Eiffel allongée, et les dirigeables qui tournaient autour.

13

– Tu prends la troisième à gauche dans Kingsway, puis encore la deuxième à gauche, jusqu'à Evelyn Street, dit le chauffeur de taxi arrêté à la station.

Ils étaient six chauffeurs, appuyés contre le stand de thé, une tasse à la main. Ils conduisaient de curieux véhicules aérodynamiques, en forme de larmes ; des carénages masquaient les roues et il y avait de grosses calandres à l'avant. Deux d'entre eux étaient reliés à une borne de chargement.

– Y a un grand escalier devant, ajouta le chauffeur de taxi. Tu peux pas la louper. Tu veux que je t'y conduise ?

– J'ai pas d'argent, répondit Everett. Et vous venez de dire que c'était tout près.

– Allez, file, petit effronté.

Si vous ne pouvez pas demander à un policier, un chauffeur de taxi saura vous répondre. Ce dicton devait être vrai dans tous les Londres. Dès qu'il eut mis une distance suffisante entre lui et les Missionnaires de l'aéroport, Everett ralentit le pas pour essayer de se repérer dans cette ville. Les rues ressemblaient à des canyons étroits et obscurs dans l'ombre des grands immeubles. Le vacarme d'un train surélevé lui fit dresser la tête. Les signaux lumineux passèrent du rouge au vert à travers les portiques et les voies. Il y avait des gares là-haut. Et au-dessus de ces gares s'étendaient des kilomètres de câbles d'alimentation. Plus hauts que tout le reste, à l'exception des dirigeables, des anges, des dieux classiques et des créatures mythologiques dominaient l'ensemble du décor grâce à leurs positions privilégiées. Les rues bourdonnaient du bruit de la circulation. Everett reconnut les différents types de transports : bus, camions, taxis, voitures particulières. Des tramways glissaient au milieu de la chaussée, en arrachant des étincelles aux câbles suspendus. Les bus eux aussi roulaient à l'électricité, par le biais de longues antennes flexibles reliées à un tissu de fils tendus au-dessus de la chaussée. Quelques camions et voitures fonctionnaient avec le même système de pantographe. Un grand nombre de véhicules en stationnement étaient connectés à des colonnes rouges frappées d'un blason en relief, comme les boîtes aux lettres de chez lui. Everett estima qu'il y avait une borne de chargement tous les vingt mètres. Voitures, camions et bus offraient ce même aspect à la fois futuriste et démodé, un peu à la façon dont les gens dans les années 1930 imaginaient le XXIe siècle. Une chose était familière : il y avait presque autant de bicyclettes dans ce quartier de Russell Square que là d'où il venait. Mais c'était calme. Très calme. Disparus le grognement permanent des moteurs à explosion du Londres qu'il connaissait, les crissements des freins et les chuintements des freins à air comprimé. Ici, les véhicules bourdonnaient et ronronnaient sur leurs pneus.

L'air avait une odeur. De vapeur, de fumée, de produits chimiques. Elle serrait la gorge d'Everett et laissait sur ses lèvres et sa langue un goût huileux, sale et gras. Il l'imaginait tapissant ses poumons à chaque inspiration. Il avait déjà senti et goûté cette odeur, à Delhi, par une journée de brouillard au mois de janvier, quand son père l'avait emmené voir des parents : la pollution aux hydrocarbures. Ici, l'odeur était différente des gaz d'échappement produits par cinq millions de Maruti et de tricycles à moteur. Elle avait d'épouvantables relents âcres et sulfureux. C'était l'odeur du charbon.

Au coin de la rue se trouvait un objet qu'Everett reconnut : une cabine téléphonique. Non pas le modèle en métal rouge qui avait commencé à disparaître des rues depuis qu'il était né, mais une bulle tarabiscotée, coiffée d'une petite flèche inclinée, avec des ornements de ferronnerie en forme de feuilles. Elle abritait un clavier métallique aux touches usées par des milliers de doigts, un combiné téléphonique et un écran de la taille d'une grosse boîte d'allumettes. Everett avisa une loupe carrée fixée à un bras articulé et la braqua sur l'écran. Des mots apparurent, blancs sur fond vert. *Télécommunications royales britanniques. Veuillez sélectionner un service. Appel / Interweb.* Il n'y avait ni souris ni pavé tactile. Mais une petite boule en cuivre en bas du clavier.

– Cool, un système OS, commenta Everett à voix basse.

Il déplaça le curseur sur le mot *Interweb* en supposant que c'était l'équivalent d'une connexion en ligne. Nouveau message : *À vous maintenant.* Il aimait bien cette formule ; il y avait plus de détermination que dans *Enter.* Il appuya sur la touche. Au même moment, il remarqua la ligne du haut du clavier : elle ne commençait pas par AZERTY, mais par PYF.

– Ouah. Un clavier Dvorak !

Un nouveau message blanc sur vert apparut. *Veuillez introduire un shilling ou une carte de paiement des Télécommunications royales britanniques.* Ça ne pouvait pas être gratuit évidemment, c'était trop demander.

– Bon. Direction la bibliothèque.

Voilà comment il en était venu à demander son chemin aux chauffeurs de taxi qui buvaient un thé. Troisième rue à gauche dans Kingsway. Puis deuxième à gauche. Great Russell Street. Un grand escalier. La bibliothèque ressemblait à un temple grec. Everett essaya de se remémorer ce qui se trouvait à cet emplacement dans *son* Londres, mais l'agencement des rues était différent et il ne savait pas où il était précisément. De simples commerces, probablement. Rien d'aussi splendide en tout cas que la bibliothèque Sir John Sloane. Les colonnes qui soutenaient le fronton étaient des femmes vêtues de robes de marbre. Il y avait un mot pour désigner ces figures qui soutenaient un toit, il s'en souvenait. Des caryatides. Chacune tenait un livre ouvert dont le titre était gravé dans la couverture de pierre. *Science, Justice, Dramaturgie, Médecine, Théologie* et *Rhétorique*. Everett gravit les marches sous le regard des caryatides. L'intérieur de la bibliothèque était aussi massif et intimidant que l'extérieur. L'employé en uniforme assis derrière son bureau surélevé au centre du hall de marbre semblait se trouver à plusieurs kilomètres. Il portait un chapeau très sophistiqué.

– La section des ouvrages de référence, je vous prie ?

– Aile Newett, répondit le bibliothécaire. Juste après les périodiques. Interdiction de manger et de boire. Fermeture des portes à dix-sept heures précises.

L'aile Newett était une vaste salle située sous une coupole de verre. La lumière du soleil se déversait sur les lecteurs penchés au-dessus de leurs bureaux individuels. Des rayonnages de livres couvraient tous les murs. Des visages se levèrent, sourcils froncés, sur le passage d'Everett. Un gamin dans une bibliothèque d'ouvrages de référence. Everett connaissait les gens étranges qui passaient leurs journées dans ces lieux, à étudier la généalogie ou l'histoire : des voyages dans le passé qui ne devaient jamais s'achever car le sens de leur vie s'achèverait en même temps. Ce n'était pas différent dans cet univers. Les bibliothèques confèrent le pouvoir, lui avait dit son père.

– Pardonnez-moi…

La femme assise derrière le bureau leva la tête, les yeux

écarquillés. Elle n'aurait pas paru plus stupéfaite si Everett avait tiré un coup de feu près d'elle.

– Je cherche l'annuaire du téléphone.

Elle tendit un doigt osseux. Everett se retourna pour suivre la direction indiquée et vit les visages blêmes des chercheurs se braquer sur lui. À cet instant, et à cet instant seulement, il comprit : depuis son arrivée dans ce monde, il n'avait pas vu un seul visage non blanc.

Alors qu'il se dirigeait vers les rayonnages, son attention fut attirée par les reliures uniformes d'une encyclopédie. *Encyclopaedia Britannia.* Dans ces pages, il pourrait consulter toutes les théories, tous les pressentiments et bizarreries concernant ce monde. Ce ne serait pas long. Il chercherait le numéro plus tard. La curiosité avant tout. Volume VIII. Du *Greco* à *Intérêt.* Il déposa l'épais volume sur la table de lecture et l'ouvrit. *Huile. Voir : huiles végétales, sous-section huile de colza, huile de palme, huile d'olive, huiles animales : voir huile de baleine, blanc de baleine, pêche en Atlantique Sud.* Rien sur l'huile minérale. Everett feuilleta l'ouvrage en avant et en arrière. En vain. Rien sur le pétrole brut. Rien sur la pétrochimie. Ni huile ni pétrole. Everett avait la tête qui tournait. Une civilisation technologique sans pétrole. Il avait vu les voitures et les trains électriques, les bornes de rechargement et le réseau de câbles qui tapissait Londres, et même les merveilleux et improbables dirigeables ; il avait senti le goût du charbon dans l'air, au fond de sa gorge, et il avait imaginé un monde postpétrole. L'or noir s'était tari. Mais pas seulement. Ils n'avaient jamais eu de pétrole ! Toute une civilisation high-tech s'était construite sans carburant liquide. L'ère du charbon n'avait jamais cessé.

– Un monde rétrofuturiste. Cool ! commenta Everett, suffisamment fort pour s'attirer le regard réprobateur d'une jeune femme aux lunettes sévères.

Non, rien à voir avec le rétro-futurisme, se dit-il. Postrétro-futurisme, plutôt. Electropunk. L'électricité courait dans les veines de ce Londres, dans toutes les villes de ce monde, tout comme les artères de la ville d'Everett étaient obstruées par le pétrole. Le charbon, évidemment (il sentait encore la fumée qui lui grattait la gorge), mais aussi le nucléaire certainement. L'énergie hydraulique et éolienne, également, tout ce qui pouvait produire de l'électricité.

Everett fit courir son doigt sur les reliures de l'encyclopédie. Volume VI. De *Élastomère* à *Film d'art. Électricite.* Il parcourut les notices avec avidité. *En 1789, Henry Cavendish explora les relations entre les charges électriques et le magnétisme, et construisit en 1790 la machine générative à rotation magnétique, un prototype de générateur manuel. La célèbre inspiration de Cavendish – le même appareil utilisé à l'envers fonctionnerait comme un moteur – lui vint au cours de son fameux rêve de l'ange de la lumière faisant tourner l'axe de l'univers newtonien. La première usine commerciale fut construite à Bowden's Mill à Manchester en 1799. Un unique générateur alimenté par une roue à eau faisait fonctionner seize métiers à tisser électriques.*

Everett eut un mouvement de recul, comme si la page de l'encyclopédie l'avait giflé. Son imagination tourbillonnante brassait les histoires et les possibilités. Le moteur électrique inventé avant le moteur à vapeur ! Ce Henry Cavendish n'avait rien produit d'aussi colossal dans son univers. Dans cet univers-ci, il avait créé une époque géorgienne qui fonctionnait à l'électricité. Everett lut en diagonale la fin de l'article. ... *le développement du moteur à traction électrique par Sir Michael Faraday en 1819... câbles de transmission sur courant alternatif... première liaison ferroviaire entièrement électrique entre Londres et Oxford en 1830...*

Ils n'avaient jamais connu l'ère de la vapeur. L'ère de l'électricité avait débuté au XVIIIe siècle. Le charbon produisait la vapeur qui générait l'électricité, mais ni trains ni voitures ni pittoresques bus à vapeur. Pas de carburant liquide. Tout fonctionnait électriquement. Une idée germait dans son esprit, écrasante et grandissante, tel un tsunami qui occupait tout l'horizon. Volume 6 toujours. *Exploration spatiale.* Everett fit glisser son pouce sur la courte notice. Les habitants de cette Terre n'avaient jamais envoyé d'hommes sur la Lune ni de sondes sur Mars ni de robots sur les satellites de Jupiter et de Saturne, des engins qui quittaient le système solaire pour des périples de plusieurs millions d'années, vers d'autres étoiles. Ils n'étaient jamais sortis de l'orbite terrestre.

– Vous avez sûrement exploré d'autres contrées, non ?

Everett ouvrit un autre volume. De *Thérapeutique* à *Zygomatiques. Univers parallèles. L'existence physique d'un multivers trouve son origine dans l'ouvrage d'Edwin Bell Collins « Les Principes de la multivalence », écrit en 1889.* Everett tourna quelques pages. *La porte d'Einstein a été théorisée en 1912 par le physicien quantique allemand Albert Einstein...* Ainsi, dans cet univers, Einstein était un physicien quantique. Un Américain avait énoncé vingt-six ans avant lui ce qui ressemblait à une version de la théorie de la relativité. L'Einstein de l'univers d'Everett n'aurait pas du tout aimé ça. « Ça fait peur », voilà ce qu'il disait de la théorie quantique. Everett poursuivit sa lecture. *Le contact avec le PLAN E2 a été établi en 1978...*

Il referma le volume. Son cœur s'emballait. Ils avaient ouvert la porte de Heisenberg sur le multivers trente-trois ans avant le monde auquel il appartenait. Et tout le monde le savait. C'était écrit dans un ouvrage rangé sur les rayonnages d'une bibliothèque. Allez, encore une. Une dernière pépite d'information sur ce monde avant de ranger l'encyclopédie et de se diriger vers l'étagère où se trouvait l'annuaire téléphonique, raison première de sa présence ici. Elle figurait dans le volume XIII. De *Physique* à *Régionalisme*. Son doigt descendit le long des onglets.

Plénitude des Mondes Connus.

La Plénitude des Mondes Connus est une organisation de surveillance interunivers qui contrôle le développement, la construction, les autorisations et l'usage de l'instrument de transit interplans connu sous le nom de porte d'Einstein. Elle facilite également la coopération entre les plans membres de l'organisation dans les domaines de la justice, de la sécurité, du commerce, du développement, de la représentation politique et diplomatique, de l'exploration et de l'expansion...

Les PLANS E2, E3, E4 et E5 sont les membres fondateurs de la Plénitude. Celle-ci compte actuellement neuf mondes.

– Vous retardez, commenta Everett. Il y en a dix maintenant.

Chaque monde membre détient la Primauté à tour de rôle, et pendant toute la durée de cette Primauté, le Présidium central est basé dans le quartier général de la Plénitude situé dans le monde du Primarque. Le quartier général de la Terre – E3 selon son identifiant officiel de la Panoplie – se situe dans la tour Tyrone, dans Cleveland Street, à Bloomsbury, Londres.

Everett pointa le doigt sur la photo de la tour Tyrone : un ensemble de contreforts, de fenêtres à meneaux, de tourelles et de créatures mythiques qui dépassait en « gothiquerie » le gratte-ciel baroque qu'il avait vu du port aérien.

– C'est là que vous le détenez, murmura-t-il. J'en suis sûr, j'en suis sûr. C'est forcément là.

– Jeune homme ?

Everett leva la tête, surpris et honteux d'avoir exprimé sa colère à voix haute. La femme du bureau principal était penchée au-dessus de lui. Les lampes de travail projetaient sur son visage des ombres sinistres.

– Juste pour vous signaler que nous fermons dans dix minutes. Dix minutes.

Everett n'avait pas remarqué que la lampe s'était allumée sur son bureau. Il était trop captivé par sa lecture pour voir le ciel s'assombrir au-delà de la verrière, la grande salle se vider de ses lecteurs, chercheurs et excentriques qui s'en allaient un par un. « Tout ce qui est important se retrouve dans les livres, lui avait dit son père. Si tu retires ça d'Internet, il ne reste que des opinions. »

Mais dix minutes ! L'annuaire téléphonique de Londres remplissait sept volumes. *Prêteurs sur gages, acheteurs d'or et experts en métaux précieux.* Il était peut-être trop tard : il ignorait à quelle heure fermaient les commerces dans ce Londres. La plupart se limitaient à un nom, une adresse et un numéro de téléphone. Seuls quelques-uns étaient mis en valeur par un encadré ou s'accompagnaient d'un descriptif d'une ou deux lignes. *Avances sur salaire. Faibles commissions. Achat d'or et de bijoux. Les meilleurs prix.* Une annonce occupait une demi-page : *Problème d'argent ? Vous n'arrivez pas à joindre les deux bouts ? Une solution immédiate. Aucuns frais de remboursement anticipé. Services financiers Nevin. Nocturnes…*

– Le jeudi !

Everett serra le poing en signe de triomphe. Il nota rapidement l'adresse. Il explora ensuite les rayonnages jusqu'à ce qu'il tombe sur la section « Cartes et plans ». Il dénicha le guide complet des rues de Londres, repéra l'adresse sur le plan et sortit Dr Quantum. Dans la lumière tamisée de la bibliothèque toute de bois et de cuir, la tablette paraissait aussi incongrue qu'un navire spatial. Il n'aimait pas utiliser sa précieuse batterie avant de s'être familiarisé avec le système d'alimentation électrique. Il photographia rapidement le plan. Dans le silence, le déclic fit autant de bruit qu'un livre qui serait tombé de l'étagère du haut. La femme aux lunettes sévères leva la tête, fronça les sourcils et regarda Dr Quantum d'un air hébété. Elle était la dernière lectrice dans la grande salle. Une ultime information piochée dans l'*Encyclopaedia Britannia*: *La puissance du réseau électrique de Grande-Bretagne est de cent-dix volts et de soixante hertz.* Comme aux États-Unis dans son monde, se dit-il. Des prises de courant à deux fiches étaient installées sur les tables, et Everett avait déjà calculé qu'il lui suffisait de dix minutes avec son outil multifonctions pour bricoler son adaptateur.

– Merci ! lança-t-il d'un ton léger à la bibliothécaire en s'en allant.

Dehors, les rues étaient sombres et froides. La nuit distillait un brouillard jaunâtre. Les passants relevaient les cols de leurs manteaux et enroulaient leurs écharpes autour de leurs visages. Everett frissonna. Il aurait aimé posséder un de ces gros pardessus. Quand il aurait de l'argent, peut-être. « Non, tu auras besoin du moindre penny. Un peu d'exercice te réchauffera. Et mieux vaut ne pas tarder : ce n'est pas la porte à côté. »

14

« Nevin Services financiers » aurait plutôt dû s'appeler « Nevin Prêteur sur gages ». La vitrine qui donnait dans Lambic Lane n'était qu'une façade destinée à cacher l'aspect miteux de l'entreprise. Le « siège » se situait au fond d'une ruelle crasseuse, éclairée uniquement par trois cercles de néon – un vert, un bleu et un rouge – qui crépitaient et déversaient de grosses étincelles bleutées sur les pavés. Le symbole des prêteurs sur gages était le même dans tous les univers. Ici, des années de saleté formaient une pellicule sur la vitrine. Plusieurs rangées d'étagères supportant des centaines d'objets laissés en dépôt empêchaient de nettoyer les carreaux de l'intérieur. Everett avait entendu parler des prêteurs sur gages ; il y en avait même un à Stokie, près de Stamford Hill, mais ni Everett ni aucune des personnes qu'il connaissait ne l'avait jamais vu. Il avait fallu qu'il passe dans un univers parallèle pour faire cette expérience. Toutefois, il connaissait le principe : vous laissiez un objet de valeur en garantie, contre de l'argent, et si vous ne remboursiez pas cette somme, le prêteur sur gages gardait l'objet pour le vendre. Ici se trouvaient les choses que personne n'avait jamais réclamées. Des appareils qui ressemblaient à des radios ou à ces très vieux lecteurs de cassettes Sony. De drôles de machines à écrire, avec de petits tubes de téléviseur à la place du chariot et des loupes montées sur des bras articulés. Des médailles collées sur du carton. Des bijoux : bagues, colliers, broches en ivoire ou en jais sculptés. Des poupées. Des lampes tarabiscotées. Des articles qui paraissaient très anciens, même aux yeux d'Everett qui possédait une connaissance limitée de ce monde. Des collections de timbres. De vieux disques. Une petite boîte émaillée ornée d'un dirigeable peint, bordée de drapeaux britanniques, avec ces mots, en lettres dorées : *Pastilles de menthe Excelsior.* Everett sursauta en découvrant les deux yeux qui l'observaient entre les objets abandonnés.

Une clochette tinta quand Everett poussa la porte de la boutique. Le dénommé Nevin prenait très au sérieux son ancestral métier ; il portait un costume strict avec une veste à larges revers comme le voulait la mode locale. Il avait fixé à sa boutonnière un œillet, un peu fané à cette heure. Everett se dit que cet individu n'était pas loin de remporter le titre de « personne ressemblant le plus à un parfait escroc », juste après le gangster coiffé d'une casquette de chauffeur. La boutique était remplie du sol au plafond de vitrines renfermant les objets mis en gage, de toutes tailles. Cela allait des motos électriques aux bandes dessinées, en passant par un ours en peluche et un minuscule cœur brodé. Le poids de la misère plomba le cœur d'Everett. Nevin vissa à son œil droit une loupe de bijoutier afin d'examiner la marchandise proposée par le jeune garçon.

– C'est pour vendre ou mettre en gage ?

Initialement, l'intention d'Everett était d'échanger les bagues contre de l'argent liquide. Les mettre en gage, c'était affirmer qu'il les récupérerait un jour ; il les déposerait dans une enveloppe rembourrée qu'il glisserait dans la boîte aux lettres de Mme Spinetti. Il n'aimait pas se considérer comme un voleur, si nobles soient ses motivations.

– Je voudrais les laisser en gage.

– Quarante guinées pour l'alliance, dix livres pour la bague de fiançailles.

– Dix livres ? C'est un diamant !

– Non, c'est de la moissanite.

Si la bague de fiançailles de Mme Spinetti n'avait pas été en diamant, Angela Spinetti aurait carrément annulé le mariage. Everett reprit la bague, appuya la pierre contre le comptoir en verre, légèrement, et traça une éraflure de deux centimètres de long.

– C'est un diamant.

– D'accord, petit malin. Trente pour le diam.

– Guinées.

Nevin observa Everett de la tête aux pieds ; il semblait sur le point de poser une question, mais finalement il secoua la tête et sortit un carnet de récépissés.

– J'ai le cœur trop tendre, c'est ça mon problème. Conditions habituelles, TEG trente-trois pour cent, pas de prime de remboursement au-delà de six semaines. Ça te convient, petit ? Signe ici et ici.

Everett signa avec un magnifique stylo à plume en métal. Évidemment, pensa-t-il. Pas facile de fabriquer des objets en plastique à partir du charbon. Il ne s'était jamais servi d'une plume. Elle gratta le papier en grinçant. Sa signature ressemblait à un accident de voiture entre deux araignées. Nevin déchira une partie du document et lui remit un reçu. Puis il sortit un grand portefeuille en cuir, compliqué, poli par le passage de sa poche à sa main pendant des dizaines d'années. Il le tourna et le retourna entre ses doigts pour ouvrir différents soufflets. Il ordonna les billets et les pièces devant lui, comme des soldats. La lueur clignotante de l'enseigne au néon défectueuse baignait la boutique d'une lumière bleue sinistre. Au moment où Everett prenait l'argent, Nevin tendit un doigt, avec la vivacité d'un serpent, pour récupérer une pièce.

– Je vais devoir faire enlever cette éraflure sur le comptoir, n'est-ce pas ?

Avant de sortir, Everett jeta un coup d'œil par-dessus son épaule. Nevin déposait les deux bagues dans une vitrine, après avoir roulé l'autre partie du récépissé à l'intérieur.

« Je reviendrai vous chercher, quitte à traverser plusieurs univers. »

Everett avait de l'argent en poche maintenant. Pas très propre, certes, mais il pouvait le regarder sans imaginer Mme Spinetti en train de se lamenter sur ses bagues perdues. Cent pence faisaient une livre, comme chez lui, mais, à l'image de la monnaie américaine, les pièces avaient toutes un nom. En se basant sur le système des États-Unis, il estima qu'un shilling valait dix pence, une demi-couronne valait vingt-cinq pence et une couronne cinquante pence. Un *tanner*, c'était cinq pence. Il y avait également une petite pièce, assez rare, baptisée florin, qui semblait être l'équivalent de la pièce de vingt pence. Cet argent ne durerait pas longtemps. Et pendant qu'Everett se trouvait dans la boutique du prêteur sur gages, les rues s'étaient vidées. Soudain, une bourrasque chargée de neige fondue provoqua un tourbillon de papier. Le froid de décembre traversa sa tenue de sport. L'hiver régnait dans tout le multivers. À cet instant, il se sentit effroyablement seul. Un étranger dans un monde inconnu. Tout était différent ici. Absolument tout. Mais impossible de faire marche arrière. Il ne pouvait pas décréter subitement que la partie était terminée, éteindre le jeu et aller prendre un thé avec des biscuits au chocolat. Il ne pouvait pas non plus sortir son téléphone pour appeler chez lui et attendre que l'on vienne le chercher. Personne dans le multivers n'était plus seul que lui. « Mais non », se dit-il. Et cette constatation fit naître en lui un frisson d'espoir teinté de peur en songeant à ce qu'il devait faire. Il n'était pas seul. Là-bas, quelque part, à l'intérieur de la tour Tyrone, il y avait son père. Mais son foyer était si loin, il restait tant de choses à accomplir, et il était fatigué. Très fatigué. Il sentait la fatigue dans la moindre cellule de son corps, le moindre atome. La seule façon de rentrer chez lui, c'était de suivre son plan jusqu'au bout. Mais il y avait tellement de trous dans ce plan, de défauts, sa réussite reposait tellement sur la chance. C'était sans espoir. Pourtant, seul ce plan pouvait fonctionner. À condition qu'il ne meure pas de froid en dormant sur un pas de porte ou ne se fasse pas arrêter par la police pour vagabondage. Mais une seule nuit passée dans un des hôtels qu'il avait vus en passant, avec leurs fenêtres brillamment éclairées, leurs halls où bruissaient les conversations des gens somptueusement vêtus, réunis pour des dîners de fête ou d'autres réjouissances, suffirait à lui soutirer tout cet argent durement gagné. Voilà des « détails » auxquels il n'avait pas pensé : le besoin de dormir et, plus pressant, celui de manger.

Un train passa au-dessus de sa tête dans un fracas métallique et un rugissement infernal. Fonctionnaient-ils toute la nuit ? Pouvait-il acheter un ticket pour le premier arrêt et se laisser transporter d'un bout à l'autre de la ligne, bercé par le bruit des rails et les secousses ? Everett avait déjà pris des trains de nuit pour rentrer chez lui. Ceux-ci n'étaient sans doute pas plus effrayants. Il observa les silhouettes qui se découpaient faiblement derrière les vitres embuées : des gens qui regagnaient leurs domiciles. À Barnet et Earlsfield, Harrow et Wealdstone, Hackney et Stoke Newington. Cette pensée lui serra le cœur. « Va là-bas. C'est un territoire que tu connais. Les noms de rue sont peut-être différents, mais la topologie des lieux est la même. Il y a peut-être un 43 Roding Road. Il y a peut-être une cabane derrière le numéro 27, de quoi abriter un voyageur interunivers. Il y a peut-être un Paradis des chiens et des jardins ouvriers, avec des chaises et des canapés, et toutes ces choses que les gens apportent pour transformer leurs jardinets en salons extérieurs. À défaut, il y a peut-être un cimetière avec une vieille chapelle.» Les morts ne lui faisaient pas peur. Ils dormaient profondément et ne ronflaient jamais. Un autre train passa. Everett se dirigea d'un pas décidé vers le cercle de néon rouge entourant un V, symbole du réseau ferroviaire de Londres, sous une pluie d'étincelles bleutées. Des pages de journaux, emportées par le vent d'un Londres différent, voletaient autour de lui comme des oiseaux.

15

La fille monta à la station St. Paul. Everett ne l'aurait pas remarquée si elle n'était pas venue s'asseoir juste en face de lui. Alors que le wagon était presque vide. Il était en train de consulter le plan sur sa tablette. Il glissa Dr Quantum dans son sac à dos, le plus discrètement possible. Un signal sonore retentit, les portes se fermèrent et la rame repartit dans un crissement de roues sur la ligne aérienne qui faisait le tour de l'imposante cathédrale coiffée d'un dôme et illuminée par des projecteurs. Everett se sentit soudain paralysé par le mal du pays. St. Paul, identique à celle qu'il connaissait, jusque dans les moindres détails, ressemblait à un morceau de son propre monde déposé dans celui-ci.

– Qu'est-ce que tu zieutes comme ça ?

Everett rougit. La fille croyait qu'il la regardait.

– La cathédrale.

– Tu l'as jamais vue ?

– Euh, si, bien sûr. Mais je regardais vraiment St. Paul, pas toi.

– Tu veux dire que je suis pas assez bien pour qu'on me zieute ?

Oh, si. Everett devait le reconnaître. Cette fille était extraordinaire. Sa tenue pour commencer : des leggings glissées dans des bottines à talons pointus, une veste de style militaire par-dessus un T-shirt déchiré au niveau du nombril. Ses cheveux ensuite : une énorme coupe afro toute blanche. Et surtout, il y avait son visage : Everett n'avait jamais vu une peau aussi pâle, des yeux d'un bleu aussi polaire ; on l'aurait dit sculpté dans un bloc de glace.

– Je suis désolé si tu as cru que je te regardais.

– Je m'en fiche.

La fille tourna la tête, remonta le col de sa veste et se laissa glisser au fond de son siège. De la besace qu'elle portait à l'épaule, elle sortit un jeu de cartes et les fit défiler dans ses mains en remuant les lèvres. Il faisait chaud dans le wagon et le rythme lancinant du train plongea Everett dans une sorte de semi-hypnose. Il se réveilla en sursaut, juste à temps pour voir la fille détacher son regard de lui. Elle disposa soigneusement ses cartes sur la banquette pas très propre. Ces cartes aussi sortaient de l'ordinaire : elles ressemblaient à un jeu de tarot, mais les symboles et les personnages étaient inconnus d'Everett. Emma la Gothique, la Reine des emos du collège, se trimballait avec un jeu de tarot ; elle faisait semblant de deviner l'avenir et de jeter des sorts à ceux et celles qui la débinaient sur Facebook. Sur ses cartes apparaissaient des pendus, des papes et des fous suivis par des chiens. Ici, les figures étaient différentes : il y avait un homme de cuivre et un autre en collant, qui jonglait juché sur un monocycle. Un dieu à quatre visages, une femme tenant une épée dans chaque main, couronnée par le soleil. Un serpent dont le corps dessinait un huit, ou le symbole de l'infini, et qui se mordait la queue. Un vieillard appuyé sur des béquilles, devant une porte qui s'ouvrait sur les ténèbres. Une main qui jaillissait d'une mer déchaînée. La fille continuait à marmonner en disposant chaque carte avec le plus grand soin. La Maison sur pieds au centre de la croix, le Chariot tiré par des cygnes posé dessus, en travers.

– Tu recommences, dit-elle.

Everett sursauta.

– Hein ?

– Tu me zieutes encore.

– Désolé. C'est juste que… je n'ai jamais vu ce genre de cartes.

– Évidemment. Personne. Elles ont été faites exprès pour moi. Elles sont personnalisées. Absolument uniques. C'est le seul tarot d'Everness.

– Qu'est-ce que tu fais avec ?

– Écoutez-le ! Non seulement il reluque, mais il est curieux par-dessus le marché. Eh bien, si tu veux savoir, je regarde. Un peu en haut, un peu en bas, un peu sur les côtés.

– C'est comme prédire l'avenir ?

Les yeux de la fille s'écarquillèrent sous l'effet de l'affront. Everett n'avait jamais vu des yeux aussi pâles. Des éclats de glace.

– Non, c'est pas comme prédire l'avenir. Rien à voir. Je te le répète : je regarde. Je vois les choses comme elles sont, comme elles sont véritablement, en profondeur, sous tout le reste.

Elle sourit et ce sourire la transforma. Soudain, ce n'était plus la même personne.

– Tu veux que je te montre ?

Elle rassembla les cartes et se leva pour venir s'asseoir à côté d'Everett. Elle remua le gros paquet, avec l'habileté d'une joueuse professionnelle. Bebe Ajeet savait en faire autant ; c'était une vraie terreur au gin-rami. La fille lui tendit les cartes dans sa paume.

– Tape dessus trois fois.

– Il n'y a pas de formule magique ?

– Ce n'est pas de la magie. (Elle leva les cartes au niveau de ses yeux.) Maintenant, coupe.

Everett coupa le paquet en trois, il posa le paquet du dessus au milieu, celui du milieu en dessous et celui du dessous sur le dessus.

– Prends les trois cartes du dessus et aligne-les.

Everett les retourna l'une après l'autre. Un homme muni d'une lance, entouré par des flammes. Deux personnages volants détruisant un champ de blé. Un gratte-ciel avec un œil au sommet. La fille secoua la tête, imitant sans le savoir ce geste pendjabi qui voulait dire presque oui et Everett faillit pouffer. Faillit seulement. Le sérieux glacial de la fille était terrifiant.

– Derrière toi, sous toi, devant toi, dit-elle. Retourne les trois suivantes.

Un homme qui tirait une charrette avec un âne dedans. Un homme enseveli sous des pierres qui se débattait. Deux sœurs dont les langues étaient reliées par une chaîne. Au moment où il retournait cette dernière carte, la fille ouvrit de grands yeux. Elle eut un bref moment de stupeur. Penchée en avant, elle examina les cartes. Affolé, Everett se pencha lui aussi, et ce faisant, il sentit une légère traction sur la sangle du sac à dos qu'il avait passée autour de sa jambe. Il bondit juste à temps pour empêcher Dr Quantum de disparaître sous la veste militaire de la fille. Elle plaqua la tablette contre elle.

– Je vais crier : « Au viol ! »

Everett ramassa les cartes sur la banquette, baissa la vitre et tendit le bras au-dehors. La fille poussa un cri strident.

– Non !

– Rends-moi ça, ordonna Everett.

– Je le veux. C'est bona. File-le-moi.

– Pose-le.

La fille serra la tablette encore plus fort.

– Il me plaît. Je l'abîmerai pas. Il est où le bouton pour l'allumer ? (Elle tourna et retourna Dr Quantum entre ses mains.) Oh, c'est fantabulosa bona ! Y a même pas de loupe et c'est super fin. Ça vient pas de notre monde.

Everett sentit un pic de glace lui transpercer le ventre. Ses yeux, son cerveau, son cœur se mirent à palpiter. Les muscles de son abdomen furent saisis de convulsions. Sonné, il tituba dans le wagon qui tanguait.

– Voilà que tu remets ça avec tes yeux de merlan frit. Pose tes fesses, omi, avant de piquer une tête.

Encore sous le choc, Everett s'assit. La fille posa délicatement Dr Quantum sur la banquette.

– Mes cartes. Tout de suite.

Everett les déposa à côté de sa tablette. La main de la fille jaillit tel un serpent, se saisit du jeu de tarot et le rangea à l'intérieur de sa veste. Everett remit Dr Quantum dans son sac à dos et le referma aussitôt. Il remarqua que la fille n'avait pas quitté la tablette des yeux.

– Ouais, c'est clair que ça vient pas de ce monde, dit-elle. On n'a pas de trucs comme ça ici. C'est du plastique, hein ? Du véritable plastique. J'adore. Où tu l'as eu ? Tu l'as fauché ? Oh... j'ai pigé. C'est pas juste le comptator. C'est toi, en fait, hein ? Tu es un transplans. Tu viens de quel monde ? Pas E2, ils sont top zhooshis là-bas. Et toi... j'ai pas l'impression. Alors, d'où tu viens ? Hé, tu serais pas un de ces nanoassassins de E1 ?

– Un quoi ?

– C'est ce qu'on raconte. Qu'ils sont exactement comme nous en apparence, mais à l'intérieur, c'est bourré de nanotechnologies. Pour les repérer, faut les regarder droit dans les yeux, dans le petit rond noir : ça ressemble à des yeux de mouche. Mais évidemment, si tu es assez près pour faire ça, c'est qu'ils t'ont déjà bouffé le cerveau.

– C'est vrai ?

– Quoi donc, omi ?

– Ce que tu dis sur E1 ?

– Non. C'est des histoires. Personne n'en sait rien. Alors, tu viens de E1, mon gars ?

– Regarde dans mes yeux.

La fille se pencha en avant. Elle sentait le patchouli comme Emma la Gothique, et aussi quelque chose de plus musqué, plus terreux, qu'Everett ne pouvait identifier ; une odeur trop mûre pour elle. Il lui donnait environ treize ans, mais il n'était pas très doué pour deviner l'âge des filles. Elle soutint son regard pendant un moment, puis détourna la tête.

– Tu viens d'où ? Pour de vrai ?

– E10.

– E10 ? C'est où, ça ? C'est quoi ? Jamais entendu parler. E10 ?

– On a établi un contact avec la Plénitude pour la première fois en février de cette année. Nous avons échangé des plénipotentiaires.

– J'ai jamais entendu parler de cette histoire. Mais bon, tout ça, ça se passe dans cette grande tour, et d'abord, quel rapport avec la choucroute, hein ?

– Pas mal de choses si tu as voulu le voler mon ordi.

La fille, un peu gênée, eut un mouvement de recul, mais sa main caressa délicatement le sac à dos d'Everett.

– C'est trop bona... Tout le monde a des jouets comme celui-ci là d'où tu viens ?

– C'est une nouvelle technologie, mais rien d'exceptionnel. Tout le monde a des ordinateurs portables. (Everett sortit son téléphone et l'alluma.) Je ne capte pas de signal ici, mais cet appareil est un portable, un téléphone. Avec un tas d'applis. J'ai toute ma musique à l'intérieur, des photos et aussi ce que vous appelez, je crois, Interweb... et un appareil photo correct.

Il photographia la fille aux yeux écarquillés et lui montra le résultat sur l'écran. Elle plaqua ses mains sur son visage, gênée de nouveau, puis elle prit le téléphone pour se regarder.

– Tu peux zoomer avec tes doigts, précisa Everett.

Il lui montra comment naviguer sur l'écran tactile.

– Bonaroo ! Vous êtes balèzes sur E10. Presque aussi bons que les types de E4, mais eux, ils ont ce problème avec la lune. Bon, OK, maintenant, je sais un truc sur E10. Question technologie, c'est bona, mais vos fringues, elles craignent. Où tu vas comme ça ?

Everett ne répondit pas. Il ne lui faisait pas encore confiance.

– Eh, on me la fait pas à moi, omi. Les transplans, les savants, les hommes d'affaires et les gars de la Plénitude, quand ils sont ici, ils se baladent en limousine, avec des gardes du corps, des expulsors et tout le tintouin. Et toi, tu prends le métro fringué comme un abruti avec pour un million de dinaris de technologie dans ton sac. Alors, tu sais où tu vas, omi ?

Everett ne répondit toujours pas. Le train pénétra à toute allure sous une arche découpée dans la façade d'un monstrueux immeuble. Le vacarme des rails et des moteurs devint assourdissant : ils se trouvaient dans un tunnel. Le wagon était illuminé par des éclairs électriques. Everett entraperçut des fenêtres derrière les vitres, des instantanés de vies. La fille se rapprocha de lui en se tortillant.

– Omi, omi, omi, j'ai compté les arrêts. À moins que tu descendes à la prochaine, tu vas au même endroit que moi. Au terminus. Mais si tu n'y as jamais mis les pieds, tu auras besoin d'un guide.

– Pourquoi je te ferais confiance ? Tu ne m'as même pas dit ton nom.

La fille se redressa, offusquée.

– Je pourrais en dire autant, transplans.

– Everett. Everett Singh.

– On dirait un nom airish.

– C'est pendjabi.

– Bon sang, tu ne connais vraiment rien, hein, Everett Singh ? Regarde-moi... Non, je vais t'expliquer ça autrement. Là-bas, y a des gars qui vont te faucher ton beau joujou ; ils te piqueront même tes fringues de ringard s'ils pensent qu'ils peuvent en tirer un shilling. Et après, ils t'arracheront les reins en guise de remerciements personnalisés. Everett Singh, Everett Singh, qu'est-ce que tu fabriques ici ?

La rame s'arrêta en grinçant dans une station violemment éclairée, construite à l'intérieur de l'immeuble. De chaque côté des voies se dressait un empilement de balcons en fer forgé semblable à une falaise abrupte. Des câbles électriques et des cordes à linge traversaient ce canyon de brique. Tout en haut, une autre ligne de train passait à angle droit, et plus haut encore, on apercevait une verrière soutenue par une structure métallique. Des pigeons plongeaient des hauteurs, dans un vrombissement d'ailes, et passaient en rase-mottes au-dessus des quais. Les portes de la rame s'ouvrirent. Des passagers descendirent. Aucun ne monta. Everett et la fille n'étaient plus que tous les deux dans le wagon. La sonnerie stridente retentit, les portes se refermèrent.

– Prochain arrêt, Grand Port de Hackney, Everett Singh...

– Je dois trouver un endroit pour dormir, confia-t-il au moment où ils quittaient la station.

– Évidemment, omi. Fallait le dire ! D'accord, j'ai peut-être essayé de te faucher ton jouet, mais au moins, j'ai pas été hypocrite, hein ? Tu peux me faire confiance, Everett Singh.

Everett aurait pu lui faire remarquer que sa logique était discutable, mais un endroit pour passer la nuit, ça ne se refusait pas. Le train émergea finalement de cette caverne de brique et de fer, et Everett se rendit compte qu'elle se composait d'un grand nombre d'immeubles qui s'étaient agglutinés au fil des décennies, des siècles même : une ville à l'intérieur de la ville. Bientôt, il eut le souffle coupé par un nouveau spectacle : des dirigeables. Par dizaines, une centaine peut-être, amarrés nez à nez à des tours d'arrimage. Ils étaient si nombreux qu'ils masquaient le ciel nocturne brumeux. La voie ferrée passait entre ce plafond de dirigeables et le sol. Tout en bas, il y avait de grands entrepôts, des semi-remorques et des camions électriques aux lignes pures. Des wagons se déplaçaient sur des rails argentés brillants, entre lesquels allaient et venaient des chariots élévateurs transportant des containers. Les ventres des dirigeables étaient ouverts ; des treuils descendaient des morceaux de coque. Certains se débarrassaient de leur chargement, tandis que d'autres avalaient des containers et des palettes. Par une soute ouverte, dans la lumière crue des projecteurs, Everett distingua un visage aussi foncé que le sien. Tout n'était que vacarme et activité bouillante dans l'éclat fumant des lampes à arc.

– Ce cher Grand Port de Hackney, dit la fille. Allez, transplans, c'est ici qu'on descend.

La rame ralentit, puis s'arrêta sous une voûte de verre et d'acier et déversa ses passagers sur le quai. Terminus, en effet. La voie surélevée se trouvait au-dessus d'une gare de triage. Des trains de marchandises et des locomotives de manœuvre s'entrechoquaient et gémissaient sous des cascades d'étincelles et d'éclairs. Dans l'air flottait une odeur de graisse et de brûlé. Everett aurait pu contempler ce spectacle pendant des heures, mais la fille l'entraîna dans un escalier dont les marches résonnaient. Ils furent les derniers à franchir les tourniquets. Dès qu'ils se retrouvèrent dans la rue, le vent enveloppa Everett de tourbillons de neige fondue, de la tête aux pieds.

– Ne prends pas cet air ahuri, lui glissa la fille. Tu vas passer pour un amateur.

Mais il ne pouvait pas s'empêcher de regarder d'un œil avide tout ce qui l'entourait. L'activité industrielle était reine ici et, plus d'une fois, la fille écarta Everett du chemin d'un chariot élévateur ou l'empêcha de passer juste devant une locomotive qui manœuvrait. Ils enjambèrent des rails argentés, traversèrent en courant des labyrinthes de containers dans lesquels le vent s'engouffrait en poussant des mugissements lugubres. D'un pas vif, ils parcoururent les rues fouettées par les bourrasques glacées, entre les enseignes au néon éclatantes et les devantures des pubs, des cafétérias, des bars à nouilles chinois et des restaurants jamaïcains. Par les portes ouvertes se déversaient de la lumière, des bouffées de chaleur, des éclats de voix et de la musique. Everett avait l'impression d'entendre de l'electropop des années 1980 ; le genre de truc que les pères réclamaient dans les mariages, mais sur un rythme plus lourd. Un tas de gens chantaient. De l'intérieur d'un pub s'échappèrent des odeurs de bière, de fumée de cigarette et un chant de Noël. Au-dehors, ça sentait la vieille urine. Des guirlandes pendaient derrière la vitre et autour de la porte ; elles s'allumaient par intermittence. Il se trouvait dans Mare Street ! Au-dessus de sa tête, amarrés à leurs longs bras métalliques, les dirigeables flottaient telles des feuilles d'arbres immenses.

Jamais il n'aurait survécu seul dans cet environnement.

La fille l'entraîna sous les coques d'où ruisselait une pluie de neige fondue. Deux hommes émergèrent de la cascade. L'eau dégoulinait de leurs manteaux en toile huilée et de leurs grands chapeaux informes. Leurs larges et hautes silhouettes se découpaient en ombres chinoises dans la lumière qui provenait de l'intérieur du dirigeable et la fille ne sembla pas ravie de les voir.

– Où est ta patronne ?

L'homme qui avait posé la question possédait une voix grave et gutturale.

– Vous la connaissez, elle va, elle vient, répondit la fille. Je suis toujours la dernière à le savoir.

– C'est qui, ton copain ?

Le deuxième homme parlait avec un fort accent hollandais.

Everett cacha son sac derrière ses jambes.

– J'essaye de le faire embarquer en douce pour pouvoir m'envoyer en l'air, dit la fille.

Le Hollandais se tordit de rire. Son compagnon à la voix gutturale trouvait cela beaucoup moins amusant.

– J'ai un message pour toi, polone. Tu diras à ta capitaine que le Iddler lui donne jusqu'à la veille de Noël pour connaître sa réponse, pas un jour de plus. Tu as bien entendu ? La veille de Noël.

Le Hollandais riait encore quand les deux hommes passèrent devant Everett et la fille pour pénétrer dans le port.

– Le Iddler ?

– Et tralala et tralalère... tranches de bacon et pommes de terre.

Everett n'était pas dupe de cette fausse nonchalance. Ces deux types patibulaires l'avaient secouée. Mais pas question pour elle de lui expliquer qui était ce Iddler.

– Et la capitaine ?

– Everett Singh, si tu veux savoir pourquoi jamais je te laisserai me bécoter, c'est parce que tu n'arrêtes pas de poser des questions. Question, question, question... La capitaine. Oui. Ma capitaine.

Elle traversa le mur d'eau ruisselante.

– Alors, tu viens ? lança-t-elle. Ou tu veux passer la nuit dehors ?

Le ventre du dirigeable était grand ouvert ; des monte-charges descendaient vers le sol. L'éclairage violent obligea Everett à plisser les yeux. Un nom était peint au pochoir sous le nez de l'appareil. *Everness*.

Le nom que la fille avait donné à son jeu de tarot.

Celle-ci se tenait sur la passerelle de fret à l'arrière. Elle remonta sa manche pour attacher une sorte de montre autour de son poignet gauche. Des moteurs vrombissaient au-dessus de leurs têtes. Deux câbles descendirent de l'intérieur du dirigeable. Chacun se terminait par deux boucles. La fille passa son poignet dans l'une d'elles, son pied dans l'autre, puis elle tourna le cadran de sa montre qui n'en était pas une. Le câble la hissa dans la lumière.

– J'espère que tu as de la poigne, Everett Singh !

Le garçon mit son sac sur son dos et saisit le câble au moment où les boucles s'élevaient devant lui. Pendant un instant, il resta suspendu par le poignet, jusqu'à ce que son pied trouve la deuxième boucle.

– Tu ne m'as toujours pas dit ton nom ! cria-t-il à la fille qui disparaissait dans la lumière aveuglante.

– Sen ! lança-t-elle, en lui adressant un grand sourire entre les semelles de ses bottes. Et je suis pilote !

16

Everett sentit la surface molle bouger sous lui ; il se retourna, sourit et pensa : « Ce doit être le vent qui déplace le dirigeable amarré. » Il se redressa brusquement, frappé par une décharge électrique. Chacun de ses nerfs, de ses cheveux était réveillé. « Je suis à bord d'un dirigeable ! »

Ça lui revenait maintenant. Il s'était accroché au câble qui l'avait hissé dans le ventre ouvert de l'engin volant. Hébété, il avait regardé autour de lui. « Zieuté », comme elle disait. Cette expression traduisait bien sa stupéfaction et son air idiot. À l'intérieur, tout était dans le registre de l'*immense*. Immenses, les soutes. Encore plus immense, l'ossature d'arches et de voûtes, percée de multiples trous, qui plaquait le revêtement du dirigeable sur ses membrures. Mais le plus immense, c'était le toit de cellules qui courait sur toute la longueur de la colonne vertébrale de l'appareil : une double rangée de sphères gonflées au gaz, chacune de la taille d'un immeuble, solidement rattachées les unes aux autres par des filets et un tissu de câbles et de tuyaux flexibles qui palpitaient. L'intérieur du dirigeable avait les dimensions d'une cathédrale et dégageait la même impression de hauteur, d'espace et de clarté. Non, ce n'était pas l'image qui convenait : c'était plus poisseux et palpable que ça. Comme un poumon. Il se trouvait à l'intérieur d'un poumon géant !

La fille – elle s'appelait Sen, donc – l'avait attrapé par la ceinture de son short de football pour le hisser sur le plancher. Il avait dégagé sa main et sa cheville juste à temps. Dans son état d'hébétude, il aurait pu facilement se laisser entraîner jusqu'au sommet, au milieu des cellules de gaz.

– Tu dormiras ici, omi. (Sen lui avait montré un recoin formé par la réunion de trois containers.) Je dors là moi aussi, de temps en temps. Bon, d'accord, je suis censée être de garde mais des fois, on a envie de piquer un roupillon. Regarde !

Des morceaux de toile et de revêtements de cellules de gaz avaient été empilés à la hâte.

– Comme un coq en pâte.

Le tissu était aussi doux qu'un élément liquide, si fluide qu'Everett avait l'impression qu'il allait couler entre ses doigts, comme un souffle. Mais quand il tirait dessus, il se rigidifiait aussitôt, puis se relâchait pour retrouver son aspect doux.

– C'est quoi, cette matière ?

– Des nanotubes de carbone, expliqua Sen. À bord de l'*Everness*, tout est en tubes de carbone. Résistant comme de l'acier, léger comme une plume.

– On n'a rien qui ressemble à ça.

– Hein, une chose que vous n'avez pas, Everett Singh ? (Sen s'éloigna en sautillant.) Je reviendrai te chercher demain matin. Tu seras bien ici, personne ne connaît cet endroit, mais ne t'amuse pas à te balader. Attends-moi.

Elle agita les doigts en guise d'au revoir et disparut. Everett s'allongea timidement sur l'amas de toile. Il s'enfonça dans ses profondeurs moelleuses. Il l'enroula autour de lui à la manière d'un grand manteau. La fatigue s'abattit comme une masse. Le sommeil l'emportait, mais il lutta pour rester éveillé le temps d'envelopper Dr Quantum dans de la soie de dirigeable, telle une mouche prise dans une toile d'araignée, et il se coucha dessus. Il se méfiait de Sen, bien capable de s'introduire subrepticement dans sa cachette au cours de la nuit. Il leva les yeux vers les immenses sphères des cellules de gaz. Un dirigeable… Il se trouvait à bord d'un dirigeable! Dans un autre monde! Un univers parallèle. Ce matin, il s'était réveillé sur une Terre. Ce soir, il s'endormait sur une autre. Un sentiment de panique lui fit l'effet d'une décharge électrique, puis il plongea la tête la première dans un gigantesque sommeil.

Maintenant, Everett était réveillé et il se trouvait toujours à bord du dirigeable, sur une Terre parallèle. La lumière matinale transformait l'écoutille ouverte en un bassin de lumière. Il faisait si froid dans la soute qu'il voyait son souffle. Une fois de plus, il leva les yeux vers les cellules de gaz. Il s'émerveillait de la façon dont elles s'ordonnaient dans l'espace, de manière si rationnelle (un problème de mathématiques classique), et dont la membrure et les longerons de l'ossature les respectaient; il admirait les passerelles hautes et les filets d'escalade, les câbles de rappel qui pendaient du sommet de la coque, les treuils alignés le long des bastingages. Soudain, un sifflement provenant d'une valve de décompression le fit sursauter. Des gouttes de condensation tombaient des longerons. Le froid était atroce. Mais la machinerie était fascinante. Everett serra contre lui le sac à dos contenant Dr Quantum et suivit sa curiosité. Sous ses pieds, le pont était en métal grillagé; dessous se trouvaient des ballasts et ce qui ressemblait à des accumulateurs pour les rotors. Ce devait être bizarre de grandir dans ce monde étrange, pensa-t-il. Un monde étrange à l'intérieur d'un monde étrange. Rien n'était solide, rien n'était fixé au sol. Un monde flottant qui dérivait au gré des caprices du vent.

Un escalier permettait d'accéder à la passerelle principale qui courait telle une colonne vertébrale entre les rangées de cellules de gaz. Les marches semblaient aussi fragiles et cassantes que du verre. Pourtant, elles supportèrent sans peine le poids d'Everett. Il sauta dessus : pas même une fêlure. Dures comme du diamant. Arrivé sur la passerelle, il regarda d'un bout à l'autre de l'axe central. Était-il capable de se souvenir dans quelle direction était orienté le dirigeable la veille au soir ? Il s'approcha de la poche de gaz la plus proche. Gonflée et tendue, elle appuyait contre le filet qui la rattachait à l'ossature de l'engin volant. La membrane était étirée comme un ballon de baudruche. Everett appuya dessus du bout du doigt. Elle se creusa. Il enfonça son index jusqu'à la dernière phalange. La membrane se déformait en douceur. Voilà comment les habitants de ce monde avaient surmonté les faiblesses et les fragilités qui avaient condamné les anciens zeppelins à hydrogène dans son monde. Des nanotubes de carbone, doux sous la pression et rigides en cas de choc. C'était l'heure des expériences. Everett serra le poing et prit son élan pour frapper dans la membrane de toutes ses forces.

– C'est ça, vas-y, enfonce donc ton gros poing à travers ! s'exclama une voix teintée du plus fort accent de Glasgow qu'il ait jamais entendu. Espèce de sale p'tite graine de voyou !

Everett se retourna et entrevit une silhouette. Une combinaison orange. Une veste dans le style équitation. Un visage aussi brun que le sien. Et un objet pointé sur lui. Il entendit une sorte de toux étouffée et quelque chose le frappa en plein visage, une chose énorme, sombre et lourde, et en même temps aussi molle qu'une chaussette remplie de viande hachée. Il s'écroula sur la passerelle. KO.

La femme le toisait. Elle portait un long manteau qui descendait jusqu'aux chevilles, élégamment cintré à la taille, aux revers brodés de motifs floraux, avec du fil d'or. Sur une chemise blanche à col haut et des jodhpurs beiges glissés dans des bottes surchargées de boucles et de lanières. Tout d'abord,

Everett crut qu'elle était chauve, puis il constata que son crâne était tapissé d'un millimètre de cheveux. Son oreille gauche était ourlée de boucles de haut en bas. Elle avait des bagues à chaque doigt, même aux pouces, et des bracelets en argent aux poignets. Sa peau était du noir le plus sombre et ses yeux étaient les plus grands qu'Everett ait jamais vus, mais ils paraissaient empreints de dureté et de méfiance. Écarquillés sur le monde qui les entourait, ils voyaient et jugeaient tout ; rien ne leur échappait. Ils regardaient Everett avec un mélange de mépris et d'émerveillement.

– Voyons ce qu'on a ici.

Everett essaya de se redresser en position assise. Il retomba sur la passerelle. Il avait mal partout, jusqu'aux os. C'était comme si on lui avait enfoncé le cerveau à l'intérieur du crâne en tapant dessus. De très haut. Il réussit à prendre appui sur les coudes. Il aperçut alors, de manière encore un peu floue, l'homme en combinaison orange, assis en haut de l'escalier, les genoux ramenés contre la poitrine.

– Vous m'avez tiré dessus ! En plein visage !

– Et je suis prêt à recommencer, répliqua l'homme.

L'accent était du pur Glasgow, mais le visage du pur Pendjab. L'objet posé sur ses genoux ressemblait à une arme, dans n'importe quelle ville, n'importe quelle culture.

– Alors comme ça, le Iddler envoie des gamins pour faire sa sale besogne ?

Everett roula douloureusement sur le flanc pour découvrir l'origine de cette autre voix, au fort accent américain. Elle émanait d'un Blanc aux yeux bleus, le visage taillé à la serpe, avec un petit bouc à l'Oncle Sam qui le vieillissait. Il portait un pantalon à fines rayures, un gilet de brocart par-dessus une chemise fermée au col par un foulard. Et une pèlerine. Il était coiffé d'un chapeau à large bord, orné d'une plume glissée sous le ruban.

– Quoi ?

– Comment vous appelez-vous, mon gars ? demanda la femme.

Les deux hommes semblaient lui obéir.

– Everett, gémit-il. Everett Singh. Et vous, vous êtes qui, nom d'un chien ?

Les yeux de la femme s'écarquillèrent un peu plus devant tant d'audace.

– Je suis Anastasia Sixsmyth, *nom d'un chien*, et c'est moi, *nom d'un chien*, qui commande ce dirigeable que vous essayez de saboter.

– Non, non, attendez attendez ! Je n'essaye absolument pas de saboter...

– Ah, oui ? Et ça, c'est quoi ? (La femme brandit Dr Quantum.) Une nouvelle sorte d'explosif, je suppose. Conçue pour être glissée sous les condensateurs sans que personne s'en aperçoive.

Elle brandit ensuite le téléphone portable.

– Ne venez pas me dire que ce n'est pas une télécommande ! (Elle promena son pouce sur l'écran.) Oh ! Bona. Expliquez-moi donc comment le Iddler a pu confier tout ce matériel reluisant à un idiot de votre espèce ?

Elle chassa d'un geste toute réponse qu'aurait pu formuler Everett.

– Non, inutile. Ça ne m'intéresse pas, vous allez bientôt nous quitter de toute façon. Monsieur Sharkey, monsieur Mchynlyth, notre invité indésirable s'en va.

Le Pendjabi-Écossais se déplia et saisit Everett par l'épaule droite. Le grand Américain prit la gauche. Ils relevèrent Everett.

– Adieu, monsieur Singh, dit Anastasia. Oh, et puisque vous n'aurez plus besoin de ces choses, ce serait dommage de les jeter.

Elle montra le portable et Dr Quantum, puis les glissa à l'intérieur de son grand manteau.

– Non, vous n'avez pas le droit !

Les orteils d'Everett, emporté par les deux hommes, raclèrent la grille de la passerelle. Il se débattit, mais ils étaient grands et forts. Et lui se trouvait dans un sale état. Seul, de surcroît. Ils le traînèrent ainsi jusqu'à l'écoutille ouverte et le penchèrent au-dessus du vide. Everett regardait avec effroi la plateforme de fret dix mètres plus bas.

– Non, vous ne pouvez pas faire ça !

– Vous allez découvrir que je peux faire tout ce que je veux sur mon bateau, répliqua la capitaine Sixsmyth. Ne vous ai-je pas dit que c'est moi qui commande. Messieurs...

L'Américain et le Pendjabi-Écossais soulevèrent sans peine Everett du sol.

– À la une... à la deux... entonna le dénommé Mchynlyth.

Une tache blanche descendit de l'immense voûte, en tournoyant et en scintillant dans la lumière matinale qui entrait par la soute ouverte. Sharkey, l'Américain, tendit le bras et l'attrapa en plein vol, avec dextérité. C'était une carte. Une carte blanche avec un dessin. Une carte du Tarot d'Everness.

– Sen ?

Des moteurs gémirent. Tel un ange de glace, Sen descendit à son tour des hauteurs ténébreuses du dirigeable, accrochée à un câble de rappel.

– Lâchez-le ! Il est bona.

– Ah oui ? (La capitaine Anastasia ressortit Dr Quantum.) Tu sais donc à quoi sert cette chose ?

– C'est une sorte de comptator, répondit Sen d'un air de défi.

Elle se balançait lentement au bout du câble. La pointe de ses bottes se trouvait à cinq centimètres seulement du plancher.

La capitaine Anastasia tournait et retournait le rectangle de plastique entre ses mains, cherchant un moyen de le faire fonctionner.

– Euh... excusez-moi, madame. Je peux vous montrer... proposa Everett.

La femme adressa un signe de tête à l'Américain et au Pendjabi-Écossais qui reposèrent le jeune garçon, en restant tout près de lui, une main sur chaque épaule. Anastasia tendit la tablette à Everett, du bout des doigts, avec une grimace de dégoût comme si elle était maculée d'excréments. Il pressa le petit bouton de mise en marche, à peine visible. Quand la page d'accueil apparut, il appuya son pouce sur le lecteur biométrique. La capitaine se pencha au-dessus de l'écran, perplexe. « C'est maintenant que ça passe ou ça casse, se dit Everett. Ces gens peuvent m'aider ou me flanquer par-dessus bord. Je dois les convaincre de me venir en aide. Mais je peux juste leur dire la vérité, toute la vérité et rien que la vérité. »

– Voilà un comptator rudement chic, commenta Anastasia.

– C'est parce qu'il vient pas de notre monde, expliqua Sen. C'est de la technologie de crossplans.

Elle semblait très contente d'elle, mais en entendant le mot « crossplans », Sharkey, Mchynlyth et Anastasia Sixsmyth reculèrent d'un pas.

– Je ne souffre pas d'une maladie contagieuse, rassurez-vous, dit Everett.

– Non. Mais vous avez un statut particulier, répondit la capitaine Anastasia. Et nous, on va avoir de gros ennuis. Sen ! Qu'est-ce qui t'a pris d'amener ce transplans ici ? Et vous, monsieur Singh, quelle idée de vous promener tout seul dans le Grand Port de Hackney sans l'habituelle cohorte de sharpies, de pitres des services de sécurité et je ne sais qui encore ?

– Des sharpies ?

– « Sachant bien que la loi n'est pas faite pour le juste, mais pour les méchants et les rebelles, les impies et les pécheurs, les irréligieux et les profanes, les parricides et les meurtriers », récita Sharkey l'Américain.

– Monsieur Sharkey, loin de moi l'envie de manquer de respect envers la religion de quiconque, mais peut-être le moment est-il mal choisi pour citer les paroles du Très Cher. Les sharpies, monsieur Singh, ce sont les policiers. Dans la vie, il n'y a aucune situation que la présence de la police ne puisse aggraver. Ce qui me place dans une situation délicate, car aussi sûr que deux et deux font quatre, les sharpies et les agents de sécurité vont partir à votre recherche, et voyez-vous, nous autres ici, à Airishville, nous avons nos propres règles. Les policiers, les inspecteurs des impôts, les huissiers, on s'en passe très bien. Mais en même temps, je ne peux pas balancer par-dessus bord une si précieuse cargaison. Sen, prépare un petit déjeuner pour ton invité.

Sur ce, la femme aux cheveux ras pivota sur ses talons et s'en alla, la queue de pie de son manteau flottant au vent.

– Capitaine Sixsmyth ! lança Everett.

Elle s'arrêta, sans se retourner.

– Vous avez gardé mon ordinateur.

– En effet.

Elle repartit dans un claquement de bottes.

– Merci, maman ! cria Sen.

« Maman ? » articula Everett sans émettre le moindre son. Anastasia esquissa un geste vague.

– Ne me remercie pas, Sen, je n'ai pas encore décidé ce que j'allais faire. Mais j'ai quelques mots à vous dire, monsieur Singh, dans mes quartiers. Toi, Sen, apporte-lui de l'eau chaude et du savon. Les adolescents empestent, c'est à cause de toutes ces hormones.

17

– C'est la capitaine de l'*Everness* et aussi ma mère, dit Sen.

La cuisine, encastrée dans une sorte de cagibi sur le pont supérieur du dirigeable, à tribord, était si exiguë qu'Everett craignait d'être éclaboussé par la graisse qui grésillait dans la poêle. La table se repliait, les chaises aussi, et une fumée bleue épaississait l'atmosphère, mais la vue à travers les hublots incurvés était magnifique. La pluie de la nuit était chassée du ciel par un vent frais qui propulsait un défilé de nuages venant de l'ouest. Exactement le genre de journée qu'Everett adorait : éclatante, froide, avec un soleil bas hivernal qui faisait miroiter les carapaces des dirigeables. Sous ses yeux émerveillés, un engin quitta ses amarres en faisant pivoter ses moteurs et tourna sur lui-même en prenant de la hauteur, afin de capter le vent d'ouest. Un autre approchait, à basse altitude et à faible allure, aussi gigantesque qu'une cathédrale. Les ombres des nuages glissaient sur sa coque. « D'où viens-tu et où vas-tu ? se demanda Everett. Que transportes-tu de merveilleux ? »

Le raclement d'une fourchette dans la poêle le ramena à la réalité. Sen fit glisser l'assiette d'œufs sur la table étroite. Ils étaient gris et un liquide transparent s'échappait d'une sorte de bouillie caoutchouteuse.

– C'est toujours toi qui fais la cuisine ? demanda-t-il.

– Seulement dans les grandes occasions. Généralement, c'est Mchynlyth. Il est nul.

Everett grimaça.

– J'ai une idée. Si je te préparais un petit déjeuner ?

– Les omis savent pas faire la cuisine, déclara Sen. C'est contre nature.

– Non, pas dans mon monde.

– Si tu crois en être capable...

– Tu me remercieras.

Ils durent se frotter l'un contre l'autre pour contourner la table. Une fois de plus, Everett perçut le parfum musqué, inconnu, de Sen. Pourquoi avait-elle cette odeur ? Terreuse, animale. Ce n'était pas normal.

– Leçon n°1... (Il récupéra la poêle dans le lave-vaisselle.) Ne jamais laver la poêle. Ça enlève la couche de graisse qui évite que les aliments accrochent. Sel et essuie-tout.

Il frotta le minuscule plan de travail avec des serviettes en papier.

– Alors, demanda-t-il, ta mère ?

– Adoptée.

– Adoptive.

– Quoi ?

– Tu es une enfant adoptée. Elle, c'est ta mère adoptive.

– Hé ! Toi, le transplans, tu cuisines. C'est moi qui parle. Tu sais même pas parler le bona palari.

Everett inspecta les placards. Des étagères et des râteliers encastrés les uns dans les autres se dépliaient ingénieusement. Tout était compact et conçu pour occuper le moins de place possible, comme dans un camping-car. Il y avait là des paquets et des bocaux portant des étiquettes venant d'Égypte, de Palestine, du Maroc, avec des alphabets arabes, cyrilliques, et d'autres qui ressemblaient à du hindi tout en étant différents des lettres indiennes qu'Everett avait pu voir.

Apparemment, les paquets servaient rarement. Beaucoup n'étaient même pas ouverts. Everett renifla le contenu d'une boîte de paprika fumé d'Espagne.

– Ta mère... la capitaine... reprit-il en sortant des œufs du réfrigérateur. Les œufs, toujours à température ambiante, soit dit en passant. Toujours.

– Elle s'est retrouvée avec moi sur les bras. Elle avait une amriya.

– Une quoi ?

– Une amriya. C'est comme une promesse, sauf que c'est pas toi qui l'as faite. Quelqu'un te la donne. C'est une chose que tu dois à quelqu'un, pour toujours, et peut-être qu'il ne te la réclamera jamais, mais peut-être qu'un jour, ça se produira.

– La capitaine t'a adoptée à cause de cette... amriya?... Juste assez de beurre pour graisser la poêle. Et on ajoute les œufs légèrement battus... Donc, tes parents... ils sont... Qu'est-ce qui s'est passé ?

Sen regarda longuement par le hublot. Ses yeux étaient vides, semblables à de la glace blanche.

– Tu vois, là ? C'est le *Lady Constanza*. Un super vaisseau. Regarde le blason sur la proue. Avec des lions, des licornes et ainsi de suite. Ça veut dire que c'est un engin des services postaux royaux. Spécialement fabriqué par le gouvernement de Sa Majesté pour transporter le courrier de Sa Majesté. Voilà ce que voudrait Annie, ces armoiries sur notre proue. Bonaroo. Avec ça, tu es paré.

Everett versa les œufs brouillés sur une assiette. Il ajouta une pincée de paprika et les fit glisser vers Sen.

– Les miens, dit-elle, ils ont jamais cette couleur.

Elle en prit un peu avec sa fourchette et goûta. Son expression d'extase fut si évidente qu'Everett faillit éclater de rire. C'était une chose qu'il avait apprise sur Sen en très peu de temps : elle laissait transparaître ses sentiments, quels qu'ils soient.

– Oh, Everett Singh, ce sont les meilleurs œufs que... Comment tu as fait ça ?

– Pas de lait. Ça les durcit. Tu les retires du feu juste au moment où ils commencent à prendre et tu les laisses cuire avec leur propre chaleur. Un peu de paprika d'Espagne pour finir.

Everett mangea directement dans la poêle, appuyé contre la plaque chauffante. En s'asseyant à la table pliante, il se serait retrouvé littéralement nez à nez avec Sen.

– Annie, c'est la capitaine ?

– T'avise pas de l'appeler comme ça, surtout. Y a que moi qu'ai le droit.

La colère embrasait les yeux de glace. De la glace au soleil en un instant, puis la tempête.

– Comment dois-je l'appeler, alors ?

– Madame.

– Si le *Lady Constanza* transporte le courrier, qu'est-ce que vous transportez, vous ?

– Des pièces de machine de Leipzig, des rognons de Prague, des asperges de Dantzig, de la dentelle de La Haye, de la verrerie d'Oslo et des bijoux de Tanger, de la vodka de Moscou et de la soie d'Alger. On a aussi des circuits électriques de Seattle et de la confiture de Jérusalem, des pierres précieuses de Jakarta, des diamants de chez De Beers et du porno nippon qui te ferait rougir jusqu'aux oreilles, Everett Singh. Si ça marche, ça parle, ça rampe, ça chie, ça fait du bruit ou si c'est très très brillant, on le transporte. Je suis allée partout, Everett Singh. J'ai fait tout le tour de cette petite planète ronde.

– Nous, on a des avions pour transporter des marchandises, mais rien à voir avec ça.

– Je les ai vus. Il y en a dans la plupart des mondes. On est une exception, apparemment. Cette histoire de pétrole.

Je me sentirais pas en sécurité dans ces engins. Comment ils font pour rester en l'air?

– Question de physique.

– C'est pas naturel.

– Dans le monde des humains, la plupart des choses ne sont pas naturelles. C'est ce qui fait le monde des humains, justement. Je vais te dire ce qui est naturel: une mauvaise denture et la mort provoquée par la moindre petite infection. Ça, c'est naturel.

– Ooh. Écoutez-le, dit Sen, abasourdie par le discours enflammé d'Everett.

– Désolé. Je m'emporte quand j'entends des gens affirmer qu'une chose est forcément bien parce qu'elle est naturelle. La nature veut nous tuer. La science nous sauve. C'est elle qui fait voler nos avions et maintient ce dirigeable en l'air.

– OK. Si tu veux. La science est bona. Quand même, j'aime pas ces machins avec des ailes. Tu montes dedans, et hop, tu files à toute allure au-dessus du monde, puis tu redescends, tu ressors, quelqu'un d'autre monte. C'est pas une maison. C'est pas une…

Everett vit Sen ravaler le mot «famille» et il vit qu'elle savait qu'il s'en était aperçu. Elle paraissait honteuse et en colère. Puis son visage froid s'égaya, il passa en un instant de la dureté à la curiosité.

– Everett Singh, tu es invité à bord de mon vaisseau. Parle-moi de ta famille. Sois fair-play. Mais d'abord… (Elle poussa vers lui son assiette vide.) Est-ce qu'il reste des œufs?

– Je peux en refaire.

Au moment où il prononçait ces mots, l'idée lui vint, énorme et intacte, bien formée et brillante.

– Mais je préférerais faire autre chose, ajouta-t-il. Une surprise. Pour toi et la capitaine. Ta maman.

18

– Voyons si j'ai bien compris. La Plénitude a enlevé votre père et l'a conduit dans notre univers.

La capitaine Anastasia prit un autre bout de halva dans l'assiette. Everett avait remarqué la semoule fine, l'eau de rose et tous les ingrédients nécessaires rangés dans les profondeurs des placards de la cuisine pendant qu'il cherchait de quoi faire des œufs pour le petit déjeuner. Puis il n'y avait plus repensé jusqu'à ce que le ravissement de Sen lui indique un moyen d'être autre chose qu'un excédent de bagage à bord de l'*Everness*. Le chemin du cœur passe par l'estomac. Toutes ces soirées cuisine après les matchs du samedi portaient leurs fruits finalement. « Si de simples œufs brouillés vous rendent fous, attendez un peu de goûter aux bons vieux plats de la cuisine pendjabie. Pour la dernière grande réunion de famille, grand-mère Ajeet a confectionné des pâtisseries à en perdre ses dents. » Pour Everett, semoule, eau de rose et sucre étaient automatiquement synonymes d'une seule chose : halva. Il regarda la capitaine mordre dans le cube de semoule sucrée.

– Et maintenant que vous êtes dans notre univers, que comptez-vous faire, monsieur Singh ? demanda-t-elle.

– Retrouver mon père. Et le libérer.

Anastasia Sixsmyth pouvait dominer n'importe quelle

conversation grâce à l'immensité de ses yeux. Ils se posèrent sur Everett, écarquillés par l'incrédulité. Everett devait admettre que cette idée, ainsi formulée, semblait être la plus stupide jamais née dans le cerveau d'un garçon qui possédait pourtant un Q.I. situé très au-dessus de la moyenne.

– Je suis quand même arrivé jusqu'ici tout seul, non ?

Anastasia finit son morceau de halva. Elle reluquait avec envie la dernière part.

– Pourquoi la Plénitude aurait-elle enlevé votre père ?

– C'est un savant. Un physicien. Un physicien quantique. Il travaillait sur notre projet de porte de Heisenberg... Ce que vous appelez les portes d'Einstein.

– Ce n'est pas un domaine dans lequel je suis particulièrement versée, mais nous avons nos propres spécialistes des portes d'Einstein, ou de Heisenberg si vous préférez. Des savants spécialisés. Et sans vouloir manquer de respect à votre père, ils semblent être aussi brillants que les vôtres, peut-être même plus. Je n'étais pas encore une étincelle dans les yeux de mon père quand ils ont ouvert la porte sur E2. Nous possédons plusieurs décennies d'avance sur vous. Pas convaincu, monsieur Singh ? Faites un effort. Ceci pourra peut-être vous rafraîchir la mémoire...

Elle sortit Dr Quantum du tiroir de son bureau pliant, mais se figea, les yeux écarquillés. Elle porta un doigt à ses lèvres, puis frappa du poing, violemment, sur la cloison près d'elle.

– Sen ! Cesse d'espionner les conversations confidentielles !

La cabine de la capitaine était aussi bien rangée et astucieusement agencée que la cuisine. Des planches de bois se repliaient et se dépliaient pour former un bureau, des chaises, des placards ou un secrétaire. Des lampes montées sur des mécanismes télescopiques sortaient de nulle part. Everett ne voyait aucun lit, ni même l'emplacement susceptible d'en accueillir un. Mais il imaginait qu'une fois le bureau replié à l'intérieur de la cloison, une couchette s'abaissait à sa place. Tout était d'une propreté immaculée. La minuscule cabine sentait le bois de santal et la naphtaline. La capitaine retourna la tablette, écran vers le haut. Everett repensa à Sen retournant ses cartes dans le métro qui les conduisait à Hackney. D'une manière quelconque, Anastasia Sixsmyth avait réussi à ouvrir l'Infundibulum. Il scintillait dans les aurores d'autres univers.

– Une vraie pie, ma fille. Elle a toujours l'œil attiré par quelque chose de nouveau et zhooshi ; il faut toujours qu'elle ramasse un objet brillant pour le rapporter dans le nid. Il y en a tellement dans sa cabine qu'on ne peut plus bouger. Ça et les posters de joueurs de rugby. Cet appareil, c'est exactement le genre de joli jouet qui attire son regard, mais je ne pense pas que vous l'auriez emporté avec vous à travers les plans uniquement pour faire un numéro. C'est quoi, ces choses, des étoiles ?

– Non, ce ne sont pas des étoiles. Ce sont des univers. Des plans.

C'était le moment de vérité. Le moment le plus risqué. La capitaine Sixsmyth se serait fait un plaisir de l'éjecter de son dirigeable s'il avait été un agent du mystérieux Iddler. Mais elle était là, dans sa cabine, avec lui, en train de déguster le halva de sa grand-mère. Elle lui avait déjà pris l'Infundibulum une fois. Elle pourrait aisément remettre la tablette – et lui en même temps – à Charlotte Villiers. « Alors, Everett Singh, fais-tu confiance à cette femme ? »

– C'est une carte du multivers, expliqua-t-il. Pas de la Plénitude, mais de la Panoplie. Elle représente la totalité des plans. Tous les univers parallèles.

Les yeux de la capitaine Anastasia lui sortaient de la tête.

– Il s'agit d'un ensemble de coordonnées, ajouta Everett. Avec ça, et une porte de Heisenberg, vous pouvez vous rendre dans n'importe quel point de n'importe quel univers. Pas uniquement d'une porte à l'autre. C'est comme ça que je suis arrivé ici. Je n'ai pas franchi votre porte de Heisenberg. J'ai atterri au deuxième niveau de la tour des dirigeables à Sadler's Wells.

– Un véritable exploit, monsieur Singh. Et un sacré objet pour un jeune homme de votre âge, car, pardonnez-moi, mais quel âge avez-vous ? Treize ans ? Quatorze ?

– C'est mon père qui a fait cette découverte. Il a trouvé un moyen de rassembler toutes les coordonnées et de leur donner un sens. Voilà pourquoi ils l'ont enlevé, parce qu'ils pensaient qu'il l'avait sur lui. Et c'est pour cette raison qu'il me l'a donné, pour séparer l'information de l'intelligence. Comme ça, ils le détenaient, mais ils n'avaient pas les données. Et il savait que je comprendrais. Que je déchiffrerais le modèle et que je me servirais de ces informations pour venir le chercher.

La capitaine Anastasia prit le dernier morceau de halva, d'un geste précis du pouce et de l'index. Elle arracha d'un coup de dents bien net le sommet du petit cube sucré. Ses yeux se plissèrent de plaisir.

– Comment comptez-vous vous y prendre, monsieur Singh ?

– Je découvre l'endroit où ils le retiennent. J'entre. Je… je…

– Vous improviserez au fur et à mesure, peut-être ?

– Je suis arrivé jusqu'ici.

– En effet. Vous auriez pu vous faciliter grandement la vie, et la mienne, en leur donnant ce… cet appareil.

– L'Infundibulum.

– C'est un joli nom qu'on a bien en bouche. (Anastasia mordit de nouveau dans le morceau de halva.) Donnez-leur. Un simple échange. Vous possédez ce qu'ils veulent, ils ont ce que vous voulez.

– Je ne peux pas.

– Pourquoi donc, monsieur Singh ?

– Mon père m'a dit de ne le donner à personne. Et de ne faire confiance à personne.

Pour toi uniquement, Everett.

– Pourtant, je l'ai entre les mains. Vous me l'avez donné.

– Vous me l'avez pris. (Il se pencha au-dessus de la table en soutenant son regard.) Vous me l'avez pris, madame.

La capitaine mangea la dernière bouchée du dernier cube de halva.

– Il me semble, monsieur Singh, que vous n'avez pas à remercier votre père. Il ne vous a jamais demandé si vous vouliez être mêlé à cette histoire. Il vous l'a laissée sur les bras. Il vous a laissé deviner par vous-même ce qu'était cette chose que vous exhibez, ce qu'elle était capable de faire et qui la convoitait. Il vous a laissé vous débrouiller avec la Plénitude et ses sharpies. Il vous a laissé seul face au danger. Il vous laissé venir jusqu'ici pour le rechercher. Que pouviez-vous faire d'autre ? J'aurais agi exactement de la même façon. Je sais d'où vous venez, monsieur Singh. (Elle s'essuya les doigts sur un vieux bon de cargaison.) L'espace est réduit à bord de mon vaisseau. Pas de passagers, pas de parasites. Mais ça, c'est du bona manjarry. Vous êtes un excellent cuisinier, monsieur Singh. Pour un homme. Sen essaye, mais elle a la capacité de concentration d'un moucheron. Mchynlyth cuisine assez bien… pour un ingénieur en chef. J'aurais besoin d'un cuisinier temporaire et d'un matelot assistant. M. Sharkey vous fera passer au pesage, M. Mchynlyth vous montrera tout ce que vous avez besoin de savoir pour ne pas vous faire tuer dès le premier déchargement. Quant à moi, j'exige d'avoir sur ma table les meilleurs produits comestibles de l'humanité, deux fois par jour. Les repas sont des fêtes quotidiennes.

– Je peux rester, alors ?

– Vous pouvez travailler. (La capitaine cogna contre la paroi.) Sen ! Emmène-le se nipper comme un vrai Airish.

Everett ne bougea pas. Anastasia haussa un sourcil.

– Un problème, monsieur Singh ?

– Mon ordinateur, madame.

Elle sourit et lui rendit Dr Quantum.

19

Bona nippes, indiquait l'enseigne au-dessus de la petite boutique miteuse. «*Bona*: bon, brillant, désirable, cool, indispensable, chouette, se dit Everett. *Nippes*: fringues chics. Se nipper.» Le même mot existait dans les deux Londres. Sans doute possédaient-ils une racine commune dans les deux mondes. Dans celui-ci, c'était devenu le langage des transporteurs aériens, les Airishs. Dans le monde d'Everett, ce mot avait quasiment disparu, comme de l'eau absorbée par un paysage calcaire, en laissant derrière lui quelques résidus lexicaux. L'airish était une langue facile à comprendre avec son vocabulaire presque italien. Il suffisait d'être attentif aux ressemblances.

Cette boutique n'avait rien de bona en apparence. Derrière Morning Lane, dans l'ombre des dirigeables, s'étendait un dédale de ruelles et d'arcades. De minuscules échoppes, pas plus larges que leur porte d'entrée, étaient blotties les unes contre les autres sous des auvents de toile dégoulinants de pluie qui se rejoignaient presque au centre de la ruelle. Étroites, mais profondes. Everett scruta la pénombre au-delà de la lueur des enseignes au néon. Farridge: chausseur; Leward et Oboluwaye: contributions indirectes; Ade: armurier; Électricité Wray; Tartes chaudes et boulettes de viande. Des ampoules clignotaient dans les profondeurs des intérieurs qui s'enfonçaient aussi loin que le permettait l'architecture des rues. Everett et Sen progressaient lentement au milieu de la foule qui encombrait les passages, des nuages de vapeur, des relents de friture, et de l'odeur forte, caractéristique, de l'électricité. Tout le monde saluait Sen, qui s'arrêtait fréquemment pour rendre un bonjour, héler une connaissance, échanger une plaisanterie, formuler un commentaire ou un compliment ou souhaiter de joyeuses fêtes. Pour chaque personne, elle battait son jeu de tarot et montrait une carte. Les gens souriaient, riaient, faisaient la grimace ou embrassaient leur poing. Sen rafla en passant un sachet de châtaignes en train de griller sur un brasero.

– Hé ! s'écria le vendeur.

Sen sortit une carte de tarot de sous sa veste. Elle la regarda en fronçant les sourcils.

– Je vois des dinaris pour vous. Très bientôt.

– Tu m'as déjà dit ça la dernière fois ! Et la fois d'avant, et encore la fois d'avant ! Fiche-moi le camp, parasite !

Le vendeur de châtaignes fit mine de botter les fesses de Sen. C'était un badinage bon enfant. Tandis que les mots d'argot airish tournoyaient autour de sa tête comme des oiseaux, Everett eut l'impression que Sen représentait une sorte de mascotte pour les habitants du Grand Port de Hackney, une enfant bénie des dieux, une sainte des rues, leur Ange de Glace. Si la vie souriait à Sen, la jolie fille de la capitaine, elle leur sourirait aussi.

– Ici, dit-elle.

– Ici ?

Certains des tubes de néon à l'extérieur de la boutique avaient rendu l'âme. Des vêtements étaient suspendus à de simples cintres en fil de fer, sur lesquels on avait collé des visages découpés dans des magazines et des catalogues. Le but était certainement de donner l'impression que quelqu'un portait ces vestes et ces hauts. Everett trouvait plutôt que cela ressemblait à une exposition de têtes réduites et grimaçantes. Sen se fraya un chemin entre les vêtements qui se balançaient mollement sur leurs cintres. Il faisait froid dans la boutique, où flottait une odeur de naphtaline et de laine humide, et ce même parfum épicé, terreux, qu'Everett avait déjà repéré sur Sen. Sur elle, c'était mystique, électrique. Ici, c'était poisseux et ça flanquait la chair de poule.

– Olly olly, Dona Miriam ! J'amène un cove.

Une ombre émergea de l'obscurité au fond de la boutique. Une petite forme trapue avança en se dandinant entre les tiroirs vitrés qui montaient jusqu'au plafond et les mannequins ébréchés, aux yeux exorbités, tout droit sortis d'un film d'horreur. La lumière de la rampe de néons crachotants révéla une femme courtaude avec une bouche de grenouille et de petits yeux noirs perçants sous une masse de boucles rebelles grisonnantes. Elle portait un pantalon bouffant et un cardigan en laine grise qui l'enveloppait. Des lunettes demi-lune en or pendaient autour de son cou, au bout d'une chaînette.

– L'omi a besoin de se nipper, déclara Sen.

– Oh, Seigneur. Où tu les trouves, Sen ?

Dona Miriam chaussa ses lunettes pour examiner Everett, puis elle le regarda par-dessus et les ôta pour voir s'il y avait une différence.

– Oh, oui, dorcas, il en a bien besoin, c'est certain.

Elle se retourna vers Everett, si brutalement qu'il sursauta.

– Tu as des kopeks, mon poussin ?

Everett ne comprenait pas. Il montra son sac à dos, qui contenait Dr Quantum. Pour descendre de la soute de l'*Everness* à l'aide des câbles de rappel, il avait préféré accrocher l'Infundibulum sur son épaule plutôt que de le laisser à bord du dirigeable. Mais chaque bousculade ou coup de coude dans les ruelles l'avait fait douter un peu plus de son choix.

– Non. Metzas, dinari, gelt. De *l'argent,* trésor.

Il ouvrit son portefeuille avec des gestes mal assurés. Sen s'empara de tout son liquide et déploya les billets devant la femme courtaude.

– Il a besoin de vous, Dona Miriam. Aidez-le.

– J'ai surtout besoin de cet argent! protesta Everett.

Dona Miriam était déjà en train de compter les billets.

– Tu as été engagé, dit Sen. Tu seras payé.

– Dorcas, suis-moi.

La femme agita le doigt pour faire signe à Everett de la suivre au fond de la boutique.

– Ne bouge plus.

Elle le mesura en fermant un œil, bras tendu, entre son pouce et son index. Puis elle l'abandonna au milieu des cabines d'essayage, étroites et sombres, aussi sinistres que des cercueils, pour partir explorer sa réserve qui sentait le moisi. Elle déshabilla des mannequins chauves. À l'aide d'un bâton, elle décrocha des cintres. Elle gravit des escabeaux pour fourrager dans des tiroirs. Tout cela en fredonnant et en lâchant parfois des exclamations désapprobatrices. Elle rejetait deux fois plus de vêtements qu'elle en conservait. Pendant ce temps, Sen batifolait au milieu des ensembles, dans la partie la plus éclairée de la boutique, poussant de petits cris de joie chaque fois qu'elle caressait une veste ou soulevait une paire de chaussures dans la lumière hivernale blafarde. Pour Everett, l'achat de vêtements s'était toujours résumé à cela: il restait planté devant les cabines d'essayage pendant que les autres éprouvaient une joie, incompréhensible, mais inépuisable, à regarder des articles qu'ils n'avaient pas l'intention d'acheter.

– Essaye ça.

Dona Miriam avait les bras chargés d'habits.

– Il y a des leggings. Je ne porte pas de leggings.

La femme courtaude regarda par-dessus ses épaules et roula des yeux.

– Dorcas…

– Dans mon monde…

– Hein ?

– Il n'est pas d'ici ! lança aussitôt Sen. C'est un étranger.

– Son accent est parfait.

– Il a une mère anglaise.

Docile, Everett emporta la pile de vêtements dans un des cercueils d'essayage. C'était presque aussi exigu que les toilettes du port aérien. Finalement, les leggings n'étaient pas très différentes de ses collants de sport. Tandis qu'il enfilait la chemise, le long short avec un tas de poches dans des endroits bizarres, qu'il arrangeait les revers et le col de la veste et resserrait la taille, il écouta la conversation entre Sen et la propriétaire de la boutique.

– Où as-tu déniché cet adorable nigaud ? Ne mens pas à ta Dona. J'ai beau avoir les mirettes foutues, je vois bien que cet omi n'est pas *in*.

– Je peux rien dire, Dona Miriam.

– Tu es alamo ?

– Bona lacoddy. Bonaroo lallies. Fantabulosa popotin. Je l'ai reluqué quand il était sous la douche.

– Et le mino ? Alamo ?

– Nante.

– Tu fais une belle idiote. Tu t'es demandé, dorcas, si le mino alamos les polones, au moins ?

– Un omi-polone, vous voulez dire ?

– Dorcas, on est à Hackney.

Everett intervint :

– J'aime les filles. Quand même.

Il y eut un moment de silence. Puis les deux représentantes du sexe féminin éclatèrent de rire.

– Parlamo palari, dit Dona Miriam.

– *Hama saba apanē nijī bhāṣā'ēṁ*, dit le garçon en hindi.

Il ressortit du cercueil d'essayage.

– Bona, dit Dona Miriam en frappant joyeusement dans ses mains.

– Fantabulosa, dit Sen.

La femme courtaude fit pivoter un miroir sur pied. Everett se regarda. La veste de style équestre, au col, aux poignets et aux revers dorés, lui allait très bien. Le short large, plein de poches, de cordons, de fermetures Éclair et d'endroits pour attacher des choses était du pur style street biker. Quant aux leggings, sous le short, elles étaient d'un gris passe-partout acceptable. Bref, ça en jetait.

– Il ne me manque plus qu'un bandana, dit-il.

Sen et Dona Miriam se regardèrent.

– Non, pas de bandana, déclara cette dernière. C'est pas *in*.

– Voilà ce qu'il te faut, dit Sen en lui flanquant une paire de bottes dans les bras.

C'étaient des bottes fantabulosas. Mi-hautes, noires, des bottes de dur à cuire. Everett les enfila, les laça, ferma les nombreuses sangles, et tourna sur lui-même devant le miroir.

– J'ai les moyens de m'offrir ça ?

– Pas la peine, répondit Sen. Cadeau de Sen.

Dona Miriam se racla la gorge, bruyamment. Sen fit le tour d'Everett, lentement, en l'examinant de la tête aux pieds, si près de lui qu'il sentait la chaleur de son souffle.

– Alors, je suis admis ? demanda-t-il. J'ai l'air assez *in* ?

– Oui, dit-elle. Vraiment *in*.

Elle le saisit par les revers de sa veste et se rapprocha encore un peu plus. L'espace d'un instant, il crut qu'elle allait l'embrasser, mais au lieu de cela, elle sortit de nulle part une carte de tarot qu'elle glissa dans la ceinture de son short. Dona Miriam serra la main d'Everett et déposa dans sa paume une petite liasse de billets.

– Air doux, agréable voyage et vent gentil dans le dos, dit-elle.

Après l'atmosphère miteuse et malodorante de la boutique, Churchwell Alley, bien qu'ombragée et sombre, lui parut aveuglante. Everett fit ses premiers pas avec ses nouvelles *nippes*, et pendant un instant, juste un instant, le Grand Port de Hackney lui appartint. Peut-être pas tout le port, mais ce dédale derrière Morning Lane. Peut-être même pas l'ensemble de ce dédale, mais au moins cette ruelle. Peut-être même pas cette ruelle, mais ces quelques centimètres carrés de pavés mouillés et gras sous les semelles de ses bottes neuves. Ou peut-être possédait-il uniquement sa propre peau. Mais quand vous pouvez dire que cet espace vous appartient, totalement et entièrement, c'est déjà beaucoup. Il sortit de sa ceinture de short la carte de tarot. Un vieux dessin au trait représentait un paon qui faisait la roue devant son reflet dans un miroir. La carte s'appelait *Fierté*. «Quel mal y a-t-il à être fier?» pensa-t-il. Loin des relents de moisi de la boutique de Dona Miriam, ses nippes retrouvaient leur odeur de vêtements neufs: le meilleur et le plus rare des parfums car il disparaît au premier lavage.

Perdu dans ses pensées, il heurta Sen.

– Everett Singh, tu crois que tu peux courir avec ces chaussures neuves?

– Pourquoi?

– Parce que tu vas devoir courir... maintenant!

Sen détala comme un éclair de glace tiré par une arbalète.

Everett prit le temps de remonter le sac à dos sur ses épaules, au lieu de le laisser cogner contre ses fesses comme il en avait l'habitude, et, à cause de cette brève hésitation, il faillit perdre Sen de vue. Bon sang, elle était rapide! Il la vit se retourner. Et écarquiller les yeux. Everett regarda derrière lui. L'homme à l'accent hollandais, qui l'avait menacé la veille au soir, fondait sur lui ; il était si près qu'Everett sentait dans son haleine ce qu'il avait mangé au petit déjeuner. Il pivota sur les talons de ses bottes neuves et prit ses jambes à son cou. Sen ? Où était-elle ? Il ne voyait que des gens qui dérapaient sur les pavés et tournaient sur eux-mêmes pour l'esquiver.

Soudain, une main jaillit de l'embrasure d'une boutique, agrippa Everett par le revers et l'attira dans une ruelle si étroite que ses épaules frottaient des deux côtés. Sen avait la rapidité et la légèreté d'un lévrier. Elle « sentait » chaque virage, chaque tournant, et même les cageots et les cartons abandonnés, les pelures de fruits ou les emballages de chips gras. Everett, lui, glissa sur une peau d'orange et percuta un mur. Il se retourna. Le Hollandais était juste derrière lui, gigantesque, emplissant toute la ruelle, comme une tornade. L'exiguïté de l'espace ne l'avait pas ralenti.

– Suis-moi ! s'écria Sen.

Elle sauta par-dessus un cageot et, pendant qu'Everett le contournait, elle fit dégringoler des cageots et des boîtes empilés sur une benne à ordures. Elle agrippa l'extrémité de la benne et profita de son élan pour effectuer un virage et se propulser à travers une porte ouverte qu'Everett n'aurait même pas remarquée. Il l'imita. Ils se retrouvèrent face à de gros sacs de toile portant des inscriptions en chinois, des caisses de sauce soja, des palettes de nouilles, des blocs de poisson séché, aussi compacts et solides que du béton. Un chat Maneki Neko doré agitait la patte. Sans s'arrêter, Sen traversa une minuscule cuisine envahie par la vapeur et des odeurs de friture ; les cuistots s'écartèrent prestement pour la laisser passer, en brandissant leurs hachoirs et en vociférant. Les deux fuyards traversèrent ensuite la salle de restaurant, tout aussi exiguë, avec des tables en fer et des journaux du monde entier collés sur les murs. Des hommes vêtus de longs manteaux, coiffés de toques en cuir aux oreillettes baissées, levèrent les yeux de leurs bols. Des gamins. Ils recommencèrent à manger leurs nouilles bruyamment. Sen et Everett ressortirent par la porte d'entrée, au milieu de la foule.

– Poussez-vous ! brailla Sen.

Les gens s'écartèrent. Elle courait comme une biche et Everett commençait à reprendre conscience de son corps, il retrouvait ses sensations de gardien de but à l'aise dans l'espace. Il la rejoignit. Il était juste derrière elle maintenant. Elle cherchait des raccourcis, des échappatoires rusées.

– À gauche !

Elle sauta par-dessus un clochard assoupi à l'entrée d'une ruelle, dans le souffle chaud qui sortait de la bouche d'aération d'une cuisine. Un pas derrière, Everett franchit à son tour l'obstacle du vieil homme barbu sanglé dans un manteau fermé par des ficelles, et s'engouffra dans une autre ruelle. Le Hollandais était toujours sur leurs talons ! Il contourna le clochard hébété. Pour un homme de sa corpulence, il se déplaçait avec une aisance étonnante.

Devant eux, soudain, un mur de briques.

– Cul-de-sac ! cria Everett.

Sen fonça vers le mur, appuya sur un bouton du plat de la main, puis saisit Everett pour le plaquer contre la paroi. Dans un vacarme de fin du monde, une échelle descendit de l'obscurité, au-dessus de leurs têtes.

– Accroche-toi, lui glissa-t-elle.

Le Hollandais se ruait droit sur eux.

– Espèce de petite vermine !

D'un coup de pied, Sen fit sauter le loquet de l'échelle. Le Hollandais dressa la tête en entendant un fracas métallique au-dessus de lui et il eut juste le temps de faire un bond en arrière avant que le contrepoids heurte le sol, faisant décoller l'échelle à laquelle étaient accrochés Sen et Everett. Ce dernier vit le colosse lever vers lui son gros visage blanc ; on aurait dit que la Lune tombée sur Terre rétrécissait à mesure que l'échelle de secours les emportait.

– Saute ! ordonna Sen.

Joignant le geste à la parole, elle plongea dans le noir.

– Mais...

Ce n'était pas le moment d'hésiter. Everett sauta à son tour dans l'inconnu... et atterrit lourdement sur une passerelle métallique, invisible de la rue, attachée au pan du bâtiment qui formait le mur droit de la ruelle.

– Ouille !

Il s'était éraflé les genoux et les mains sur la grille. Sen était déjà loin, si rapide et agile qu'elle semblait voler le long du mur. Elle gravit un escalier en zigzag sans ralentir. Everett la suivit jusque sur le toit. La stupéfaction l'arrêta net. Au dessus de lui, si proches qu'il pouvait presque les toucher, flottaient les énormes ventres ronds des navires de transport. Il resta là un long moment, à tourner sur lui-même pour lire les noms et les devises, déchiffrer les blasons, admirer les dessins de pin-up, de dragons, d'anges, de démons, de dieux et de créatures mythologiques qui ornaient les coques.

– Hé ! Ne lambine pas. On n'est pas encore tirés d'affaire. Le Iddler envoie toujours ses sbires par deux, parce qu'ils sont tellement bêtes qu'ils savent même pas où se trouvent leurs fesses.

Everett abandonna à contrecœur ce spectacle merveilleux.

– Tu finiras par t'y habituer, lui dit Sen. (Elle remarqua le sang sur ses poignets éraflés.) Oooh, tes pauvres mains. Tu veux que je les embrasse pour te soulager ?

Everett s'empressa de coincer ses mains sous ses aisselles.

– C'est vrai, alors ? demanda-t-elle.

– Quoi donc ?

– Tu es un homy polone. Ça ne me gêne pas. Je connais plein de HP.

– Je te le répète, j'aime les filles…

– « Quand même ». C'est ce que tu as dit. Tu es bibi ? Pas de problème non plus.

– J'aime les filles. OK ? C'est vrai que tu m'as regardé sous la douche ?

– Ça se peut.

– Tu n'aurais pas dû. C'est une… violation de mon intimité.

– Y a pas d'intimité à bord d'un dirigeable, omi. Et l'eau est rationnée. Je devais m'assurer que tu n'en utilisais pas trop. (Elle sourit.) Tu es plutôt en forme pour un dingue de comptator.

– Je joue au football. Je suis gardien de but.

– Ah, c'est pas un vrai sport.

– C'est quoi, un vrai sport ?

– Le rugby, footeux. Ça, c'est un sport d'homme. Le foot, c'est pour les rupins et les tapettes, pas vrai ?

– Pas là d'où je viens. Dans mon monde, le football est un sport de rupin pratiqué par des voyous, et le rugby est un sport de voyous pratiqué par des rupins.

– J'aime pas trop à quoi il ressemble, ton monde, Everett Singh. Il m'a l'air affreusement mou. Allez, viens, le rupin. Essaye de me suivre.

Elle s'élança sur les toits, de sa démarche élastique. Everett la suivit, deux pas derrière, et parvint à calquer son rythme sur le sien. Ils dévalaient les pentes des toits, puis remontaient et redescendaient de l'autre côté, en passant devant des cheminées et des conduits d'aération d'où s'échappaient de la vapeur et des odeurs d'ail, de gingembre et de poisson, obligés parfois de se baisser pour passer sous un entrelacs de câbles électriques qui crépitaient et produisaient des étincelles. Des passerelles de bois branlantes avaient été installées au-dessus des ruelles. Sen, qui avait grandi dans le monde tridimensionnel des dirigeables, où les notions de haut et de bas étaient aussi naturelles que celles de droite et de gauche, les traversait sans se soucier du danger. Everett, lui, regardait sous ses pieds. Tout en bas, il apercevait les auvents et les stores des étals du bazar de Morning Lane. Des têtes, des chapeaux. Le vertige l'attirait vers le vide... Soudain, il sentit une main l'agripper et l'entraîner sur le toit voisin.

– Règle numéro un: ne jamais regarder en bas, dit Sen. Fais confiance à tes pieds.

Deux pâtés de maisons plus loin, ils arrivèrent face à un gouffre entre les toits: la passerelle de bois, sans doute pourrie, s'était écroulée.

– Tu crois que tu peux y arriver? demanda Sen.

Everett évalua la distance, le poids de son sac à dos, le handicap causé par ses bottes neuves. Il avait déjà réussi deux tests: dans la boutique de «nippes», quand il avait fait confiance à Sen et Dona Miriam pour l'habiller, et lors de la poursuite dans les ruelles, quand il avait fait confiance à Sen pour les arracher de l'impasse.

– Je crois.

– Bona. Souviens-toi...

– Je ne regarderai pas en bas.

Sen sembla survoler le vide, au ralenti. Elle atterrit sur le toit d'en face avec l'agilité d'un singe. Ce fut au tour d'Everett ensuite. Il était obligé de prendre son élan dans la pente du toit et la planche d'appel avait la largeur d'une gouttière. S'il manquait son coup...

– Fais confiance à tes pieds, murmura-t-il.

Quatre enjambées. Dr Quantum cognait dans son dos. Il s'élança. Au-dessus du vide. Il retomba lourdement sur le toit opposé; ses semelles et ses doigts raclèrent les tuiles humides, quelques-unes se décrochèrent et tombèrent dans la rue. Un commerçant furieux de voir son store déchiré et sa marchandise écrasée les houspilla vertement.

– Pas mal, commenta Sen.

– Il y en a d'autres comme ça? haleta Everett.

– Non. Tu vois cet escalier, là-bas? Il va nous mener à Downs Arches, et ensuite, on sera à la maison, peinards.

L'escalier en métal descendait en zigzag le long d'un vieil entrepôt de briques rouges. Acierie borben, pouvait-on lire sur le mur, peint en lettres de deux mètres de haut, à moitié effacées par des années de climat londonien. Le métro aérien passait au-dessus de la rue et l'escalier communiquait avec les quais, mais Sen entraîna Everett sous la structure d'acier ruisselante. Un train passa au-dessus de leurs têtes dans un rugissement. Sen poussa la porte donnant sur la rue. Une silhouette apparut dans l'encadrement.

– Et maintenant? dit une voix gutturale.

Everett reconnut l'homme à qui elle appartenait. C'était le compagnon du Hollandais, rencontré la veille. Il vit Sen se raidir, comme si elle allait foncer sur l'homme, tête en avant. L'homme avait deviné son intention, lui aussi. Il fit claquer sa langue, sa main jaillit. Elle tenait un vilain pistolet noir.

– Hé! lança quelqu'un au-dessus d'eux.

Everett se retourna et leva la tête. Le Hollandais était penché au-dessus de la balustrade du métro aérien. Il était essoufflé, mais il affichait un large sourire.

– Je suppose que tu n'as pas transmis le message de mon patron à ta capitaine, dit l'homme à la voix gutturale. (Les glaires faisaient ronfler ses poumons.) C'est un manque flagrant de professionnalisme et une forme d'insulte personnelle: tu fais si peu de cas de mon patron que tu ne transmets même pas les messages importants. On va devoir envoyer un message plus clair, cette fois. Polone, tu viens avec nous. Toi, omi, tu diras à la capitaine Sixsmyth que, si elle veut revoir sa chère fille, elle vienne nous retrouver aux Chevaliers. Et dis-lui bien de ne pas glander car il se pourrait bien qu'on commence à déduire des intérêts. Avec un couteau.

– Si tu me touches, t'es mort ! cracha Sen.

– « Et le Roi leur dira : en vérité je vous le dis, toutes les fois où vous l'avez fait à l'un de ces plus petits d'entre mes frères, c'est à moi que vous l'avez fait », déclama une voix avec l'accent traînant des prédicateurs des États du Sud.

L'homme se retourna à moitié. Sharkey se tenait derrière lui, si près que son souffle soulevait ses cheveux sur sa nuque. Everett ne comprenait pas comment il était arrivé là, ni d'où il venait, mais l'Américain recula d'un pas dans la rue et souleva les basques de sa longue pèlerine. Le métal scintilla dans les poches habilement dissimulées à l'intérieur de sa doublure. Les mains de Sharkey étaient plus rapides que la pensée. Un fusil à canon scié et crosse en ivoire apparut dans chacun de ses poings. Il fit signe à l'homme de s'écarter. Celui-ci regarda son pistolet. Sharkey fit claquer sa langue en signe de désapprobation.

– « L'insensé ne prend aucun plaisir à l'intelligence. »

Il pointa ses deux fusils sur la tête de l'homme à la voix gutturale. Ce dernier libéra l'encadrement de la porte. Sen et Everett s'empressèrent de rejoindre Sharkey.

– Maintenant, votre arme, monsieur. Posez-la. Au pied de l'escalier.

L'homme laissa pendre son pistolet au bout de son bras, le doigt passé à l'intérieur du pontet. Il se baissa lentement et, sans quitter des yeux l'Américain et ses fusils à crosse d'ivoire, il posa son arme sur la première marche en fer.

– Éloignez-vous, monsieur.

Sharkey leva un de ses fusils pour viser le Hollandais, toujours sur le quai. L'autre demeura pointé sur le visage de l'homme à la voix gutturale.

– Mademoiselle Sen, si vous voulez bien vous donner la peine.

Sen s'empressa d'aller récupérer l'horrible pistolet noir. Everett remarqua qu'elle ne semblait pas à l'aise avec. Elle ouvrit sa veste, boutonnée jusqu'en haut pour lutter contre le froid de décembre, y glissa l'arme, et la referma.

– Merci, messieurs, lança Sharkey. Nous en avons terminé. Bonne journée à tous les deux.

Il souleva le bord de son chapeau avec le canon scié de son fusil.

– On t'aura, avec ton accent prout ma chère et tes citations de la Bible. Ta capitaine a une dette envers nous. Et toi aussi.

– « Quand je parlerai le langage des hommes et des anges, si je n'ai pas l'amour, je suis un airain qui résonne ou une cymbale qui retentit », proclama Sharkey.

Il garda un fusil posé sur chaque épaule jusqu'à ce qu'ils aient atteint le bout de la rue. Quand la foule devint plus dense, il les rangea dans la doublure de son manteau.

– Vous vous promenez toujours avec deux fusils sur vous ? demanda Everett.

Il avait voyagé clandestinement à bord d'un dirigeable, sauté à travers une porte de Heisenberg, survécu dans les rues d'un étrange Londres parallèle, échappé à Charlotte Villiers et ses sbires, mais ça, c'était assurément ce qu'il avait vu de plus génial.

– En permanence, monsieur. « Rachetez le temps car les jours sont mauvais. Que chacun se tienne en garde contre son ami, Et qu'on ne se fie à aucun de ses frères ; Car tout frère cherche à tromper, Et tout ami répand des calomnies. Car certainement je te sauverai, et tu ne tomberas pas par l'épée ; et tu auras ta vie pour butin ; car tu as eu confiance en moi, dit l'Éternel. »

– Vous connaissez la Bible par cœur ?

– Au mot près, répondit Sen à la place de Sharkey. L'Ancien Testament, c'est le meilleur. Ça sonne mieux.

– « Ta parole est une lampe à mes pieds, Et une lumière sur mon sentier », cita l'Américain. « Écoutez la parole de Yahvé, vous qui tremblez à sa parole. » Psaume CXIX, verset 105, et Isaïe, chapitre LXVI, verset 5. Nous n'avons pas été présentés comme il convient, monsieur. Notre précédente rencontre était un peu tendue. Je suis Miles O'Rahilly Lafayette Sharkey, citoyen des États-Confédérés d'Amérique, peseur, soldat de fortune, aventurier et gentleman. Atlanta est mon foyer et le Ciel mon espérance.

Il souleva son chapeau. Ses cheveux longs étaient veinés d'argent, même si Everett lui donnait dans les trente-cinq ans. Everett serra la main tendue avec fermeté.

– Everett Singh, monsieur. (La façon de parler de Sharkey était contagieuse.) Gardien de but, mathématicien, voyageur et transplans.

Le sourcil gauche de Miles O'Rahilly Lafayette Sharkey se souleva d'un millimètre. Il s'inclina.

– Très honoré, monsieur.

20

Everett s'élevait dans le ventre de l'*Everness* accroché au câble de rappel. Sous lui : le quai de chargement où Sharkey menait des négociations serrées avec un docker, à propos d'un lot de containers à destination de Saint-Pétersbourg. Au-dessus de lui, semblables à des nuages : les rangées de cellules de gaz, et presque à portée de main, Sen, accrochée elle aussi au câble, avec la grâce et la légèreté d'un ange. Elle lui sourit d'en haut. Raisonner en trois dimensions était un jeu d'enfant ; il avait dû réfléchir en sept dimensions pour faire entrer dans l'Infundibulum les destinations de sauts aléatoires fournies par son père. En revanche, vivre en trois dimensions – à l'intérieur d'un énorme objet creux, en l'occurrence – était beaucoup moins facile. Mais il commençait à s'y habituer, il se familiarisait avec les notions de synchronisation et d'orientation, et avec cette notion nouvelle : le chemin le plus court entre deux points passait souvent à travers et non pas autour. Dans son esprit, c'était comme s'il devait garder un but de la taille d'un paquebot.

Sen se balança au-dessus de la passerelle centrale et se laissa tomber en douceur sur la grille. Everett la suivit de près.

Elle voulait lui faire visiter le navire avant le pesage (c'était la deuxième fois aujourd'hui qu'il entendait cette expression vaguement menaçante). Elle commença par lui montrer les quartiers de l'équipage – « La cuisine, tu connais déjà ; les quartiers de la capitaine, aussi » –, puis la minuscule cabine qu'il allait occuper : latty en langage airish. Elle l'aida à accrocher son hamac et lui montra comment l'utiliser sans rouler par terre. Everett eut même l'honneur d'entrevoir la propre latty de Sen. Il retint l'image d'une abondance de produits de maquillage occupant chaque surface disponible, de sous-vêtements (plutôt mini, lui sembla-t-il) jonchant le sol et de posters de joueurs de rugby torses nus. Le pont, ensuite : le cœur du navire. Plus petit que l'avait imaginé Everett. Quand tout l'équipage était à son poste, il devait être bondé. Mais la vue à travers la baie vitrée qui allait du sol au plafond était saisissante : un après-midi d'hiver dans le Grand Port de Hackney, les dirigeables qui flottaient dans le ciel violet et doré de décembre, les volutes de vapeur et de fumée qui s'élevaient aux frontières de ce monde. Everett remarqua à peine les instruments et les outils de commande, les leviers de direction, les ballasts, les manettes qui réglaient la position, l'habitacle, les écrans d'ordinateur qui brillaient derrière leurs loupes, les rangées de moniteurs en circuit fermé qui permettaient de garder un œil sur la gigantesque carcasse de l'*Everness*, à l'intérieur et à l'extérieur. Ils descendirent ensuite un escalier en colimaçon et se plièrent en deux pour se faufiler dans les espaces vides sous la plateforme de fret, au milieu des batteries : des rangées et des rangées de batteries, tellement proches les unes des autres qu'Everett pouvait difficilement se glisser entre elles. Chaudes et bourdonnantes, elles emplissaient cet espace oppressant de l'odeur exaltante, épicée, de l'électricité. Car l'*Everness*, à l'instar de tous les dirigeables de sa catégorie, fonctionnait à l'électricité. En escale à Hackney, il se rechargeait sur le réseau du port, mais il était conçu pour pouvoir s'alimenter à n'importe quelle source électrique.

– Au pire, on pourrait même se brancher sur des éclairs pendant un orage, expliqua Sen. Mais c'est un peu risqué. Si on s'y prend mal…

Elle n'acheva pas sa phrase, comme si elle en avait trop dit.

Everett essaya de calculer la quantité d'énergie stockée dans ces batteries. La technologie employée ici avait plusieurs décennies d'avance sur tout ce qu'on pouvait trouver sur E10. Elle semblait utiliser la même nanofibre de carbone que le revêtement, l'ossature et les cellules de gaz du navire. À l'inverse, leurs ordinateurs – leurs comptators – ressemblaient à des appareils de l'époque victorienne.

– Je t'emmène au CDG, annonça Sen.

– Centre de gravité, dit Everett en réfléchissant à voix haute. Évidemment, la cargaison et le ballast doivent être répartis de manière égale autour du centre de gravité pour assurer la stabilité du navire.

– Tu es calé, hein ?

– Merci, dit Everett.

Ses bottes neuves claquaient sur la passerelle en fibre de carbone, aussi fragile qu'une toile d'araignée. Oui, exactement. C'était organique. Cet engin était comme un corps. « Je me trouve à l'intérieur d'une créature vivante, une machine-baleine. »

– Parle-moi de M. Sharkey.

– Qu'est-ce que tu veux savoir ? C'est notre second et notre peseur.

– Ils sont chouettes, ses flingues.

– Cool, hein ? Il t'a impressionné, je parie. Tu as été séduit. Un vrai charmeur avec son style de gentleman du Sud, ses bonnes manières et tout ça, « monsieur » par-ci, « madame » par-là ; et par là-dessus, il te sort une tirade de son Ancien Testament cucul la praline, et hop, ils se roulent tous sur le dos pour qu'il leur chatouille le ventre. Peseur, soldat de fortune, aventurier et gentleman, mes fesses ! Miles O'Rahilly Lafayette Sharkey, c'est même pas son vrai nom. Et c'est pas non plus un gentleman. Pas un vrai. Il s'appelle bien Miles Sharkey, son père était le révérend Jasper Sharkey, prédicateur et vendeur de bibles. Il dirigeait des missions itinérantes dans toute la Géorgie et les treize colonies ; d'où ce fatras de paroles du Très Cher. Mais dès qu'il a pu, le révérend a fichu le camp et il a roulé sa bosse à travers tous les États-Confédérés. Voilà d'où il vient, ton O'Rahilly Lafayette. À ce qu'il raconte, il a tué son père en duel parce qu'il avait giflé sa mère dans un bal à Atlanta. À mon avis, il a vraiment buté son père, mais pas à cause de sa chère vieille maman. Je crois plutôt que le vioc était bourré au *mint julep*[1] et il a commencé à crâner. Notre Sharkey, il n'aime pas que quelqu'un ait l'air plus intelligent que lui. Il raconte qu'il a fait le tour du monde ; il a été agent de recouvrement, marchand d'art, escroc, garde du corps, pêcheur de perles, barman, diplomate. C'est la fonction qu'il était censé occuper quand on l'a ramassé à Istanbul. Il nous a raconté des bobards, comme quoi il complotait avec les tsaristes contre les Ottomans et avec les Ottomans contre les tsaristes, mais il savait éplucher un bon de fret et il est capable de négocier avec n'importe qui. Ça, c'était y a longtemps, j'étais encore une gamine. C'est un bon gars, notre Sharkey, mais il veut que tout le monde l'aime, et parfois, c'est pas une qualité.

– Dans mon monde, l'Empire ottoman a disparu il y a cent ans. Et on n'a qu'une seule Amérique : les États-Unis.

– Oh, c'est nul. Nous, on en a trois. Il y a les États-Confédérés d'Amérique, la patrie de Sharkey. Un endroit super riche. Y a que des terres. Personne n'a jamais fait faillite en achetant des terres. Et maintenant, avec toutes leurs récoltes

1 Cocktail alcoolisé très prisé dans le sud des États-Unis (N.d.T.)

génético-trucmuches, ils gagnent des fortunes. Ils ont même une nouvelle plante génétiquement machinée qui peut produire du pétrole. Comme le vôtre. Du carburant liquide. Ça va révolutionner le monde, qu'ils disent. Sauf qu'à mon avis, on est allés trop loin dans une direction pour pouvoir faire demi-tour et repartir en sens inverse. C'est comme manœuvrer un dirigeable : faut beaucoup d'élan et d'espace. Mais à part ça, Atlanta, c'est super beau, avec ce mur de tours de verre, scintillantes et dorées dans la lumière du matin. Ensuite, il y a les États-Unis. Ça ressemble à ce que vous avez chez vous, je crois. Ils pensent que c'est eux la vraie Amérique car ils ne reconnaissent pas les Conféds, et ils sont furax quand on leur parle des ÉCA, d'Atlanta ou de tout ça. Eux, c'est les Américains d'origine et les meilleurs, qu'ils disent. Ça fait cent soixante ans ! Faut arrêter. Et pour finir, de l'autre côté des Rocheuses, il y a l'Amexica. C'est le morceau qui s'est séparé du Mexique lors de la dernière guerre civile. Là, c'est peinard. Los Angeles, les haciendas, les orangers, les super piscines et tout le reste. Je pourrais y passer ma vie. Magnifique. J'aime bien me faire dorer au soleil. Oh, il y a une quatrième Amérique. J'oubliais le Canada. Ça arrive souvent.

Sen tapota la passerelle métallique avec le bout de son pied. En baissant les yeux, Everett découvrit un petit médaillon d'acier incrusté dans la grille et gravé de trois triangles superposés.

– Le centre de gravité, dit-il en balayant du regard les espaces, la membrure et les tensions de l'énorme navire, tous concentrés en cet endroit, en équilibre autour de ce point unique.

Timidement, il toucha le petit médaillon. Il eut alors l'impression qu'il pourrait tenir l'*Everness* sur le bout de son doigt.

– C'est rien, ça. Viens donc voir dehors, dit Sen.

Des passerelles latérales reliaient l'épine dorsale au centre de gravité. Sen emprunta celle de droite. Ils avancèrent au milieu des grosses poches de gaz maintenues par leurs filets en nanocarbone.

– Alors, c'est qui ce Iddler ? demanda Everett.

Repensant à la réponse de Sen la dernière fois qu'il avait posé cette question, il ajouta :

– Et ne me ressors pas cette comptine stupide.

– Qu'est-ce qu'elle a, ma comptine ? C'est moi qui l'ai inventée.

Tout ce que disait Sen ressemblait à une question ou à un défi. C'était exaspérant… et fascinant.

– Allez, dis-le-moi.

La jeune fille se laissa fléchir.

– Tu sais que, partout, il y a toujours un sale type obèse qui ne dirige pas vraiment tout, car dans ce cas il attirerait l'attention, mais il peut régler un tas de problèmes, il connaît des gens, et il fait disparaître certaines choses. Dans ce métier, tôt ou tard, tu tombes sur une chose que tu aimerais bien voir disparaître. Annie, elle me dit des trucs qu'elle ne dirait à personne d'autre, pas même à Sharkey, et une fois, au tout début, on venait juste d'avoir ce navire, elle pouvait pas payer un avis d'imposition. Une jeune capitaine avec un navire bona, le seul prêt qu'elle pouvait obtenir, c'était dans une banque qui voulait saisir l'*Everness* et le revendre. Alors, elle est allée trouver le Iddler et il a fait disparaître le problème. D'un claquement de doigts. Terminé. Sauf que maintenant, au lieu de devoir de l'argent à la banque, c'est à lui qu'elle en doit. Alors, de temps en temps, il lui demande de transporter un petit chargement pour lui, en douce. À titre exceptionnel, genre. À l'arrivée, il y a toujours un gars à lui pour réceptionner la marchandise dans des coins isolés, à l'écart des sites de déchargement habituels. Car malgré notre taille, je peux nous poser sur la tête d'une épingle.

... Bref, tout allait bien, jusqu'à il y a deux mois quand les sharpies du Iddler ont débarqué pour demander à Annie de transporter un chargement à Saint-Pétersbourg. Elle n'est pas en position de refuser, alors elle l'a fait, mais au-dessus de Rügen, on se fait interpeller par une vedette des Douanes impériales germaniques. Ils nous ordonnent de nous arrêter, de jeter l'ancre et de nous poser. Mais la cargaison, elle est pas vraiment discrète, comme qui dirait. Dès qu'ils vont monter à bord, ça va leur sauter au visage comme un chien enragé. On n'ose pas décamper et on n'a pas les moyens de les affronter. Alors, Annie m'ordonne de survoler la Baltique, comme si on n'avait rien entendu, et après la troisième sommation, alors qu'ils se placent au-dessus de nous pour nous obliger à nous poser, on fait demi-tour et on balance la cargaison à la mer. Dans la flotte. Oh, désolé, mein Kapitän, un problème de radio. Nous allons obtempérer, évidemment. On se pose à Stralsund, ils montent à bord et nous, on est innocents comme l'enfant qui vient de naître.

« Le problème, c'est que le Iddler n'aime pas perdre un chargement. Il y est de sa poche. Il exige des dédommagements. Des dinaris sonnants et trébuchants. Et notre capitaine, elle vient pas d'une grande famille comme les Gallacelli ou même les Bromley. Eux, ils ont des parents riches et des poches bien remplies. Nous, on a que nous, et l'*Everness*. Question de trésorerie, m'a expliqué Sharkey. Les dinaris doivent rentrer plus vite qu'ils sortent. Malheureusement, c'est l'inverse la plupart du temps. Alors, le Iddler nous envoie ses sharpies pour nous rafraîchir la mémoire.

– Ils t'auraient taillée en pièces ?

– Ces mauviettes ? Qu'ils essayent ! Hé, tu es verni, Everett Singh.

La passerelle s'achevait par une écoutille découpée dans la coque de l'*Everness*. Sen colla son nez au hublot et adressa un signe de la main à une chose qu'il ne voyait pas. Elle déverrouilla l'écoutille, le panneau s'ouvrit vers l'intérieur.

– Viens, Everett Singh.

Le garçon s'avança sur un balcon aussi délicat et élégant qu'une toile d'araignée. Résistant à la tentation de regarder ce qu'il y avait sous ses pieds, il garda les yeux fixés droit devant lui. À une centaine de mètres de là, le voisin de l'*Everness* stationnait à son point d'arrimage. Sa coque arborait des armoiries composées de trois couronnes dorées sur un bouclier bleu, au-dessus du nom *Leonora Christine.* Il était en train de décharger : des palettes et des containers sortaient de ses soutes sur des palans, jusque dans les bras de chariots élévateurs qui s'affairaient. Les derniers petits nuages avaient été chassés du ciel, le vent était tombé : l'air était intensément clair et immobile. Les fumées des éternelles cheminées se dressaient à la verticale, formant une palissade à la périphérie de Londres. Les prémices de la froideur de l'hiver firent frissonner Everett. Noël était dans six jours.

Il regarda sur le côté. Le balcon se trouvait très exactement sur la ligne médiane de l'*Everness*. À droite d'Everett, il y avait les nacelles des rotors avant et les stabilisateurs. Les hublots du pont et des quartiers de l'équipage étaient masqués par l'arrondi de la coque. Sur sa gauche, il y avait les rotors arrière et l'élégante courbure de l'empennage. « *Everness,* tu es un bien beau vaisseau », pensa Everett. Il agrippa la balustrade. Aucun doute, tout cela était bien réel.

– Lève la tête, suggéra Sen avec un sourire malicieux.

Everett faillit passer par-dessus la balustrade sous l'effet de la surprise. Le visage hilare de Mchynlyth n'était qu'à quelques centimètres du sien. Il se tenait sur la coque, face à un carré de toile relevé, de un mètre de côté. Un harnais passé par-dessus son ample combinaison de vol orange fluo le rattachait par un câble au rail qui courait d'un bout à l'autre du dos de l'*Everness*. Mchynlyth descendait en rappel sur la coque d'un dirigeable, dans les airs ! Sous le regard hébété d'Everett, il rabattit le carré de toile pour masquer le squelette de l'engin et passa sur les entailles une sorte de couteau, faisant disparaître la cicatrice. La coque était de nouveau intacte. Le Pendjabi-Écossais adressa un large sourire aux deux spectateurs, entre ses jambes, puis se propulsa en arrière en laissant filer le câble et atterrit en douceur sur le balcon à côté d'eux.

– Comment vous faites ça ? demanda Everett. La coque est en nanocarbone pourtant.

Mchynlyth lui montra son mystérieux outil. Il s'agissait effectivement d'un couteau, étrangement recourbé ; le fil de la lame paraissait flou, comme une brume de chaleur.

– Un dépeceur. (Il contemplait son couteau avec ravissement.) La seule chose qui peut couper du nano, c'est du nano. Il le découpe et il le recoud, ni vu ni connu.

Il replia la lame à l'intérieur du manche et rangea son outil dans une de ses nombreuses poches.

– Alors, on est toujours parés à voler, à la mode de Hackney ? s'enquit Sen.

– Absolument ! Y a pas meilleur navire dans toute la ville, pas même cette grande chochotte suédoise là-bas ! répondit Mchynlyth en ôtant le câble de son harnais.

Il avait un accent si fort et une voix si douce qu'Everett devait se concentrer pour comprendre ce qu'il disait.

– Alors, prêt pour le pesage ?

– J'aimerais bien qu'on arrête de m'en parler. Ça me rend nerveux.

– *Ach*, pas de quoi être nerveux, mon gars. C'est juste une formalité.

Une légère traction sur le câble activa un treuil installé sur le dos du dirigeable et qui le rembobina. Mchynlyth se débarrassa du harnais et le balança sur son épaule.

– À plus tard, fiston.

Des balances, de véritables balances, avaient été installées sur la plateforme de fret: hautes et larges de deux mètres, en cuivre et en bois, avec des rivets, semblables à celle que la figure de la Justice brandissait sur les frontons des palais de justice. D'un côté se trouvait un antique fauteuil à boutons, si vieux que le rembourrage traversait le cuir déchiré. De l'autre, faisant contrepoids, un gros cylindre de verre. Au-dessus de ce cylindre, un robinet de cuivre était relié à une succession de tuyaux qui serpentaient et disparaissaient au milieu des containers et des caisses. La totalité de l'équipage de l'*Everness* était présente: quatre personnes en tout. Sharkey se tenait près de la balance.

– Asseyez-vous, monsieur.

Everett se hissa timidement dans le fauteuil en cuir. Ses pieds se balançaient dans le vide.

– Un instant, monsieur Sharkey. (La capitaine Anastasia tendit la main.) Monsieur Singh, votre fourre-tout, je vous prie.

Everett lui tendit Dr Quantum à contrecœur.

– C'est une règle obligatoire, expliqua-t-elle. Chaque nouveau membre d'équipage potentiel doit être pesé. Monsieur Sharkey...

L'Américain donna un coup de pied dans un levier, les plateaux de la balance produisirent un bruit métallique et les pieds d'Everett touchèrent le sol.

– «Tu as été pesé dans la balance et tu as été trouvé léger», déclara Sharkey d'un ton inquiétant et il ouvrit le robinet de cuivre.

L'eau jaillit dans le cylindre de verre. Sur la gigantesque plateforme, on n'entendait que les gargouillis des tuyaux et l'eau coulant à flots. Les visages étaient graves. Soudain, Everett sentit ses genoux s'étirer et ses pieds décoller du sol. Il s'éleva dans les airs et fit plusieurs fois le yo-yo pendant que Sharkey affinait sa mesure, avant de s'immobiliser.

– De combien est le déplacement, monsieur le peseur ? demanda Anastasia.

Sharkey fit courir son doigt sur la règle graduée de la balance.

– Cent deux livres et douze onces de ballast, annonça-t-il.

Il y eut quelques applaudissements. Everett comprenait maintenant. Les dirigeables n'étaient pas des ballons ; ils ne pouvaient pas chauffer l'air pour s'élever et l'évacuer pour descendre. Chaque gramme de force ascensionnelle était scellé dans ces cellules de gaz au-dessus de lui. L'*Everness* volait grâce à la flottabilité neutre. Sa masse était égale à la masse de l'air qu'il déplaçait. Physique élémentaire. Les rotors et les pales de direction servaient à le propulser jusqu'à son altitude de croisière, et ensuite, il flottait aussi facilement que s'il reposait sur le sol. Chaque gramme qui montait à bord modifiait sa flottabilité. Certes, un garçon de quatorze ans n'allait pas provoquer la chute de l'*Everness* doté d'une enveloppe de deux cents mètres de long, mais son poids devait être pris en compte, au gramme près.

– Videz le ballast, monsieur Sharkey.

– À vos ordres, madame.

L'Américain souleva un loquet et le fond en cuivre du cylindre s'ouvrit. Les trombes d'eau disparurent à travers la grille du sol et s'écoulèrent dans des conduites et des tuyaux. Everett retomba lourdement sur le quai. Il imagina l'eau sortant par un trou d'évacuation aménagé dans la coque, tel un gros chien qui fait un tout petit pipi.

– Bienvenue à bord de l'*Everness*, monsieur Singh, déclara la capitaine Anastasia.

Elle lui tendit la main. Everett la serra. Elle avait une forte poigne et un regard franc.

– Eh bien, demanda-t-elle, qu'y a-t-il pour le dîner ?

21

Ils observaient la tour depuis deux jours. Il y avait à la cafétéria du grand magasin Rumbold et Sachs un endroit tranquille derrière un pilier, une petite table pour deux au milieu des plantes en pot avec une vue directe sur l'entrée de la tour Tyrone. Un endroit où vous pouviez voir sans être vu. Où vous pouviez rester assis toute la journée, observer et prendre des notes, sans être dérangé.

– Tu n'en as pas assez maintenant ? se lamenta Sen.

Elle n'était pas très douée pour les missions de surveillance. Elle s'ennuyait vite et elle ne supportait pas de rester assise sur une chaise pour noter ce qui se passait, de l'ouverture à la fermeture. Alors, elle regardait autour d'elle ou partait faire de longues expéditions dans le magasin – « Y a des nippes bona ici » – ou bien elle essayait d'engager la conversation avec Everett pendant qu'il chargeait les photos qu'il avait prises avec son téléphone sur Dr Quantum, comme maintenant.

– Hein ? fit-il.

– Je t'ai demandé si tu voulais du thé.

– Je viens d'en boire.

– Je sais. Tu en reveux ?

– Non merci.

Il avait bu une telle quantité de thé pendant cette surveillance qu'il avait l'impression que sa vessie allait exploser. Il craignait de louper quelque chose en se rendant trop fréquemment aux toilettes.

– Tu es sûr ?

– Oui.

– Moi, je vais en prendre.

– Si tu veux.

– Tu n'as pas envie d'une brioche ?

– Non ! rugit Everett. Je n'ai pas envie d'une brioche.

Sen se redressa sur son siège, vexée.

– Eh bien, moi, je vais prendre un sablé à la crème, déclara-t-elle.

Elle se leva bruyamment.

– Je suis désolé, Sen...

Elle pardonnait aussi vite qu'elle s'emportait.

– Tu es vraiment vraiment vraiment sûr que tu n'en veux pas ?

Elle se dirigea vers le comptoir sans attendre la réponse d'Everett. En dépit de son emplacement stratégique, cette table à la cafétéria du deuxième étage n'était qu'un pis-aller. Quand Everett avait cherché un endroit pour espionner le quartier général de la Plénitude, il avait très vite découvert l'endroit idéal : une table située devant la baie vitrée du salon de thé Sweet Afton, au premier étage du grand magasin. C'était plus près de la rue, plus près des passants, mieux situé et plus discret, au milieu de toutes ces Londoniennes avec leurs gros paquets ornés de rubans et leurs sacs à rayures remplis de cadeaux de Noël. Mais à peine Everett avait-il caché Dr Quantum derrière les menus qu'un serveur, vêtu d'un tablier d'un blanc éclatant, une serviette aussi impeccable posée à cheval sur le bras, était venu à leur table.

– Je voudrais un café, avait dit Everett. Une cafetière de sumatra, s'il vous plaît.

– Un thé pour moi, avait dit Sen. Et des brioches. Vous pourriez nous apporter ce chariot là-bas ?

– Non, je ne crois pas, avait répondu le serveur.

– Pardon ? avait dit Everett.

– Fichez le camp d'ici, tous les deux.

– Je veux commander un café.

– Dehors. (Le serveur s'était penché pour ne pas être entendu par les autres tablées.) On ne sert pas les individus de votre espèce, ici.

– Quoi ?

Everett avait parlé si fort que plusieurs clientes avaient tourné la tête.

– Vous voulez dire que vous servez pas les Airishs ? avait demandé Sen.

– Je vous ordonne de sortir.

– Ce n'est pas normal, avait protesté Everett. C'est du racisme. J'exige de parler à votre patron.

– Il est préférable de ne pas faire de scène.

Les autres serveurs s'étaient rapprochés pour former un vague demi-cercle. Il suffisait d'un claquement de doigts pour qu'ils interviennent. Certains étaient costauds. Se faire jeter dehors manu militari aurait été humiliant, avait pensé Everett. Pire, cela aurait attiré l'attention.

– Appelle ça comme tu veux, avait dit Sen. Moi, je refuse de rester là où je ne suis pas la bienvenue. Viens, Everett Singh.

Il avait glissé Dr Quantum sous son bras. Un instant, il avait envisagé de tirer sur la nappe, faisant valdinguer avec fracas le pot à crème, le sucrier en argent, la rose dans le vase et les couverts frappés des armoiries de Rumbold et Sachs, et de renverser les jolis sapins de Noël avec leurs guirlandes bleues clignotantes. Il s'était retenu, ç'aurait été mesquin. De surcroît, il aurait été certain d'attirer l'attention. Mais chaque pas qui l'avait conduit vers la sortie du salon de thé avait été alourdi par l'humiliation et la fureur. Il avait senti tous les yeux posés sur lui. « Airish. »

– C'est pas grave, ça arrive tout le temps, avait dit Sen en lançant un ultime regard aux deux serveurs déguisés en pingouins à l'entrée.

– Si, c'est grave.

– Bon, d'accord, mais c'est pas nous qui allons changer les choses.

– Pourquoi pas ? On les a changées dans mon monde.

– Ah oui ? Je suis impressionnée.

– Tu as vu son visage ?

– Il avait une vilaine moustache.

– Son visage avait la même couleur que le mien.

– Exact.

L'étonnement de Sen était sincère. Elle avait reconnu la similitude, puis elle n'y avait plus pensé. « Dans mon monde, ça ne se passerait comme ça », s'était dit Everett.

– Allez, Everett Singh, il y a une cafèt au deuxième. Je suis sûre que la vue est aussi bonne. Et ils se ficheront de savoir qui boit leur thé.

Elle avait fait gonfler ses cheveux, s'était redressée et avait marché en se pavanant.

– Je suis peut-être une moins que rien, mais j'ai la classe.

Et donc, ils occupaient depuis deux jours cette table derrière le pilier à la cafétéria du deuxième étage, et personne n'était venu les embêter, à part le serveur qui réapparaissait toutes les heures pour débarrasser les tasses et les couverts, et le robot balayeur, sorte de croisement entre un trilobite et un rat, qui courait entre les tables pour se nourrir de miettes de gâteau. Mais ça ne comptait pas, ce n'était qu'une machine.

Sen déposa sur la table une tasse de thé et une assiette contenant deux sablés à la crème.

– Je t'en ai pris un quand même.

Elle but un peu de thé, bruyamment, puis mangea la pâtisserie pâle et friable, à deux mains, et s'essuya la bouche. Everett ne connaissait personne qui aime autant les sucreries que Sen. Ces trois derniers jours, il avait eu du mal à satisfaire sa faim de friandises indiennes. Elle regarda le sablé restant.

– Tu veux le deuxième ? demanda-t-elle.

Everett lui fit signe qu'elle pouvait le prendre.

– Je crois que j'ai presque suffisamment de photos.

Il fit apparaître les images qu'il avait chargées sur la tablette, en tapotant l'écran. Tout d'abord : Charlotte Villiers, dix photos en deux jours et demi, avec la date et l'heure. Elle portait des tenues hivernales : étoles et toques en fourrure, gants, manteaux de brocart. Everett fit défiler les images sous forme de diaporama.

– Elle, c'est Charlotte Villiers. Tu la reconnais ?

– Bona, les chapeaux.

– C'est une plénipotentiaire de E3 ; ils l'ont envoyée dans mon monde. Je crois que c'est elle qui a fait enlever mon père. Elle veut s'emparer de l'Infundibulum. Elle est intelligente, très intelligente. Il lui a suffi de jeter un seul coup d'œil à Dr Quantum pour tout comprendre, ou presque. Mais je ne pense pas qu'elle agisse seule. D'après Colette, mon père pensait qu'il existait au sein de la Plénitude un groupe qui poursuivait ses propres objectifs. Je ne sais pas encore qui ils sont, ni ce qu'ils veulent, mais quand j'ai rencontré cette femme, il y avait également cet homme.

Everett fit apparaître une photo montrant Ibrim Hoj Kerrim descendant d'une voiture électrique noire aux formes élancées. Il transportait une mallette en cuir et son couvre-chef s'ornait d'un élégant bijou. Il paraissait pressé et inquiet. Un assistant, vêtu à la mode de E3, lui tenait la portière.

– Lui, c'est Ibrim Hoj Kerrim. Un plénipotentiaire de E2. Je ne pense pas qu'il soit de mèche avec Charlotte Villiers.

Je ne sais pas ce qui me fait dire ça, mais j'ai l'impression qu'on peut lui faire confiance.

Everett passa à la photo suivante, celle d'un homme blond portant un complet-veston à la coupe plus familière.

– Je ne sais pas qui c'est, dit-il.

Sen fronça les sourcils.

– Il pourrait venir de ton monde, ou de E4, ou de E8. Ou de n'importe quel E. Tout le monde ne s'habille pas aussi bien que nous.

– Regarde.

Everett sélectionna une des images de Charlotte Villiers et la fit glisser à côté de celle de l'inconnu.

– Retire les cheveux et le chapeau. Tu ne trouves pas qu'ils se ressemblent ?

Sen s'approcha de l'écran.

– Oui, possible.

– Possible ? On dirait des jumeaux. Plus que ça encore. À mon avis, il est elle, venu d'un autre univers. Ou elle est lui. Ou bien, ce sont deux versions différentes de la même personne.

Il choisit quatre autres photos, qu'il disposa en cercle : deux femmes et deux hommes.

– Ce sont les personnes qui sont entrées et sorties le plus souvent. Autant de fois que Charlotte Villiers et Charles Villiers.

– Il s'appelle comme ça ?

– Pour moi, oui. Je pense que tous les six travaillent ensemble. Ils forment le groupe qui se cache derrière l'enlèvement de mon père.

– Excellent, commenta Sen. (Elle ne semblait pas convaincue.) Et alors ?

– Et alors, on passe à la phase n° 2. C'est un peu plus délicat. J'ai besoin de voir l'intérieur.

– Oh, ça c'est pas possible, Everett Singh. Tu crois que

tu vas entrer comme ça, tranquillement ? Ils t'enverront rejoindre ton père avant que tu aies le temps de dire ouf.

– J'ai trouvé les plans de l'immeuble, ce matin à la bibliothèque.

– Oh, c'est ça ton idée.

Depuis qu'ils avaient été expulsés du salon de thé, Everett comprenait la raison du regard froid que lui avait lancé la bibliothécaire, bien plus glacial que lors de sa première visite. Enfant issu d'un mariage mixte, il avait grandi dans un milieu multiracial et multiculturel, et il n'avait jamais connu les préjugés qu'il subissait ici en tant qu'Airish. Il s'était rendu à la section « Architecture » et avait interrogé la base de données des plans. Pendant que Sen feuilletait des magazines en se balançant sur sa chaise et en fredonnant, assez fort pour attirer l'attention, mais pas au point de les faire flanquer à la porte. Il avait photographié intégralement les plans de tous les étages de la tour Tyrone. Cette gigantesque flèche gothique qui jaillissait en plein cœur de Bloomsbury n'avait que vingt ans d'âge. Ils aimaient bien les dieux et les gargouilles sur E3.

Everett fit disparaître le cercle des conspirateurs sur l'écran de la tablette pour les remplacer par les plans de la tour. Il les superposa et ouvrit un logiciel de traitement d'images pour obtenir une coupe transversale de la tour Tyrone.

– Bona ! s'exclama Sen.

Encore quelques manipulations et Everett se retrouva avec une maquette en 3D de l'édifice. Son index glissa sur l'écran, au milieu des couloirs.

– Le problème...

– C'est juste des jolis dessins, dit Sen. Tu ne sais pas ce qu'ils représentent dans la réalité. Cette pièce, par exemple, c'est peut-être là qu'ils ont installé leur porte d'Ein... de Heisenberg, ou alors, c'est les carsey pour hommes.

– C'est pour ça que je dois voir…

Everett sursauta lorsque Sen posa un doigt sur sa bouche.

– Chut. Tu as juste besoin de voir… J'irai, moi.

– Mais tu…

– Quoi, Everett Singh ?

Elle avait une façon d'incliner la tête et de vous adresser un petit sourire en coin, en vous regardant par-dessous sa tignasse de cheveux blancs, qui transformait ses paroles en missiles antichars. Elle était tout bonnement irrésistible.

– Tu allais dire : « Tu es une Airish » ?

Elle tapota sa besace en cuir.

– Un paquet pour M. Bidule. On a l'habitude de livrer toutes sortes de choses : messages, documents, organes pour les hôpitaux… Je serai pas la première Airish à entrer dans cette tour. Y a des gens qui nous apprécient, tu sais. « Service de livraison express ! Oh, j'ai besoin d'une signature, s'il vous plaît. »

– Et si tu te fais prendre ?

– Ils savent pas qui je suis.

– J'ai besoin de photos.

– Moi, j'ai besoin de ton matos.

Everett ouvrit son téléphone, régla l'appareil photo et le bluetooth. Il tendit l'appareil à Sen. Elle le prit comme s'il s'agissait d'une créature vivante qui risquait de mourir si elle la lâchait.

– Je recevrai les images directement par liaison radio. Le mieux, c'est de le déclencher quand tu entres et de le laisser tourner.

Sen fixa l'appareil à la bandoulière de sa besace.

– C'est un peu trop voyant, fit remarquer Everett.

– Moins que si je me baladais en l'exhibant partout. Tu oublies que ces gens n'ont jamais vu un truc pareil ; ils sauront pas ce que c'est. Alors, qu'est-ce que je dois chercher ?

– Quelqu'un qui ressemble à ça…

Il orienta Dr Quantum face à elle. Une photo le montrait avec son père, vêtus de leurs maillots des Spurs, dans la tribune nord du stade, un friand à la main, bouches ouvertes pour mordre dedans. Everett se souvenait que Vinny l'avait prise après la défaite de l'Inter de Milan 1 à 3 en Ligue des champions. Il fut surpris par les tressaillements aux coins de sa bouche et la boule dans sa gorge.

– Ou n'importe quoi d'autre, en fait. Va aussi loin que possible.

– Je suis très persuasive. OK… (Elle frissonna.) Oh, c'est super excitant. Allez, je file.

Mais elle eut un moment d'hésitation. « Tu as peur, pensa Everett. Tu t'es précipitée en disant "Je vais le faire", parce que tu es le genre de personne qui veut toujours être la première à faire quelque chose, et maintenant, tu t'aperçois que ce n'est pas un jeu, ce n'est pas une poursuite sur les toits, Sharkey ne sera pas là avec ses fusils à canon scié pour te sauver la mise si ça tourne mal. Tu es seule et tu as peur. Mais n'importe qui aurait peur. N'importe qui devrait avoir peur. »

– Prends une carte, dit Sen.

Elle déploya son jeu de tarot d'Everness, face cachée. Everett tira une carte à moitié. Sen la retourna. Le vieillard appuyé sur ses béquilles franchissait une ouverture dans un mur de pierre pour s'enfoncer dans les ténèbres.

– « La Porte de la Mort ». Sympa.

– Ce n'est peut-être pas la mort, dit Everett. C'est peut-être une porte qui s'ouvre sur un autre univers.

– Un baiser pour porter chance, Everett Singh.

Elle se pencha vers lui et attendit. Il l'embrassa, timidement, sur la joue. Ses cheveux, comiques et merveilleux, lui rentrèrent dans l'œil. Sa peau était chaude. Quel était donc ce parfum qui lui rappelait tant de choses ?

– Ça fera l'affaire, Everett Singh.

Et elle s'en alla. Il reprit sa place près de la vitre. Il versa un peu de café dans sa tasse. En refroidissant, il avait perdu son arôme. Personne ne savait faire du bon café dans cet univers. Il vérifia le niveau de la batterie de Dr Quantum. Parfait. Il ouvrit la connexion bluetooth. Rien. Trop tôt. Il observa le flot des piétons et des véhicules qui passait devant l'imposante entrée de la tour Tyrone. Après la pluie et le vent, un froid sec et lumineux s'était abattu sur Londres. Les clients qui émergeaient des portes à tambour de chez Rumbold et Sachs, les bras chargés de sacs en papier aux couleurs vives, semblaient s'en délecter. Un vrai temps de Noël: les nuages de vapeur qui sortaient des visages rougis, les cols relevés, les écharpes bien enroulées.

Alors qu'il contemplait ce spectacle, au-dessus de la foule et des voitures silencieuses, Everett sentit soudain un nœud, aussi gros et dur qu'un poing, lui vriller l'estomac. Avec un goût de vieux poison. Il lui fallut un certain temps pour identifier cette douleur. C'était la solitude. Son Noël, avec la cérémonie du shopping, aurait dû se dérouler dans un autre monde. Il aurait dû entasser les paquets à l'arrière de la voiture au centre commercial de Brent Cross, aller au bal de l'école, trouver quelque chose pour son père… Le cadeau idéal, d'après Pèredivorcé.com, pour un premier Noël postséparation. Il essaya d'imaginer sa mère et Victory-Rose faisant tout cela sans lui. Impossible. Elles ne le feraient pas. Il avait tué Noël. D'abord son père; lui ensuite: volatilisés l'un et l'autre. Il n'avait pas pensé à ceux qu'il laissait derrière lui. Il n'avait pensé qu'à son plan, ce plan insensé qui était pourtant ce qu'il pouvait concevoir de plus sensé. Il avait imaginé le moment où il les réunirait tous, de nouveau, sains et saufs, ailleurs. Il n'avait pas imaginé le moment où il n'était pas rentré de l'école, le moment où sa mère l'avait appelé sur son portable et avait laissé un message, puis un autre, puis encore un autre, avant de contacter ses camarades, la famille et, pour finir, la police. Il n'avait pas pensé à sa mère, obligée de retourner au poste de police pour remplir une autre déclaration de personne disparue, ni à Leah-Leanne-Leona et à Moustache Milligan, installés *de nouveau* dans la cuisine de sa mère, buvant son thé, mangeant ses toasts, offrant leur compassion. Il ne l'avait pas imaginée seule et effrayée, en larmes, ne sachant pas ce qui se passait, se demandant qui allait disparaître ensuite.

Il y pensait maintenant, et c'était comme si un poing dans un gant de fer glacé lui arrachait le cœur.

– Je suis désolé, murmura-t-il.

Il perçut un mouvement du coin de l'œil : Sen se faufilait au milieu de la circulation avec son manque d'attention et de respect habituel. Alors qu'elle gravissait le grand escalier, entre les lions de pierre et les colonnes soutenant le portique (suffisamment vaste pour qu'on puisse jouer au foot dessous), il la vit porter la main au téléphone fixé à la bandoulière de son sac. « Ne te retourne pas, lui lança mentalement Everett. Tu es trop intelligente pour te retourner. »

Elle franchit l'imposante porte à tambour. Dr Quantum s'anima. L'image avait du grain à cause de la mauvaise qualité de l'objectif et elle était saccadée à cause de la liaison bluetooth trop lente ; de surcroît, elle tanguait au rythme des pas de Sen. Des gens traversaient le cadre. Les appareils photo des portables étant munis de grands angles, le hall semblait mesurer plusieurs kilomètres.

« Reste tranquille, bon sang ! » pesta Everett en s'adressant à l'écran. Comme si elle l'avait entendu, par télépathie, Sen s'arrêta. Elle tourna très lentement sur elle-même. Everett effectua quelques captures d'écran du panorama qu'elle lui proposait. Le hall de la tour de la Plénitude était conçu pour impressionner, à l'échelle de l'Ancien Monde : Karnak, Pétra, le Panthéon, les ruines de la Rome impériale. Il n'apercevait pas les sommets des colonnes, aussi hautes et massives que des séquoias. Le sol de marbre noir ressemblait à un océan. À l'horizon, il distinguait une barrière de bureaux d'accueil. Derrière pendait un immense drapeau d'au moins trente mètres de côté, aussi noir que le sol, frappé de neuf étoiles argentées. Une étoile pour chaque monde de la Plénitude. *Vous allez devoir le changer,* pensa Everett. *Il y a dix mondes maintenant.*

– Tu en as assez vu ?

Il sursauta en entendant la voix qui sortait du haut-parleur de Dr Quantum. Sen avait trouvé comment utiliser la liaison audio.

– Bona polone ! s'exclama-t-il.

La serveuse qui débarrassait les tables leva la tête.

– J'entre.

– Attends, dit Everett.

Il avait vu les barrières installées en travers du hall et les deux colosses en uniforme. Au-delà de la réception, il y avait d'autres contrôles. Il ne pouvait pas prendre le risque que Sen se fasse prendre. Mais elle ne l'entendait pas. Les images se remirent à tressauter lorsqu'elle se dirigea vers un des bureaux. « Attends. » Il ouvrit une application de messagerie. *Sen, si tu reçois ce message, dis-moi OK,* écrivit-il. Envoyer. « Écoute le bourdonnement. Écoute le bourdonnement sur ton sternum, là où le téléphone est fixé à la bandoulière de ta besace. Écoute et regarde. » Il renvoya le SMS. *Sen, si tu reçois ce message, dis-moi OK. Sen, si tu reçois ce message, dis-moi OK.*

– OK.

On est en contact, envoya Everett.

Un mouvement au-dehors le détourna de la tension qui régnait dans le hall. Une longue file d'enfants marchait dans la rue, passait devant la façade de la tour Tyrone, montait les marches, sous le porche, en direction de la porte à tambour. Everett estima qu'ils étaient une quarantaine ou une cinquantaine. Un long train humain ; un adulte tous les dix enfants, emmitouflés pour affronter l'hiver. Très certainement une sortie de fin de trimestre. Une excursion au siège de la Plénitude. Pourquoi pas ? Everett avait bien visité le palais de Westminster et l'observatoire de Greenwich avec son école. Les Nations unies à New York recevaient des groupes scolaires. La NASA montrait ses fusées à des hordes d'élèves. Pour ces enfants, il s'agissait d'une sortie moyennement intéressante (si seulement ils avaient pu voir réellement quelqu'un franchir la porte de Heisenberg !) qui se terminerait par un passage à la boutique pour acheter des crayons et des gommes souvenirs. Pour Everett, c'était une occasion en or.

Un groupe de gamins va entrer, écrivit-il.

– Je les vois.

Joins-toi à eux. L'image redevint saccadée. Des visages rougis par le froid, des bonnets, des écharpes et des gants envahirent l'écran de Dr Quantum. *Pas trop près.*

– Fais-moi confiance, Everett Singh.

Le groupe passa devant l'objectif ; il se dirigeait vers l'accueil.

Alors ?

– On leur distribue des badges.

« Danger », pensa Everett. Un des professeurs allait s'apercevoir que Sen était une intruse. Mais sans badge, impossible d'entrer. *Peux-tu t'approcher d'un badge ?* envoya-t-il. Sen se mêla à la masse grouillante des enfants occupés à fixer les laissez-passer aux revers de leurs manteaux. Le front plissé par la concentration, Everett essaya de saisir une image bien nette d'un badge. Mais les enfants n'arrêtaient pas de bouger ! Soudain, un badge apparut dans le cadre. Sans perdre une seconde, Everett l'enregistra. Impec. Il lui fallut trente secondes pour améliorer la netteté de l'image, la redimensionner et changer le nom.

Je t'envoie une photo. Grâce à la liaison bluetooth, elle se retrouva sur l'écran de son smartphone fixé à la bandoulière du sac de Sen. Évidemment, le subterfuge ne résisterait pas à un examen un peu rigoureux, mais au milieu d'un groupe de préadolescents agités et bruyants, ça pouvait marcher. Sen se plaça à l'arrière du groupe, au moment où celui-ci approchait des agents de sécurité en uniforme. Elle passa devant eux sans même un hochement de tête. L'objectif montra une femme munie d'une planchette à pince, portant un badge, un tailleur et des chaussures très stricts. Sans doute la guide, se dit Everett. De mieux en mieux. Il attendit que le groupe ait quitté le hall pour envoyer un autre message à Sen.

Approche-toi de la guide.

On était à la veille des vacances de Noël; la guide était aussi distraite et lasse que les élèves. Mais pour Everett, elle valait de l'or.

– Nous sommes dans la Chambre du Conseil des Mondes, expliquait-elle. Chaque monde envoie vingt conseillers. La présidence alterne entre les membres de la Plénitude. Nous allons prendre cet escalator. Attention à vos lacets et à vos sacs. Ces niveaux sont occupés par les ambassades des Neuf Mondes Connus. Une ambassade par étage. Tenez bien la main courante, s'il vous plaît. Ce niveau est actuellement en cours d'aménagement afin d'accueillir l'ambassade du Monde 10.

Sen orienta l'appareil photo vers la gauche, puis vers la droite et Everett mitrailla à distance: *clac, clac, clac*. Il faillit pousser un cri de joie. Sen lui offrait tout, absolument tout. Il nommait les photos au fur et à mesure qu'il les disposait sur sa maquette en 3D. Chambre du Conseil. Ambassade E2. Ambassade E4. Ambassade E5. Salle des Plénipotentiaires:

une sorte de mini arène composée de dix sièges à dossier de cuir qui se faisaient face autour d'une table ronde. Des éclairages encastrés projetaient des ombres sur le plafond en bois. On se serait cru dans un décor de film de James Bond.

– Maintenant, dit la guide, nous allons monter jusqu'aux portes.

Everett sentit une onde d'excitation parcourir les visiteurs. Il se passait enfin quelque chose ! On ne leur montrait pas uniquement des pièces vides. Everett, lui, s'intéressait à ces pièces. Il savait que son père se trouvait dans l'une d'elles, quelque part dans ce bâtiment.

– À cet étage, nous gérons vingt portes d'Einstein, précisa la guide en entraînant le groupe dans un couloir curviligne.

Des vitres découpées dans la paroi interne donnaient sur les différentes salles des portes. Sen traînassait à l'arrière pour qu'Everett ait une bonne vision de chaque pièce, une fois passée la bousculade. Ces installations étaient beaucoup plus sophistiquées que celle, à moitié délabrée, qui se cachait dans un tunnel abandonné sous la Manche. Un unique bureau, incurvé, avec trois sièges, faisait face à un anneau métallique de quatre mètres de diamètre. Et c'était tout. Rien n'aurait pu ressembler davantage à une ouverture sur un autre univers.

– Vous avez de la chance, disait la guide, à peine audible au milieu du brouhaha. Un saut est justement prévu à la Porte Douze.

Sen n'eut pas besoin des instructions d'Everett. Elle se fraya un chemin parmi les gros manteaux et braqua l'appareil photo du portable sur la vitre. Entre les têtes, Everett découvrit d'autres têtes, celles des techniciens assis à leur poste de travail. Une lumière vive envahit l'objectif. La porte s'ouvrit. Un homme vêtu d'un pardessus et d'un costume à la mode de E3 émergea de la source lumineuse pour s'avancer dans la salle. La porte se referma. Les techniciens lui serrèrent la main, vérifièrent son passeport et lui présentèrent des documents à signer.

– Il s'agit d'un saut de retour, programmé, d'un de nos diplomates revenant de l'ambassade de E7, précisa la femme.

Elle semblait très fière, comme si elle venait d'exécuter un formidable numéro de prestidigitation : faire surgir un homme de nulle part.

– Suivez-moi, je vous prie.

Elle reprit le cours de sa visite. Sen s'attarda sur le diplomate qui sortait de la salle, une fois les formalités d'entrée accomplies.

C'était un plan effroyable. Ridicule, irréalisable, téméraire. Sen le lui avait dit ouvertement, dès qu'ils avaient commencé à surveiller la tour Tyrone.

– Alors ? Tu localises ton père, tu entres dans le bâtiment, tu le libères, tu accèdes à une porte d'Ein… de Heisenberg, tu allumes ton Infundimachintruc, tu rentres chez toi, tu récupères le reste de la famille – pendant que quelqu'un te tient la porte ouverte – et ensuite, tu te sers de l'infundamentaliste pour emmener tout le monde dans un endroit où la Plénitude ne pourra jamais vous retrouver ?

– Oui, avait répondu Everett.

– C'est le plan le plus nul que j'aie jamais entendu.

– Tu en as un meilleur ?

– Non.

Mais Sen avait raison. C'était le plan le plus nul… à l'exclusion de tous les autres. Mais ça marchait. Peu à peu, indice après indice, ça marchait. Ça paraissait beaucoup plus raisonnable que d'emporter l'Anneau sur la Montagne du Destin. Everett gloussa. C'était sa propre Tour sombre.

La guide expliquait aux enfants que la sortie s'effectuait par la boutique de cadeaux.

– Everett Singh, chuchota Sen. Je vais faire un petit tour en solo.

Où? envoya-t-il.

– Je vais retourner à l'étage de la nouvelle ambassade qu'ils construisent pour ton monde.

Prudence, tapa Everett. Mais son doigt s'immobilisa au-dessus de la touche «envoyer». Pas besoin de lui dire ce qu'elle devait faire. Elle s'attarda à l'arrière du groupe jusqu'à ce que le dernier élève ait disparu au coin du couloir. Ils étaient heureux: ils avaient vu un fonctionnaire de seconde zone effectuer un saut depuis un autre univers. Une fois seule, Sen fit demi-tour et se dirigea vers l'ascenseur. Everett suivit les numéros décroissants sur sa maquette en 3D de la tour Tyrone. Sen émergea de la cabine au milieu du vacarme des perceuses, des pistolets à clous, des scies et des tournevis électriques. Le couloir était jonché d'emballages en carton et en plastique, la poussière en suspension rendait l'air épais et granuleux. Deux ouvriers buvaient du thé, assis sur une pile de plaques de Placoplâtre.

– Tu es perdue, ma jolie?

– J'ai un paquet pour Alan Pardew.

– Jamais entendu ce nom-là.

– On est bien au niveau 22?

– Exact.

– Je le trouverai bien.

Elle passa devant les deux ouvriers. Dès qu'ils tournèrent la tête, elle se faufila dans un ensemble de pièces qui donnait dans le couloir. Des douilles pendaient aux plafonds, des fils électriques dépassaient des plinthes, des tuyaux sortaient des murs, des câbles couraient le long des piliers. Derrière son apparence gothique, la tour Tyrone était un bâtiment entièrement moderne. Au-delà de cette suite inachevée s'en trouvait une seconde, en pleins travaux d'aménagement elle aussi. Sen traversa un parquet tout neuf, en laissant des empreintes de pas dans la sciure. Les murs étaient lambrissés, des lustres étaient fixés au plafond. Elle s'arrêta et se retourna pour faire un plan panoramique.

– Tu reçois ces images?

Tu crois qu'il est là?

– Le meilleur endroit pour cacher quelque chose, c'est sous les yeux de tout le monde. Y a quoi derrière ce truc?

L'objectif se fixa sur une épaisse bâche en polyéthylène translucide.

– Je vais jeter un varda.

Sen franchit la bâche. L'écran de polyéthylène obscurcit l'objectif, puis la voix de Sen se fit entendre, dans un souffle.

– Everett…

Il voyait la même chose qu'elle: cette partie du niveau 22 était achevée. Et entièrement meublée: plantes vertes en pots, tableaux sur les murs, fauteuils confortables et tables d'appoint dans les alcôves, éclairages cachés et moquette épaisse. Magazines d'art de vivre, fleurs coupées. On se serait cru dans un hôtel cinq étoiles. Everett s'aperçut qu'il retenait sa respiration. Il pensa à respirer. Et à enregistrer des images. Sen actionna une poignée de porte. Verrouillée. Le couloir s'achevait en T. Sen filma à gauche, puis à droite. À droite, il y avait un chariot du genre de ceux qu'utilisent les femmes de chambre. Sen s'en approcha avant qu'Everett ait le temps de lui envoyer un message. Sur le chariot étaient posés des draps et des couvertures pliés, des oreillers, et un petit plateau avec des articles de toilette. Derrière la poignée était suspendu un sac à ordure en tissu gris. L'objectif plongea à l'intérieur. Ce qu'il montra était si ordinaire, si banal, que la signification faillit échapper à Everett: un journal et une bouteille d'eau en plastique.

Une bouteille en plastique. Du plastique fabriqué avec du pétrole. Dans un monde sans pétrole.

Il sentit son cœur chavirer. *Le journal,* écrivit-il à Sen. Celle-ci le sortit du sac et le défroissa devant l'objectif. REDKNAPP FAIT JOUER BALE CONTRE CHELSEA. Un article sur l'équipe de Tottenham. Dans un monde où le grand sport populaire était le rugby. Où Gareth Bale ne faisait pas partie des joueurs et où le sélectionneur n'était certainement pas Harry Redknapp. Sen retourna le journal. Le *Daily Telegraph.* Son père n'aimerait pas ça du tout, se dit Everett. Lui qui était un fervent lecteur de l'*Independent.* Sen approcha le journal du téléphone pour qu'il puisse lire la date. 21 décembre. La date du jour.

Elle referma la main sur la poignée de la porte et la tourna. Everett pianota sur le clavier.

Non!!

Sen se figea.

Le chariot. Quelqu'un à l'intérieur.

Elle retira aussitôt sa main.

File. Vite.

Sen s'éloignait dans le couloir quand le minuscule micro du téléphone saisit le bruit d'une porte qui s'ouvre. Elle se retourna. Deux personnes se tenaient à côté du chariot: une petite femme portant un tablier et un foulard sur la tête, et un homme grand et maigre, au crâne rasé. Malgré la mauvaise qualité de l'objectif, on reconnaissait Skinhead en Costard.

– C'est à quel sujet? demanda-t-il.

– Un paquet pour Alan Pardew, dit Sen.

– Comment es-tu entrée?

– Les ouvriers...

– Tu n'as rien à faire ici.

– Désolée.

– Tu n'as pas le droit d'être ici.

– Bona. Je m'en vais.

«Il est là», pensa Everett. Il fit glisser les photos sur le plan de la tour Tyrone. Niveau 22 sud-est. Fond du couloir. Son père était là, derrière cette porte. Dans une chambre d'hôtel qu'il ne pouvait pas quitter. Une prison cinq étoiles. Ils avaient construit cet espace uniquement pour lui. Tous les matins, ils lui apportaient une bouteille d'eau et le *Daily Telegraph,* venus d'un autre univers. «Tu es là, papa.» Si seulement ce chariot ne s'était pas trouvé à cet endroit, s'il avait pu demander à Sen de glisser un message sous la porte... Mais sans le chariot, il n'aurait jamais su qu'ils détenaient son père dans cette chambre.

«Je sais que tu es là. J'arrive.»

– Oh! s'écria Everett en captant un mouvement dans son champ de vision.

Sur l'écran, une porte venait de s'ouvrir devant Sen. Une femme sortit dans le couloir. Une femme vêtue de manière impeccable, avec des chaussures à talons hauts, une grande toque en fourrure, une étole identique et un tout petit sac qu'elle serrait dans un de ses gants gris, assorti à son tailleur parfaitement coupé. Charlotte Villiers.

Sen passa devant elle d'un pas vif. La femme ne lui jeta pas même un regard. Mais arrivée au bout du couloir, là où une autre bâche masquait l'accès au hall des ascenseurs, Sen se retourna. À l'autre extrémité, Charlotte Villiers l'observait. Perplexe. Elle fronça les sourcils. Soudain, son regard se fixa sur l'objectif de l'appareil. Elle se rappelait où elle avait déjà vu cette réalisation technologique d'un autre monde.

File file file! envoya Everett. Le téléphone bourdonna avec insistance. «Regarde le message, Sen! Regarde le message!» *Elle a compris,* écrivit-il. Sen s'enfuit. Elle franchit la bâche en polyéthylène. Un ultime regard en arrière, à travers le rideau translucide, montra Charlotte Villiers marchant vers elle avec détermination. Mais sans se précipiter. Elle semblait parler dans le revers de sa veste. Au bout de cette portion de couloir pendaient d'autres bâches. Sen les franchit tête baissée et se retrouva face aux ouvriers stupéfaits.

– Alors, tu l'as trouvé, ma jolie ? demanda l'un des deux.

– Qui ?

– L'homme à qui tu devais remettre un paquet.

– Non. C'est pas le bon étage.

L'objectif de l'appareil se posa sur les tableaux des ascenseurs. Aucun ne se trouvait à proximité.

– Où sont les escaliers ?

L'autre ouvrier agita le pouce par-dessus son épaule. Une porte s'ouvrit devant les yeux d'Everett. Pendant quelques secondes, il contempla une cage d'escalier sans fond, puis Sen se mit à dévaler les marches de béton. À une vitesse terrifiante. Au moindre faux pas, elle dégringolerait jusqu'en bas, sans pouvoir s'arrêter. L'escalier tournait, tournait, tournait. Indéfiniment. Sen continuait à dévaler les marches. Bon sang, elle tenait la forme. Everett entendait sa respiration. À quel niveau était-elle maintenant ? Il avait perdu le compte. Il y avait des numéros sur les portes des paliers, mais impossible de les lire, Sen allait trop vite. À chaque étage supplémentaire, il sentait l'angoisse enfler en lui. Charlotte Villiers avait certainement alerté les agents de sécurité du rez-de-chaussée. Ils allaient s'emparer de Sen. Il devait la prévenir. Elle fonçait droit vers le danger.

Ils t'attendent, écrivit-il. Une fois encore, il hésita avant d'envoyer le message. Et Sen continuait à tournoyer dans la cage d'escalier. Soudain, il n'y eut plus de marches sous ses pieds. Elle était sur un sol en béton, face à une porte où figurait la mention REZ-DE-CHAUSSÉE. Envoyer. Sen se figea, la main sur la poignée.

– Y a une autre sortie ? demanda-t-elle.

Everett n'eut pas besoin de consulter son plan de la tour

Tyrone. Il était à court de solutions. Il ne pouvait que la mettre en garde.

Désolé, Sen...

– Peu importe. J'ai un bona plan.

Elle poussa la porte et la franchit d'un pas décidé.

– Oh, non ! s'écria Everett de l'autre côté de la rue, dans la chaleur de la cafétéria au parfum de Noël.

Il noua ses bras autour de sa tête. Sur son écran, il voyait nettement les colosses en uniforme postés dans l'immense hall de marbre noir. Il y en avait d'autres près de la porte à tambour. Ils agissaient avec discrétion : un simple regard et un signe de tête adressés aux personnes qui quittaient la tour. Ils savaient ce qu'ils cherchaient. Premier avantage de Sen : ils surveillaient les ascenseurs du hall et les escalators ; ils n'imaginaient pas que quelqu'un puisse dévaler vingt-deux étages à pied. Deuxième avantage : elle ne prenait pas la direction attendue. Au lieu de marcher vers la sortie, elle traversait le hall dans le sens de la largeur. Où allait-elle ? L'objectif cahotant de la caméra ne montrait que des fenêtres brillamment éclairées. Jusqu'à ce que sa destination apparaisse nettement : la boutique de cadeaux.

– Petite futée, commenta Everett pour lui-même.

Il aurait aimé se taper dans le dos. Les jeunes visiteurs se trouvaient encore dans la boutique. Sen s'y faufila, se débarrassa de sa veste trop voyante et la fourra dans sa besace. Très vite, d'un geste assuré, elle prit un bonnet à pompon en exposition et l'enfila sur son épaisse tignasse. Après quoi, elle se glissa au cœur du groupe. Everett entendit les professeurs appeler les élèves. Le car les attendait. Dépêchez-vous de finir vos achats si vous ne voulez pas qu'on vous laisse ici ! Les retardataires quittèrent les caisses et les accompagnateurs entraînèrent leurs ouailles vers la sortie. Cachée au milieu, Sen quitta la boutique et marcha vers le poste de sécurité.

Les écoliers déferlèrent telle une mêlée de rugby tapageuse. Les gardes en uniformes ne leur accordèrent aucune attention. La cohue traversa le hall, passa devant l'accueil, sous le gigantesque drapeau noir et argent de la Plénitude des Mondes Connus, franchit la porte à tambour et déboucha dans la rue. Everett se renversa contre le dossier de son siège en poussant un soupir de soulagement.

– Tu as ce que tu voulais ? lui demanda Sen dans le téléphone.

Everett lui envoya une émoticône représentant un pouce dressé. Et écrivit : *Bon sang, j'ai cru que tu étais foutue.*

– Eh bien, non, dit Sen. Il n'est pas encore né, le sharpie qui attrapera Sen Sixsmyth.

Everett la voyait descendre le grand escalier, en remettant sa veste et en ôtant le bonnet. Elle secoua sa chevelure. Arrivée sur le trottoir, elle lança le bonnet volé au milieu de la circulation. Les élèves tournèrent à droite, elle tourna à gauche.

– Everett Singh, ramasse tes affaires et rejoins-moi à la file des taxis de Cleveland Street. J'espère qu'il te reste des dinaris car ce soir, je rentre à Hackney en bagnole.

22

Dans le taxi électrique qui roulait sans bruit, Sen ressentait encore l'excitation de l'aventure. Le visage collé à la vitre embuée, elle regardait la circulation, les trains, les passants. Et soudain, elle recommençait à s'agiter sur son siège, vibrante d'adrénaline, et elle bombardait Everett d'une pluie de questions. Tu crois qu'ils nous suivent ? Tu as vu ce que j'ai fait à l'intérieur ? J'ai pas été fantabulosa ? Tu crois vraiment que ton père est enfermé là ? Quand c'est qu'on va aller le libérer ? C'était super facile, en fait.

Everett ne voulait pas lui faire part de ses craintes : si tout avait été aussi facile, c'était délibéré. L'objectif de ses ennemis (il ne savait toujours pas précisément qui ils étaient ni quelle était leur stratégie) avait toujours été de le pousser à leur apporter l'Infundibulum. Il avait gentiment suivi toutes les étapes. Ils étaient même parvenus à le faire raisonner comme eux.

Sen prit Dr Quantum et le manipula en donnant une impression de familiarité et de possession qui hérissa Everett.

– Ce truc, c'est juste une carte, pourtant, dit-elle. Qu'est-ce qu'elle a de spécial ?

– C'est la carte de n'importe quel endroit et de partout. Bien plus qu'une carte, c'est un annuaire. Tu peux programmer une porte de Heisenberg afin qu'elle se connecte sur n'importe quel point de ces univers, pas seulement sur une autre porte. Sais-tu combien d'univers il y a là-dedans?

– Beaucoup? répondit Sen. Plus de trente?

– Dix avec quatre-vingts zéros derrière. Imagine un peu ce que tu pourrais faire si tu possédais ce pouvoir. Si tu peux accéder à n'importe quel point de n'importe quel univers, ça inclut cet univers-ci. Je pourrais programmer une porte et la franchir pour me retrouver sur une planète à un milliard d'années-lumière d'ici. Ou plutôt, je pourrais le faire si je possédais la totalité de l'Infundibulum, mais ce serait beaucoup trop lourd pour cet ordinateur, ou peut-être même n'importe quel ordinateur. Rends-toi compte: n'importe quel endroit, dans n'importe quel univers...

Il y avait réfléchi dans l'intimité de sa latty, tard le soir, quand le dirigeable avait fermé ses écoutilles, après avoir fait la vaisselle et rangé la cuisine, en se balançant dans son hamac, à la lueur de l'écran de Dr Quantum, dont la batterie se rechargeait grâce à l'adaptateur fabriqué par Mchynlyth, avec quelques grognements et l'aide du fer à souder et du pistolet à colle. Everett avait calculé qu'il existait dix puissance quatre-vingts atomes dans l'univers, cet univers-ci, non, cet univers-là. Un code pour chaque atome. Cela représentait une énorme quantité d'informations: bien plus que ce que pouvait contenir Dr Quantum. Allongé dans son hamac, l'édredon remonté jusqu'au menton, écoutant le gigantesque navire craquer autour de lui, il avait manipulé les chiffres dans sa tête. Ce n'était pas une science exacte, c'était une science de l'intuition, une science qui nécessitait d'évaluer l'ampleur de la question. Un milliard d'univers, disons, et un code pour chaque point dans un rayon de mille kilomètres autour de la porte de Heisenberg de l'Imperial College. Toutes les îles Britanniques, la majeure partie de l'Europe continentale, une portion de l'Atlantique.

Cela représentait encore un espace ahurissant. L'Infundibulum contenu dans Dr Quantum était un passeport pour un trillion de Grandes-Bretagnes alternatives. L'Infundibulum entier, à supposer qu'il soit possible de construire une machine capable de l'accueillir… L'esprit d'Everett s'était mis à chanceler et, emporté dans un tourbillon, il avait quitté cette minuscule cabine à peine plus longue et large que son hamac, pour voyager à travers une infinité d'infinis.

– Je pourrais, par exemple, le programmer pour pénétrer dans ta latty sur l'*Everness*. Je pourrais t'assassiner et repartir comme je suis venu ; personne ne saurait jamais qui a fait le coup. Ou peut-être que je ne serais pas obligé de t'assassiner. Je pourrais t'emmener, tout simplement. Personne ne saurait où tu es partie. Je pourrais aussi te remplacer par ton double venu d'un autre univers et comme ça, nul ne se douterait que tu n'es plus là.

– Non, dit Sen. Une autre moi ? Non.

– Tu crois ? Dix puissance quatre-vingts, ça représente beaucoup d'univers. Il est fort probable qu'il existe une autre Sen Sixsmyth quelque part. Et cette Sen Sixsmyth ne pense peut-être pas du tout comme toi. Elle est peut-être riche et puissante, ou c'est une vagabonde. Elle a peut-être un tas de raisons de devenir toi.

Sen remua nerveusement sur son siège à l'arrière du taxi. L'adrénaline se dissipait et la découverte que vous n'étiez pas la personne unique, fantabulosa, que vous pensiez être avait un effet refroidissant. Everett repensa à ce qu'il avait ressenti en comprenant – en comprenant véritablement, avec son cœur, ses émotions et son – empathie, ce que lui disait son père. Des milliards d'Everett. Il avait senti son monde se dérober sous ses pieds. « Tu n'es pas si spécial. » Il apprenait à vivre avec cette idée en se persuadant que ces autres Everett étaient si loin, si inaccessibles, enfermés dans leurs propres univers, qu'il ne connaîtrait jamais leur existence et, surtout, il était impossible qu'il les rencontre. Cela n'arriverait jamais. Parfait.

Sen posa les pieds sur la banquette du taxi et ramena ses genoux contre elle.

– Peut-être que je suis quand même seule et unique, dit-elle. Dans ces autres mondes, il y a d'autres toi, d'accord ? Mais il y a des mondes où il n'existe aucun Everett Singh. Il y a quelqu'un d'autre, un tas de quelqu'un d'autre. Il peut y en avoir des milliards, ou quelques milliers, ou une centaine, une poignée. Mais dans tous ces mondes, il faut bien qu'il y ait des personnes seules et uniques. C'est moi. Je le sais, je le sens. Il n'y a personne d'autre comme moi. Je suis spéciale.

Un grand fracas soudain. Une chaise rebondit sur le capot du taxi. Le chauffeur pila net ; Sen fut projetée contre le dossier du siège avant.

– Terminus, déclara-t-il.

Everett sortit quelques shillings de son sac à dos, pendant que Sen descendait de voiture. Elle demeura plantée sur le trottoir, les mains sur les hanches, bouche ouverte.

– Fantabulosa !

La rue était noire de monde. La rue était envahie d'*hommes*, uniquement, pressés les uns contre les autres, dos tourné, indifférents au taxi ; ils se bousculaient et se hissaient sur la pointe des pieds pour mieux voir. Toute leur attention était focalisée sur un événement crucial qui se déroulait un peu plus haut dans Mare Street. D'autres hommes jaillissaient des entrepôts et des boutiques. Ils abandonnaient leurs chariots élévateurs, leurs trains de marchandises, leurs semi-remorques et leurs camions pour accourir. Ils se déversaient par la porte des Chevaliers de l'Air. Il n'y avait plus une seule fenêtre intacte dans le pub. Des meubles brisés gisaient au milieu des éclats de verre. On devinait aisément que l'altercation avait débuté là, avant de se répandre dans la rue. Des poings brandissaient des bouts de chaise ou de table. Les bouteilles et les pavés volaient. Tout cela accompagné d'un énorme rugissement sans paroles, comme dans un stade un jour de finale : un mur sonore.

– Une bagarre ! s'exclama Sen. Viens vite, Everett Singh !

– Hé, et mon capot ! protesta le chauffeur de taxi.

– Adressez-moi la facture ! répondit Sen.

Elle lui envoya un baiser et pivota pour filer vers le lieu de l'action.

– C'est toujours pareil quand je viens à Airishville, pesta le chauffeur en faisant marche arrière.

Everett parvenait à distinguer quelques mots au milieu de cette masse vociférante. Une psalmodie barbare : « Un ring ! Un ring ! Un ring ! »

– Que se passe-t-il ?

– Un ring ! s'écria Sen. Une bagarre. Sans gants. Sans règles. Un combat, Everett Singh ! Viens !

Everett avait déjà assisté à une bagarre, une vraie, un combat de rue. Ça s'était fait le plus facilement du monde, en sortant du métro à la station Westminster afin d'acheter des billets pour un spectacle de pyrotechnie musicale sur le fleuve, à l'occasion du nouvel an. Sans rien demander, sans le vouloir, son père et lui s'étaient retrouvés au milieu d'une manifestation d'étudiants. Dix mille personnes en colère qui ne pouvaient plus bouger. La tactique de la police consistait à regrouper les manifestants dans un espace limité, à les encercler avec des boucliers anti-émeute et des chevaux, tandis que des hélicoptères tournoyaient au-dessus de la foule, pendant des heures. « La bouilloire », ils appelaient ça. Everett connaissait le principe de cet ustensile. Vous mettiez de l'eau dedans et vous attendiez que ça bouille. Et les étudiants avaient bouilli, en effet, jusqu'à déborder. Un mugissement était monté de Parliament Square et, soudain, une marée de corps s'était jetée contre Everett et son père. Il se passait quelque chose quelque part, mais quoi ? où ? Everett était désorienté, apeuré, mais exalté également ; il sentait qu'un événement important était en train de se produire, sans savoir de quoi il s'agissait, ni même si c'était près ou loin, et s'ils risquaient d'être submergés à tout moment. Il avait déjà assisté à des bousculades durant les matchs de foot, mais là, c'était différent. Incroyable et terrifiant. L'espace d'un instant, il avait entraperçu les vestes fluo de la police et les boucliers noirs, dressés devant des tenues de protection. Un policier à cheval dominait la foule, sous une pluie de bouts de bois arrachés à des panneaux publicitaires. L'affrontement avait cessé peu à peu quand les troupes d'intervention avaient extirpé de la foule quelques émeutiers. Mais Everett et son père, et dix mille autres personnes, avaient dû rester là jusqu'aux environs de vingt-deux heures ; ils avaient été relâchés seulement après que leur identité eut été vérifiée et leur visage photographié pour alimenter une base de données.

Ici, il s'agissait d'une bagarre dans Hackney Street, sans policiers ni manifestants, mais Everett sentait cette même odeur de poudre dans l'atmosphère, celle du danger incontrôlable. C'était brutal, excitant, effrayant, imprévisible. La foule était un feu qui risquait à tout instant de provoquer un effet de souffle capable de les engloutir. Everett avait appris ce soir-là à identifier et à redouter la violence de la foule ; il avait découvert son attrait et son pouvoir de contamination.

– Non, Sen. Je ne peux pas prendre le risque d'endommager Dr Quantum.

Il lut du mépris sur le visage de la jeune fille, mais une clameur venue de la foule détourna son attention : le ring humain s'ouvrit et un homme en émergea en titubant. C'était un colosse aux cheveux noirs qui lui tombaient sur les épaules, collés par la sueur, le visage livide de fatigue sous d'épais sourcils et de gros favoris. De fatigue et de coups. Son œil gauche tuméfié était fermé. Du sang coulait des deux coins de sa bouche. Sa chemise pendait en haillons autour de sa taille. Sonné, il paraissait décidé à en découdre malgré tout; il regardait le monde comme si n'importe qui était susceptible de l'attaquer, mais il était prêt, les poings serrés, semblables à des boulets de canon.

– Alors, tu t'es encore fait botter l'arrière-train, Seth Bromley? lança Sen.

– Ne le provoque pas, dit Everett. Il est très costaud. Qui est ce Seth Bromley?

Un trio d'hommes aux visages durs se fraya un chemin au milieu de la foule. Ils se saisirent du colosse groggy pour le ramener devant le pub, redressèrent la seule chaise encore intacte et l'assirent dessus. De la vapeur s'échappait de son corps en sueur.

– Qui est Seth Bromley? La plus grande femmelette de Hackney! s'exclama joyeusement Sen en direction du géant. C'est ta maman qui t'a forcé à te battre?

Il releva la tête, piqué au vif, et la foudroya du regard avec son seul œil encore ouvert.

– Ne souille pas ma mère avec ton haleine fétide, sale petit rat de navire, grogna-t-il.

– Seth Bromley, Seth Bromley, la reine des mauviettes de Hackney! Il fait tout ce que lui demande sa maman, psalmodia-t-elle.

Everett avait déjà été le témoin des agressions verbales de Sen et il était surpris à chaque fois. Elle savait se montrer d'une cruauté mordante, avec une précision mortelle. Il se demandait si ses railleries et ses petites chansons sarcastiques étaient préparées à l'avance, afin d'être dégainées comme des couteaux en cas de besoin, ou si, à l'instar d'une guêpe, elle piquait par réflexe.

Le dénommé Bromley pointa le doigt sur elle.

– Je me bats pas avec les polones.

– Parce que le pied de cette polone t'a botté le postérieur, Seth Bromley !

– Mais je ferai une exception pour toi, espèce de petite…

Il bondit de sa chaise, poings serrés.

Au même instant, les hommes placés à l'extérieur du cercle se retournèrent et s'écartèrent aussitôt. Sharkey émergea de la masse humaine, sans se presser. Son chapeau était cabossé, la plume pendait sur le côté, brisée. Mais il ne portait aucun stigmate.

– « Gardez-vous de mépriser un seul de ces petits », dit-il en s'adressant au colosse.

– Je peux me débrouiller toute seule, Sharkey, affirma Sen.

– Vraiment, mademoiselle ? Si vous étiez seulement à moitié aussi douée pour vous sortir du pétrin que vous l'êtes pour vous y fourrer, je serais peut-être disposé à vous croire. Allez, on s'en va.

– Je veux regarder. C'est encore Mchynlyth, hein ?

– M. Mchynlyth, contrairement à vous, donaette, sait veiller sur lui, répondit Sharkey.

– Alors, qu'est-ce que vous faisiez ? lança Sen d'un ton de défi. Ce n'est pas votre genre de rester planté les bras croisés quand l'honneur de la capitaine est insulté.

– Où serait mon honneur si le charmant portrait de la fille de la capitaine était redessiné par un des Bromley ? répliqua l'Américain.

Mais Everett voyait que Sen avait fait mouche et que Sharkey était impatient de reprendre le combat.

– On va conclure un marché, dit ce dernier. Vous trouvez un endroit sûr pour regarder, et si vous ne dites rien à personne, je ne dirai rien non plus.

Sen lui serra la main d'un air solennel.

– Marché conclu.

La même main prit celle d'Everett et l'entraîna à toute vitesse vers une grue. Alors qu'ils grimpaient sur le portique, près de la cabine, Everett vit Sharkey s'élancer au cœur de la foule en braillant: «Pour Dundee, Atlanta et Saint Pio!» Suivi d'un cri de guerre qui ressemblait à un «*hourra*» mélangé à un glapissement: le son le plus étrange qu'Everett avait jamais entendu sortir de la gorge d'un être humain.

– Ah, ce vieux cri des Conféds, dit Sen. Je sais toujours pas ce qu'est ce Dundee.

Du portique de la grue, ils avaient une vue d'ensemble sur toute l'action. Tous les hommes du Grand Port de Hackney, et quelques femmes maintenant, étaient venus assister au spectacle. Ils formaient un ring chahuteur et braillard sur dix rangées. L'espace vide au centre se modifiait en permanence; les spectateurs reculaient ou avançaient par vagues, au gré des mouvements des combattants. Le vacarme était assourdissant. Trois hommes se trouvaient au centre de cette clameur. Deux d'entre eux étaient des colosses bruns, issus du même moule que Seth Bromley. Ils tournaient lentement autour du troisième... qui n'était autre que Mchynlyth. Sa combinaison de pilote orange était déboutonnée jusqu'au nombril et il avait noué les manches autour de sa taille. Son corps était couvert d'hématomes et de sang; sa peau luisait de sueur dans la lumière des lampadaires, malgré la froideur de cette soirée de décembre. Son regard était enflammé; ses yeux ne cessaient d'aller d'un Bromley à l'autre. Il sautillait, dansait, esquivait, se baissait pour éviter les coups; d'un bond, il se plaçait hors d'atteinte. Sans jamais cesser d'observer ses adversaires, avec un sourire de dément plaqué sur le visage.

– Allons, vils bâtards, c'est pas équitable... Je peux rosser n'importe lequel d'entre vous, mais deux à la fois? Battez-vous dans les règles, espèces de dégénérés!

– C'est qui ? interrogea Everett.

– Albarn Bromley et Keir Bromley, expliqua Sen. Les petits frères de Seth. Plus jeunes et plus costauds. Pas comme Kyle. Le petit dernier. C'est lui qui devrait se battre, mais jamais Kyle Bromley le Beau Gosse voudra risquer d'abîmer sa binebo.

Après avoir échangé un signe de tête, les deux Bromley se jetèrent sur Mchynlyth. Celui-ci évita sans peine leur attaque et se retrouva à l'autre bout du ring, sautillant. La foule applaudit. Everett avait mené des centaines de combats de ce genre, sur sa Xbox, contre Ryun, chez celui-ci, dans le confort de son salon, et non pas sur les pavés du Grand Port de Hackney, dans un froid glacial. Mais le principe restait le même. C'était un classique : la vitesse contre la force. Everett misait sur la vitesse. Le grand Ali avait gagné tous ses matchs de cette façon, dans les années 1970, quand la boxe était un super sport. Bouger en permanence, tel un papillon, fatiguer l'adversaire, encaisser les coups, survivre et repartir à l'assaut. Mais les frères Bromley étaient beaucoup plus costauds que Mchynlyth et ce dernier semblait presque aussi fatigué qu'eux. Surtout, ils étaient deux.

– Comment Mchynlyth a-t-il fait pour se retrouver dans cette situation ? demanda-t-il.

– Oh, c'est sûrement lui qui a commencé. Il a envie de se battre dès qu'il a un peu trop bu. Ou alors, quand il n'a pas bu, en fait. Il a dû tomber sur les frangins au pub et leur dire qu'Annie aimerait mieux épouser un rase-bitume que Kyle Bromley le Beau Gosse.

– La capitaine est fiancée ?

– C'est ce que croit la mère Bromley. D'après elle, tout est réglé. Kyle Bromley va épouser Anastasia Sixsmyth et, comme ça, l'*Everness* – le plus beau navire de tout le port, comme chacun le sait – rejoindra la flotte familiale. Joie ! Joie ! Seul problème...

– Personne n'en a parlé à la capitaine.

– Exact, Everett Singh. Ou plutôt, si, ils lui en ont parlé. Demande officielle et tout le tintouin. J'ai entendu la réponse d'Annie. Et je pense que la mère Bromley aussi, jusqu'au pylône 22. Ces Bromley, ils se prennent pour l'aristocratie de Hackney et ils croient que personne peut leur dire non. Pour eux, c'est une insulte. Noblesse oblige, etc. Si tu insultes Kyle, tu les insultes tous.

Sen serra le garde-fou de la grue à s'en blanchir les jointures quand Mchynlyth reçut un coup sournois dans les côtes. Il mit un genou à terre, en grimaçant, le souffle coupé. Les Bromley échangèrent un sourire et se rapprochèrent. C'est alors que Sharkey intervint, en bousculant les spectateurs. En trois enjambées, il traversa le ring et, d'un coup de pied bien ajusté, il fit trébucher Albarn Bromley et l'expédia au tapis, lourdement. Le colosse rugit, roula sur lui-même et, quand il voulut se relever, il se retrouva nez à nez avec le canon d'un fusil.

– « L'arc des puissants est brisé et les faibles ont la force pour ceinture », déclara Sharkey. Samuel, chapitre II, verset 4. Battons-nous à la loyale.

Il tint Albarn Bromley en joue pendant que Mchynlyth se redressait, étirait son cou, faisait craquer ses jointures, rouler ses épaules et se remettait en garde. La foule l'encouragea de plus belle. Keir Bromley fondit sur lui. Mchynlyth bloqua un crochet, pivota et décocha un coup de pied dans les côtes de son adversaire, à la manière d'un adepte de la boxe thaïe. Bromley recula en titubant.

– Tuez-le, Mac ! Tuez-le ! beugla Sen.

Mchynlyth profita de son avantage pour obliger Bromley à reculer en bloquant et en esquivant les coups. La foule se déplaçait en même temps qu'eux, à chaque attaque. Les « Oooh ! » succédaient aux « Aaahh ! ». Sen frappait du poing sur le garde-fou. Everett trouvait cette soif de sang incompréhensible et détestable. Certes, la vie dans le Grand Port de Hackney était dure, elle appliquait ses propres règles, rapidement et durement ; le mode de vie des Airishs était plus direct et passionné que tout ce qu'il pouvait connaître dans son univers de la classe moyenne londonienne, plus réservé, mais une fille ne devait pas appeler au meurtre ! Elle ne devait pas tirer plaisir de la violence physique. Une fois de plus, il s'interrogea sur le passé de Sen. Lorsqu'il l'avait interrogée, elle avait éludé la question, mais il avait bien vu son regard quand Seth Bromley avait lancé sa pique. Si elle avait pu lui arracher les poumons à mains nues, elle l'aurait fait.

– On loupe tout !

Le combat s'était déplacé à l'ombre des dirigeables, hors de leur champ de vision. Sen prit Everett par la main pour le faire descendre de la grue.

– Viens !

– C'est quoi, cette manie ? grommela le garçon. Tout le monde n'arrête pas de me dire : « Viens ! Viens ! »

Il la suivit malgré tout.

Sen dénicha un poste d'observation idéal sur une galerie qui entourait le premier étage d'un entrepôt. Everett sentait le métal rouillé grincer sous ses pieds.

Le combat remontait la rue maintenant : une mêlée humaine qui se déchiquetait et roulait au sol. Mchynlyth et Keir Bromley titubaient, ils avaient le corps meurtri, rouge de sang. Mais les spectateurs les poussaient à continuer, alors que les deux combattants n'avaient même plus la force de donner un coup. Everett était pris de nausée. Il n'y avait aucune noblesse dans ce combat, aucun honneur. Seuls le désir de faire mal, la rage permettaient aux deux adversaires de tenir debout. Ils émergèrent en chancelant de l'ombre du *Leonora*

Christine, dans l'air pur de la nuit. Le ring humain se disloqua et revint aussitôt se former autour d'eux. C'était horrible.

– Arrêtez ! hurla Everett. Arrêtez !

En tant que scientifique, il ne croyait pas à la magie. Pourtant, au moment même où il criait ces mots au-dessus de la foule, un jet d'eau provenant de nulle part envoya à terre Keir Bromley et Mchynlyth. Ils tournoyèrent sur les pavés, emportés par ce torrent. Puis le jet se braqua sur les spectateurs pour les obliger à s'éparpiller : on aurait dit des insectes morts chassés d'un pare-brise par un tuyau d'arrosage. Keir Bromley tenta malgré tout de se relever, mais le jet revint aussitôt sur lui, le clouant sur les pavés. Le combat s'était déplacé dans l'ombre de l'*Everness*. Perchée sur le monte-charge, à dix mètres au-dessus de la cohue, la capitaine Anastasia tenait un boîtier de commandes avec lequel elle orientait la valve d'un ballast. Elle actionna une manette et le jet à haute pression fit détaler les spectateurs.

– Fichez le camp ! leur cria-t-elle en faisant déguerpir les traînards avec des rafales de son canon à eau. Que vont penser vos épouses, vos fiancées et vos associés ? Honte à vous. Rentrez chez vous.

Elle ferma la valve. Un peu d'eau coula sur la coque de l'*Everness*.

– Monsieur Bromley, reprit-elle, dites à votre mère que ma réponse n'a pas changé. Vous ne m'aurez pas et vous n'aurez pas l'*Everness*. Bonsoir, monsieur. Monsieur Mchynlyth, je n'ai pas besoin de votre bravoure et je ne l'apprécie pas. Vous avez sali l'honneur de ce grand vaisseau. Vous, monsieur Sharkey, ne croyez pas que j'ignore votre rôle dans cette affaire. Je vous attends sur la plateforme de fret. Vous avez deux minutes pour vous rendre présentables. Quant à vous deux, Sen et monsieur Singh, cela sera retenu sur votre paie. L'eau des ballasts n'est pas gratuite, figurez-vous.

Le panneau de soute toucha le sol. Sharkey glissa ses fusils dans la doublure de son manteau. Il avait réussi à échapper au jet d'eau. Même son chapeau avait retrouvé sa forme initiale et il avait déniché une nouvelle plume quelque part. Keir Bromley repartit en traînant la patte, dégoulinant. Mchynlyth noua ses bras autour de son corps trempé jusqu'aux os. La chaleur du combat l'avait abandonné, une nuit claire et froide tombait sur Hackney. Il était saisi de frissons incontrôlables, mais il souriait. Sen et Everett furent les derniers à rejoindre le groupe sur la plateforme métallique. Sen donna un petit coup de coude à Mchynlyth, dans l'épaule. Il lui répondit par un clin d'œil. Anastasia appuya sur un bouton. Des treuils grincèrent, des câbles se tendirent. Tandis que le monte-charge les hissait vers le ventre immense du dirigeable, la capitaine ordonna :

– Monsieur Singh, dîner en privé dans ma latty, à votre convenance.

Son ton était sévère, mais Everett eut l'impression qu'elle souriait.

23

La capitaine et sa fille installaient les décorations de Noël. Everett les observait par la porte ouverte de la cuisine, tout en fouettant du chocolat chaud avec un bâton de cannelle. Des merveilles se cachaient dans les recoins des placards. Sen était perchée sur une échelle; Anastasia lui tendait des guirlandes et lui indiquait où les mettre. Elles bavardaient, comme si personne ne les écoutait. Elles parlèrent des cadeaux de Noël que chacun allait recevoir, et des petits plaisirs qu'elles s'étaient offerts. Elles parlèrent de la nouvelle cargaison en train d'être chargée à bord, en se demandant si elles auraient le temps de s'amuser un peu à Berlin, leur destination, car c'était une ville formidable; elles parlèrent également du dirigeable, difficile à manier en ce moment, à cause de la météo; elles évoquèrent les dernières nouvelles du Grand Port de Hackney, les histoires de Dona Miriam et d'autres ragots. Elles ne discutaient pas comme un capitaine et son pilote, ni comme une mère et sa fille: elles discutaient comme deux jeunes filles. Everett devait se rappeler en permanence qu'Anastasia était plus jeune qu'il le croyait; peut-être même n'avait-elle pas encore la trentaine. Soudain, le bâton de cannelle s'immobilisa dans le chocolat chaud. Everett fut submergé par une vague de solitude, si écrasante qu'il dut agripper le bord du comptoir, à deux mains, pour rester debout. Ses yeux s'emplirent de larmes. Ce dirigeable était leur maison, elles vivaient en famille. Certes, il possédait une cabine, mais pas de véritable vie ici. Sa famille se trouvait dans une pièce au vingt-deuxième étage de la tour Tyrone et à deux kilomètres d'ici... dans un autre univers. Éparpillée. Il était obligé de la briser pour la rassembler ensuite, mais ça, ils ne pouvaient pas le comprendre. Son père en était physiquement incapable : tout ce qu'il savait des mondes, c'était ce que Charlotte Villiers l'autorisait à savoir. Quant à sa mère, elle ne voyait qu'une chose : les deux hommes de sa vie avaient disparu en moins d'une semaine. Et Everett devait passer à l'action bientôt, avant que l'*Everness* s'envole pour Berlin. À l'époque de Noël, la surveillance était un peu moins stricte, la vigilance plus relâchée, une ambiance de fête prévalait. Il avait tout calculé. Il attribuerait une tâche à chaque passager de l'*Everness*, en fonction de ses talents et de ses capacités, et au dirigeable lui-même. Mais avant cela, il devait aller trouver la capitaine Anastasia dans ses quartiers, sans que Sen les espionne, l'oreille collée à la cloison, pour lui annoncer : « J'ai besoin de votre aide. » Il devrait lui expliquer précisément ce qu'il avait l'intention de faire, et pourquoi seuls l'*Everness* et son équipage pouvaient l'aider. Il savait déjà ce qu'elle répondrait : « Vous me demandez de mettre en danger mon navire, mon équipage, ma fille ? » Et il ne pourrait répondre qu'une chose : « Oui. » Présenté de cette façon, Everett lui-même refuserait. Mais le temps passait. Mchynlyth, consigné à bord jusqu'au moment du départ, de même que Sharkey, en guise de punition après la bagarre avec les frères Bromley, avait passé toute la journée de la veille à acheter de l'hélium au Bureau du gaz, le monopole d'État qui contrôlait l'approvisionnement. Everett devrait bientôt exposer sa requête. Il redoutait cet instant. L'angoisse le rongeait. Il se remit à remuer le chocolat chaud et faillit lâcher le bâton de cannelle en entendant son nom :

– Monsieur Singh !

Anastasia l'appelait. Il apporta les tasses fumantes. La station météorologique de Dunsfold signalait une zone de hautes pressions ancrée au-dessus du sud-est de l'Angleterre, un ciel dégagé, des vents faibles et des températures en chute libre. Ce matin, au réveil, Everett avait ôté le givre sur le hublot de sa latty en émergeant des profondeurs de son hamac. En plein labeur à l'extérieur, Sharkey et Mchynlyth grelottaient malgré leurs cinq épaisseurs de vêtements. L'Américain supervisait une équipe de dockers qui transportaient des containers sur la plateforme de fret, tout en maniant la grue interne de l'*Everness* pour les répartir de manière égale autour du centre de gravité du navire. Mchynlyth s'affairait dans la soute, au cœur du système de distribution électrique, avec des tensiomètres, des câbles de dérivation et son langage si particulier qui donnait toujours l'impression qu'il jurait. Le froid s'était même infiltré à l'avant du dirigeable, dans les quartiers de l'équipage. Sen portait d'épais collants en laine grise, un pull-over trop grand dont les manches lui couvraient presque les mains, et une écharpe. Le seul endroit chaud était la cuisine pleine de vapeur. Anastasia but une gorgée de chocolat brûlant parfumé à la cannelle. Elle ferma les yeux de bonheur.

– Monsieur Singh, ce chocolat est rudement bon. D'où vient ce léger goût épicé ?

– Du piment. Une pincée. J'ai goûté ça une fois dans un café de Seattle.

– J'ai une mission pour vous, monsieur Singh. Noël arrive et il nous faut du bona manjarry. Votre grand-mère pendjabie a-t-elle des recettes pour accommoder la dinde ? Allez faire un tour au marché de Ridley Road et voyez ce que vous pouvez dénicher. Prenez beaucoup de légumes frais. Sen ne mangerait que de la viande et des féculents si je la laissais faire.

– C'est faux ! protesta la jeune fille. J'aime les légumes. Quand même.

– Frais, verts et de saison, monsieur Singh.

La capitaine sortit des billets de son portefeuille, une sorte de merveilleuse boîte magique qui s'ouvrait dans un sens, se refermait dans un autre, puis s'ouvrait d'une troisième façon, faisant apparaître à chaque fois de nouvelles poches, de nouveaux compartiments, de plus en plus profonds. Infundibulesque.

– Si vous n'avez pas assez, tous les commerçants de Hackney me font crédit, mais j'aimerais mieux que vous ne dépassiez pas le budget. Connaissez-vous la première loi des Airishs ?

– Tu n'emprunteras ni ne prêteras ? proposa Everett.

– Non, monsieur Singh, même si c'est un sage dicton. C'est beaucoup plus prosaïque : le fric est roi.

Des poireaux, longs et droits, d'un bleu-vert poussiéreux. Du chou frisé d'Italie aux feuilles d'un vert si sombre qu'elles paraissaient presque noires. Des pommes de terre – fermes, meilleures pour accompagner d'autres légumes que les farineuses, plutôt destinées à être rôties. Il avait déjà une idée de menu. Des oignons, indispensables. Il fit son choix parmi une dizaine de variétés différentes, certains aussi plats qu'un turban, d'autres de la taille de son pouce. Il opta finalement pour un kilo d'oignons polonais à la peau sombre qui dégageaient leur arôme à travers le sac en papier.

– Ceux-là sont plus gros, pour le même prix, dit Sen en brandissant un oignon d'Espagne à la peau pâle, gros comme son poing.

– Trop gros. Ce n'est que de l'eau. Ce qui est gros n'est pas forcément meilleur.

– Pour moi, si.

De l'ail. En grande quantité. Du gingembre. On trouvait de tout au marché de Ridley Road. Chaque jour, à chaque heure, ce Hackney offrait de nouvelles découvertes. Ce marché, situé au-delà du pub des Chevaliers de l'Air (condamné par des planches désormais), derrière l'entrelacs de tuyaux, de valves et de citernes où le Bureau du gaz stockait son hélium, faisait partie des plus intéressantes. Non pas parce qu'il s'agissait d'un marché, mais parce que ce marché existait dans les deux univers que connaissait Everett. Si, dans *son* Londres, il se limitait à un double alignement d'étals, essentiellement antillais, et de boutiques fermées, dans ce Londres, c'était un bazar d'ethnies et de couleurs de peau, niché sous les arches et dans les ruelles étroites d'un centre ferroviaire complexe. Des passages menaient à des tunnels qui menaient à des caves et à des halls vastes comme des églises, construits sous les viaducs en brique rouge de la voie ferrée. La nourriture, les vêtements et les livres côtoyaient les appareils électriques défectueux, la quincaillerie, les ustensiles de cuisine et les outils étonnamment bon marché. On trouvait également de la vaisselle et des produits ménagers. Des jouets étaient suspendus au-dessus des étals. Des rouleaux de tissu formaient de grands empilements, ceux du haut écrasant ceux d'en bas. Des femmes buvaient du thé sous des voûtes de brique. Les trains qui passaient régulièrement au-dessus de leurs têtes ébranlaient le marché ; ils faisaient trembler les tasses et les services à thé sur les étals de porcelaine et les gouttes de pluie accrochées aux stalactites qui pendaient des joints en ciment des arches tombaient sur les passants. À cet endroit, le Grand Port de Hackney et le grand Londres se rejoignaient, se mélangeaient et se chicanaient. La mode urbaine se mêlait aux tenues de pirate des Airishs ; l'anglais traditionnel mâtiné de dizaines d'accents côtoyait le palari. Everett allait d'éventaire en étal, posant des questions, reniflant, soupesant, examinant, marchandant, avant de passer son chemin.

– Comment tu vois la différence ? C'est juste des patates et des oignons, gémit Sen.

Elle commençait à s'ennuyer.

– C'est juste du rouge à lèvres et du maquillage, et ça ne t'empêche pas d'ouvrir tous les pots.

– C'est différent. Ça s'appelle faire du shopping.

– Et ça, c'est quoi ?

– C'est faire les courses.

Après un moment de réflexion, elle demanda :

– Dans ton monde, tous les omis savent cuisiner ?

– Tu devrais poser la question à l'envers : est-ce qu'aucun omi ne sait cuisiner dans ton monde ? Moi, c'est mon père qui m'a appris.

– Ton père ?

– Et alors ?

– Rien. C'est juste que... Vous êtes des gens bizarres.

– C'est un des savoir-faire élémentaires de la vie. Tu as envie de mourir de faim au milieu d'un marché comme celui-ci parce que tu ne sais pas utiliser les ingrédients de base ?

– Pas moi, répondit Sen. Parce que j'ai la grâce et le charme. C'est ce que tout le monde dit. Mais parle-moi plutôt de ton père. On est censés voler à son secours et je sais juste que c'est un savant, que des méchants veulent s'emparer de lui et qu'il soutient une équipe de femmelettes appelée Tottenham Hotspur. Et aussi qu'il t'a appris à cuisiner.

– Mon père s'appelle Tejendra.

– Tu vois ? Tu ne m'avais même pas dit ça.

– Tu ne m'as pas dit le nom de ton père, toi non plus, fit remarquer Everett. Ni quoi que ce soit d'autre sur lui ou sur ta famille ; je ne sais même pas s'ils sont toujours en vie.

– Hmm. On parle de ton père pour le moment, répliqua

la jeune fille, alors qu'ils continuaient à longer les étals, vers les profondeurs du marché de Ridley Road. Si je suis censée t'aider à le sauver, j'ai le droit de savoir qui je sauve.

– C'est un nom pendjabi. *Singh* veut dire « lion ». Un nom très répandu au Pendjab. Pendjab signifie « cinq rivières », c'est un État situé dans le nord-ouest de l'Inde. Dans mon monde, il est partagé entre l'Inde et le Pakistan. Beaucoup de gens sont morts lors de la partition. Des millions. Une époque horrible, la pire de toutes. Je ne sais pas à quoi ressemble l'Inde dans ton monde. La famille de mon père vient d'un village situé exactement au centre des cinq rivières. En plein milieu. Ils sont tous partis vivre à Ludhiana avant la naissance de mon père. Il est né en Inde, mais il a quitté ce pays avant l'âge de cinq ans, alors il n'a pas beaucoup d'accent, mais ça ressort un peu quand il s'énerve. Il avait trois frères et deux sœurs ; ils ont grandi au-dessus d'un supermarché asiatique de Walthamstow, un quartier de Londres. Avec les parents, ça faisait donc huit personnes, plus deux tantes célibataires et un oncle qui venait de se marier, dans le même appartement. Les Pendjabis sont un peu les Airishs de l'Inde. Ils passent leur temps à crier, à se disputer et à se réconcilier, à faire la fête et à se battre. Ils vivent avec le volume réglé sur onze. Pourtant, si tu rencontrais mon père, tu ne pourrais pas deviner d'emblée qu'il est pendjabi, il n'est ni gros ni bruyant et il réfléchit beaucoup, mais si tu le voyais dans les gradins du stade pendant un match ! Et quand il parle de physique, de choses que personne d'autre ne comprend, mais qui sont ultra-importantes pour lui, on voit son visage s'enflammer.

« Comment te donner une image de ma famille du côté paternel ? Oui, je sais. Je vais te montrer comment ma grand-mère, mes oncles et tantes célèbrent Noël, même s'ils ne sont pas chrétiens, mais les Pendjabis ne perdent jamais l'occasion de faire la fête. Ils ne restent pas assis autour d'une dinde desséchée. Non, ce n'est pas un manjarry digne de l'occasion. C'est plutôt le genre petits plats dans les grands, comme si la reine allait venir. « Reçois toujours comme si tu recevais des princes », dit ma grand-mère Ajeet.

Everett balaya du regard les étals de viande et de volaille : les dindes rondes et potelées comme des fesses, les oies avec leurs têtes cachées sous leurs longues ailes osseuses, les tranches de bœuf épicé qui dégageaient des arômes de cannelle, les jambons percés de clous de girofle. Ses yeux pétillèrent quand il vit les faisans pendus par le cou, deux par deux, mâle et femelle.

– Depuis quand ils sont suspendus là, vos faisans ? demanda-t-il.

– Avec ce temps, environ neuf jours, répondit le marchand, un homme trapu et joyeux, avec des cheveux poivre et sel coupés en brosse.

Everett souleva un faisan mâle et le renifla.

– Ils viennent de la propriété de Lord Abercombie, précisa le marchand.

– Combien pour les quatre ?

L'homme donna un prix. Everett marchanda, se sépara de quelques-uns des billets donnés par Anastasia et repartit avec deux sacs en papier d'où dépassaient de magnifiques plumes.

– Ma grand-mère se demanderait maintenant : « Quel est le plat d'hiver le plus somptueux que je peux confectionner avec des faisans, quelque chose de royal et d'extravagant ? » Et moi, je penserais à une sorte de murgh makhani, mais avec du faisan à la place du poulet, et peut-être une feuille d'or comestible sur le dessus. Elle se dirait : « Il me faudrait du vert pour rehausser l'ensemble », mais moi, j'ai déjà mes poireaux et mon chou. Il me faut du riz aussi, un riz pilaf au parfum incomparable. Et du pain, car il n'y a pas de véritable repas pendjabi sans pain. Ensuite, ma grand-mère penserait: «Mangeons des douceurs pour parler avec douceur», et elle chercherait des ingrédients comme des graines de sésame, de la cardamome, de l'eau de rose, du beurre clarifié...

Tout en parlant, Everett continuait à sillonner le marché, remplissant ses sacs de divers produits, toujours en marchandant, jusqu'à ce qu'ils quittent les étals souterrains pour s'engager dans les ruelles qui débouchaient sur Dalston Lane. C'était le coin des vendeurs de vêtements; on y trouvait des couvre-chefs, des bandanas et des écharpes pour l'hiver, mais aussi des rouleaux de coton imprimé, de mousseline, de laine peignée et de taffetas.

– Un dernier détail, dit Everett en regardant l'alignement d'étals et les vendeurs emmitouflés dans leurs manteaux et leurs écharpes, coiffés de chapeaux, regroupés autour de tasses de thé qu'ils tenaient entre leurs mitaines. On ne peut pas servir un repas de prince sur une table de mendiant, il faudrait que je la décore. Mais je sais qu'à bord d'un dirigeable, chaque objet doit justifier son poids, alors je chercherais quelque chose qui soit beau et aussi léger qu'une plume. Quelque chose... comme ça.

Le magasin de saris se trouvait à l'extrémité du marché, au croisement avec Cecilia Road, là où débutait véritablement le Grand Port de Hackney. Il était tenu par une vieille femme tamoule frêle comme un oiseau. Elle portait un de ses propres saris, avec par-dessus un épais cardigan en tricot dans le style islandais et, dessous, des bottes fourrées. Elle joignit les mains pour faire le namasté. Everett la salua de la même façon.

– Bona, dit Sen.

La propriétaire de la boutique présenta ses saris l'un après l'autre. Les étoffes, aussi légères qu'une plume en effet, se déployaient tel un drapeau avant de se poser sur le bras d'Everett pour qu'il puisse les examiner. Sen se saisit d'un modèle tout blanc, d'une grande finesse, gansé d'or, et le tint contre elle. La femme tamoule lui montra comment le draper et le fixer autour de son corps. Ainsi vêtue, la jeune fille s'amusa à prendre des poses devant le miroir en pied.

– Bonaroo !

Everett opta finalement pour un sari noir brodé de fil argenté. Le vêtement alla rejoindre ses autres achats. Et voilà, les courses de Noël étaient terminées : faisans, chou, épices et beurre clarifié, un sari et du riz basmati. Il restait quinze shillings sur l'argent que lui avait donné la capitaine.

– Tu te demandes quel rapport il y a entre un repas de Noël pendjabi et mon père, dit-il. Le rapport, c'est lui. C'est moi. Tu ne l'as jamais rencontré, mais tu imagines sans doute un homme renfermé qui vit dans son monde, et je sais qu'à tes yeux, je ne suis pas un véritable omi, même si j'ignore ce qu'est un véritable omi, mais nous autres, on ne peut pas s'empêcher de tout faire en grand, qu'il s'agisse d'un repas de Noël ou de physique quantique. C'est pour cette raison que je suis ici, dans ton monde. Je ne pouvais pas rester les bras croisés. Chaque goutte de mon sang m'incitait à venir ici.

Pour une fois, Sen s'abstint de faire une remarque bien sentie. Elle se mordillait la lèvre et faisait tourner le bout de sa chaussure au milieu des pelures d'orange et des prospectus pour un spectacle de variétés au Hackney Empire. Elle n'osait pas le regarder. Finalement, elle l'enlaça, dans une étreinte de laine grise et de musc, et déposa un baiser appuyé sur sa joue.

– Tu es un véritable omi, Everett Singh. Tu **es** *in*.

Elle le repoussa en le sentant se raidir contre elle.

– Qu'est-ce qui t'arrive ? Je ne te plais pas ?

– C'est le Iddler.

Depuis qu'il vivait parmi les habitants du Grand Port de

Hackney, Everett avait entraperçu ce personnage aux allures de parrain assez souvent pour le reconnaître. Et il ne doutait pas un seul instant que le Iddler, accompagné ou non de ses gorilles, les avait vus également, Sen et lui, au cours de ses déambulations dans les rues. L'incident avec Sharkey avait émoussé son agressivité (dans le port, les nouvelles se propageaient plus vite que la grippe) et il était resté tapi pendant un moment, pour bouder. Mais c'était fini. Maintenant, il se pavanait. À cause de la femme qui marchait à côté de lui.

– Il n'est pas seul.

– Je n'ai pas peur d'eux.

– Ce n'est pas Evans et Van Vliet.

Everett avait appris les noms de l'homme à la voix gutturale et du Hollandais en même temps qu'il découvrait le visage de son ennemi.

– Dégagez !

Sen se retourna.

– Oh...

À côté du Iddler, grande et magnifique dans son manteau en renard argenté, avec ses bottes à talons hauts, ses gants gris perle et son rouge à lèvres de vampire au milieu de son visage glacial comme l'hiver, se tenait Charlotte Villiers. Rien n'aurait pu le faire ressembler autant à un crapaud mal fagoté qui sautillait sur les pavés. Derrière elle marchaient dix Missionnaires en uniforme. Leurs casques paraissaient grotesques dans les rues de Hackney, mais pas les matraques qu'ils tenaient à la main. Charlotte Villiers descendait Cecilia Street à grandes enjambées comme si aucune force dans l'univers ne pouvait la détourner de son chemin. D'ailleurs, les gens s'écartaient devant elle, comme ils l'auraient fait devant une lame de fond.

– Je parie que tu vas me dire : « Allez, viens ! » dit Everett.

– Exact. Allez, viens !

Sen se précipita derrière la boutique de saris, sous les arcades, où la propriétaire entreposait son stock et son matériel. Everett, les mains prises par les sacs de courses, lui emboîta le pas. Il vit les Missionnaires se mettre à courir. Charlotte Villiers, elle, gardait la même allure, implacable, en faisant claquer ses talons sur le sol. Sen l'entraîna entre des présentoirs métalliques où s'empilaient, jusqu'à la voûte, des balles de coton et de soie délicieusement odorantes. Une porte s'ouvrait sur un couloir, des toilettes, un salon de thé où des femmes visiblement frigorifiées étaient assises autour d'un minuscule téléviseur doté d'un énorme écran loupe monté sur un bras articulé, fixé au mur. Ils continuèrent à courir derrière les remises dans Sandringham Road.

– Tous ces passages communiquent, expliqua Sen. Ils ne nous retrouveront jamais ici.

Elle plongea à l'intérieur d'une remise remplie de cônes de laine à tricoter hirsute et poussiéreuse qui devait démanger terriblement, et déboucha dans la rue.

– Un jeu d'enfant ! fanfaronna-t-elle.

Ils avaient émergé sur la petite place où Amhurst Road rejoignait Dalston Wharf. Dans leur dos, il y avait de l'eau. Et d'autres Missionnaires entre eux et Andre Street. À la tête de ce détachement se trouvait le mystérieux clone de Charlotte Villiers, encore plus ressemblant, jusqu'au moindre détail, dans la lumière du soleil bas qui dardait ses rayons sur la centrale électrique d'Amhurst Road.

– Je hais les sharpies ! brailla Sen dans un acte de défi. OK. On monte.

Elle devait connaître l'emplacement de tous les escaliers de secours de l'East End, pensa Everett. Elle débloqua l'escalier métallique qui descendit de la galerie située au deuxième étage de l'entrepôt qui bordait les trois côtés du bassin. Elle s'arrêta au milieu des marches.

– Pourquoi tu t'encombres avec tes sacs ? cria-t-elle. Lâche-les !

– Je n'ai pas envie de repayer quatre livres pour quatre faisans.

En disant cela, Everett serra ses sacs contre lui. Sen secoua son énorme tignasse de boucles décolorées. Et ils reprirent leur fuite. Deux sharpies les suivirent, prudemment. Le vieil escalier en fer grinçait sous leur poids d'adultes. Le reste de la brigade, emmené par l'homme qu'Everett avait baptisé Charles Villiers, les suivit en restant sur le plancher des vaches.

– Dommage que vous n'ayez pas un site Internet baptisé Télé-clichés, haleta Everett, sur les talons de Sen.

– Il gaspille sa salive pour marchander et maintenant il jacasse !

– C'est un site qui recense toutes les astuces de scénario qui reviennent sans cesse dans les romans, les films ou les bandes dessinées. Il y en a une qui s'appelle « Perché ». C'est quand les gentils qui cherchent à s'enfuir montent sur un toit, et tous les méchants sont obligés d'attendre qu'ils redescendent... comme un chat perché dans un arbre.

Sen vit Charlotte Villiers et ses Missionnaires tourner au coin de l'entrepôt, à l'autre extrémité du quai. Le Iddler avait disparu. Il avait accompli sa tâche : il avait fidèlement orienté la police. Lui seul connaissait le Grand Port de Hackney aussi bien que Sen. Charlotte Villiers sembla parler dans son col de fourrure et trois sharpies prirent position au pied de l'autre escalier de secours, au bout de la jetée.

– Un chat perché dans un arbre, monsieur Télé-clichés ? Eh bien, suivez cette polone.

Elle bondit sur le garde-fou et se hissa par-dessus la gouttière pour atteindre les plaques d'ardoise du toit. Un sac entre les dents, l'autre passé autour du coude, Everett la suivit. Sen montra, au loin, coincé entre les viaducs des voies ferrées, un échafaudage installé contre un des murs de l'entrepôt du canal.

– Allez, viens!

«Évidemment», se dit Everett. L'échafaudage était un ascenseur de couvreur: une simple plateforme mue par un treuil. Un moyen de fuite.

– Comment tu le savais? demanda-t-il.

– Les Airishs regardent toujours en l'air. Les rase-bitume, jamais. C'est ça, notre secret.

Soudain, le treuil grinça bruyamment. La plateforme s'ébranla. Sen se précipita, mais le temps qu'elle atteigne l'échafaudage, l'ascenseur était descendu, inaccessible. Elle toisa le Iddler tout en bas. Celui-ci lui adressa un clin d'œil et releva sa mèche d'une chiquenaude.

– Télé-clichés? ironisa Everett.

Il se trouva mesquin et cruel. «Pas de railleries. Réfléchis, plutôt. Il y a toujours une échappatoire. Toujours.»

Charlotte Villiers et ses sharpies arrivèrent au pied de l'échafaudage.

– Ayez au moins l'obligeance de descendre, ordonna-t-elle. Je ne veux pas risquer de casser un talon en montant vous chercher.

– Comment elle a eu l'idée de venir ici, chez les Airishs? chuchota Sen.

– Elle t'a vue, souviens-toi. Dans la tour Tyrone. La veste, les leggings, les bottes et mon téléphone. Pas besoin d'être un génie pour comprendre.

– Alors, qu'attendez-vous pour descendre, monsieur Singh? lança Charlotte Villiers.

– Désolée, Everett, dit Sen à voix basse.

C'est alors qu'il entendit le bruit. Au moment précis où le désordre laissait place à l'ordre, quand des dizaines, des centaines d'Airishs ayant abandonné leurs activités pour sortir dans la rue se mirent à marcher en cadence. Le bruit de leurs pas résonnait contre les parois des viaducs, s'enroulait autour des jetées et des bassins. Un défilé. Une armée. On était à Hackney. À Airishville. Là où toutes les lois s'arrêtaient. Où les gens vivaient selon leurs propres règles, leur propre justice, plus brutale et immédiate que celle de la police et des tribunaux, mais pas moins efficace ni plus injuste. Cet arrangement avait été conclu il y avait bien longtemps, quand les transporteurs aériens avaient bâti un port à l'orée du Londres raffiné, au milieu d'individus rustres et brutaux qui se moquaient des lois et des règlements. Cet accord reposait sur une simple poignée de main, et la parole donnée, mais il était strictement et efficacement respecté depuis un siècle que les dirigeables survolaient le gigantesque bazar de Hackney. Le marché de Ridley Road était une zone tampon où les Londoniens et les Airishs se mélangeaient, chacun observant ses propres us et coutumes. De part et d'autre, la frontière était tranchante comme du verre brisé. Pourtant, Charlotte Villiers et sa police métropolitaine venaient de violer une règle tacite et Hackney se levait pour se défendre.

L'armée en mouvement pénétra dans Canal Place. Charlotte Villiers elle-même, malgré son sang-froid, demeura interloquée. Les hommes s'alignaient sur vingt rangs au moins, armés de douves de tonneaux, de bouteilles, de pavés, de morceaux de meubles brisés provenant des Chevaliers de l'Air. Cette bagarre ne s'était pas conclue correctement, à la manière de Hackney. Son énergie flottait encore dans les rues, comme de la fumée. Elle s'accrochait aux poings de la populace. À sa tête se trouvait Appening Ed, un individu trapu qui ressemblait à un terrier, délégué syndical et avocat (même si sa salle de tribunal favorite avait été réduite en pièces par l'affrontement entre les Bromley et l'équipage de l'*Everness*), un fauteur de troubles, un homme qui voulait être au centre de tout. Dans le Grand Port de Hackney, il incarnait ce qui se rapprochait le plus d'un politicien. Mais, surtout, il avait du mal à gérer son agressivité.

– Stop ! lança Charlotte Villiers.

La foule s'arrêta net. Appening Ed lui-même demeura bouche bée, tant le ton de cette femme était autoritaire.

– C'est pas à vous de nous dire ce qu'on doit faire, polone ! répliqua-t-il. Ici, on est à Hackney.

Un murmure d'approbation parcourut la foule.

– Silence ! rugit Charlotte Villiers.

Et le silence se fit, par le simple pouvoir de cette autorité. Elle s'avança pour affronter Appening Ed.

– Il s'agit d'une affaire qui concerne la Plénitude. Ne vous en mêlez pas.

– Ça pourrait concerner le Très Cher, vous pouvez pas débarquer ici avec vos sharpies comme si vous étiez chez vous. C'est pas votre juridiction.

– Je vous conseille fortement de ne pas entraver la bonne exécution de notre opération, dit-elle.

La foule ne retint qu'un seul mot : « exécution », et elle fut parcourue par un murmure, qui enfla pour se transformer en éclats de voix. Des poings se dressèrent, agitant des pavés et des bâtons. Une bouteille se brisa aux pieds de Charlotte Villiers. Elle ne tressaillit même pas. D'un geste à peine perceptible, elle fit apparaître une arme à feu dans sa main gantée. Ce n'était pas le pistolet élégant, décoratif, qu'elle avait braqué sur Everett pour essayer de l'empêcher de sauter à travers la porte de Heisenberg. C'était une petite chose toute noire venue d'ailleurs.

– Oh, la violence du système apparaît clairement ! dit Appening Ed. Eh bien, polone...

À son tour, il avança vers Charlotte Villiers, d'un pas décidé, menton en avant, doigt menaçant, débordant de fureur. Malheureusement, il mesurait une tête et demie de moins qu'elle.

– Je vais vous arracher ce pistolet à bouchon et vous l'enfoncer dans...

Un gémissement strident vrilla les tympans d'Everett, comme si on lui introduisait une épingle dans l'oreille. Il vit un disque de lumière envelopper Appening Ed. Et celui-ci disparut. Volatilisé.

– Oh, bon sang de bonsoir ! s'exclama Sen. Je pensais pas que ça existait pour de vrai.

– Quoi donc ?

– Un expulsor. Oh, là là là...

Le choc passé, la foule poussa un rugissement animal et s'élança. Charlotte Villiers leva calmement son arme.

– Je peux obtenir un rayon aussi large que je le souhaite.

La foule se figea.

– Où est Ed ? lança quelqu'un.

– Faites-le revenir ! cria quelqu'un d'autre. Immédiatement, espèce de sorcière !

Charlotte Villiers sourit.

– Même si je le voulais, je ne pourrais pas. Car, voyez-vous, j'ignore totalement où il se trouve.

Des bâtons et des bouteilles fusèrent. Des pavés retombèrent avec fracas autour d'elle. Les bouteilles explosèrent comme des grenades. Aucun projectile ne l'atteignit. Dans sa main, le pistolet ne tremblait pas.

– Fichez le camp maintenant, ordonna-t-elle. Je vais tirer. Voulez-vous revoir vos enfants, vos maîtresses ? Du balai.

– C'est quoi, ce truc ? demanda Everett à voix basse, sur la passerelle.

– Ça te tue pas. Ça t'envoie juste très loin, mais tu peux pas revenir.

Une bouteille décrivit un arc de cercle dans les airs et

mit fin à ce moment d'indécision. Le projectile atteignit Charlotte Villiers à la joue, violemment. Elle chancela. Une clameur monta de la foule. La femme porta sa main à son visage et la retira rouge de sang. Hébétée, elle regarda ses doigts écarlates. Les policiers se précipitèrent pour l'entourer, matraques dressées, prêts à frapper. Sous une pluie de missiles divers, ils se replièrent derrière le coin de l'entrepôt. Quelques Airishs, parmi les plus jeunes et téméraires, les poursuivirent, mais en repensant au terrible pouvoir du petit pistolet de Charlotte Villiers, ils s'arrêtèrent et se contentèrent de lancer des pierres, accompagnées de railleries, sur les sharpies qui battaient en retraite.

– Retournons à l'*Everness*, dit Sen.

Sans attendre l'ascenseur, elle traversa le toit de l'entrepôt en sens inverse, jusqu'à la galerie qui faisait le tour du bassin.

– Je ne comprends toujours pas ce qu'elle faisait ici, lança Everett dans son dos. Et je ne sais toujours pas ce qu'est un expulsor.

Sen s'arrêta sur le faîte du toit ; leurs silhouettes se découpaient sur le ciel hivernal.

– C'est une arme de la Plénitude. Censée être inoffensive. Comme je te le disais, elle te tue pas. Sauf qu'elle t'expédie au même endroit dans un univers parallèle choisi au hasard. *Pif paf,* envolé. Et tu reviens plus jamais. Voilà l'histoire. Tu parles d'une arme inoffensive ! Tu te retrouves pas seulement dans un des Neuf... pardon, un des Dix Mondes. Ça peut être n'importe lequel de ceux que tu as dans ton comptator. Genre, un endroit sans air, ou au milieu de l'océan, ou recouvert de glace, ou en pleine guerre ou je ne sais quoi encore. Mais bon, c'est pas comme si elle te tuait pour de vrai.

L'imagination d'Everett s'emballa pendant qu'il suivait Sen de toit en toit, puis sur la galerie et dans la rue, au milieu de l'agitation du Grand Port de Hackney. Charlotte Villiers savait qu'il était ici. Et grâce au Iddler, elle savait exactement à bord de quel dirigeable il vivait, à quel emplacement. Elle n'avait pas dit son dernier mot. Elle reviendrait, plus rusée encore, plus puissante. Elle ne renoncerait pas. La prochaine fois, elle se rendrait directement à l'*Everness*, avec des renforts, afin que personne ne puisse l'humilier comme aujourd'hui. Conclusion, il devait bouger. Le Iddler, les Bromley et maintenant Charlotte Villiers et son organisation secrète... tout le monde en avait après Anastasia Sixsmyth. Il devait lui annoncer qu'elle ne serait plus jamais en sécurité dans le Grand Port de Hackney. Il l'avait entendue parler de Berlin avec Sen : elle adorait cette ville, elles y prenaient du bon temps. Il fallait fuir à Berlin. Mais ce ne serait peut-être pas assez loin. Bientôt, très bientôt, plus tôt que prévu, il devrait parvenir jusqu'à son père, puis atteindre la porte, retourner récupérer sa mère et Victory-Rose, et quitter pour de bon la Plénitude. Il devrait aller dans un endroit qu'ils ne trouveraient jamais et où ils ne pourraient pas le suivre, comme s'il avait été frappé par le rayon de l'expulsor. À cette différence près que la destination ne serait pas aléatoire. Elle serait choisie avec soin, énormément de soin. L'expulsor. Quelle était donc cette arme insensée ? La technologie de E3 en matière de sauts était très avancée, mais il s'agissait là d'une porte de Heisenberg de la taille d'une arme de poing que vous pouviez glisser dans une poche ou un sac. C'était un objet venu d'ailleurs. Son fonctionnement était-il uniquement aléatoire ou pouvait-on le programmer ? Et s'il le reliait à l'Infundibulum ? Un pistolet qui pouvait vous expédier n'importe où dans la Panoplie ? C'était un truc de fou. « Pense plutôt à Anastasia. Tu es sur le point de lui annoncer qu'elle doit renoncer à son monde. Comment vas-tu t'y prendre ? » Everett s'arrêta au milieu de la rue. Ses coudes et ses épaules lui faisaient mal. Pourquoi ? Obnubilé par ses plans, ses stratégies et ses hypothèses, il en avait oublié qu'il portait toujours les sacs de courses. Des ingrédients pour un repas de Noël que personne ne mangerait. Mais s'il les abandonnait, la capitaine lui poserait des questions avant qu'il ait eu le temps de préparer des réponses convaincantes. Et même si elle ne goûtait jamais au faisan makhani, le sari lui plairait peut-être.

24

Everett était debout devant l'évier, en train d'essuyer des tasses à café (il n'y en avait pas deux pareilles et elles étaient toutes ébréchées), quand il perçut le changement : une légère perturbation à peine perceptible qui ne le déséquilibra même pas et rida à peine la surface de l'eau savonneuse dans le bac à vaisselle, mais il sentit, au creux de l'estomac, qu'il n'était plus relié au sol. Il approcha du hublot. Les toits d'ardoise et les verrières des entrepôts défilaient sous lui. La passerelle qui, jusqu'à présent, rattachait l'*Everness* au pôle d'amarrage se balançait sur le côté du portique, et de l'eau des ballasts s'échappait par les tuyaux. Des étincelles crépitaient autour de la borne de rechargement électrique. Un docker portant un gilet orange fluorescent, un casque en cuir et des lunettes d'aviateur parlait dans un talkie-walkie ; il salua Everett d'un geste quand celui-ci passa au-dessus de lui. Les rotors pivotèrent sur leurs axes. Le dirigeable changea de cap tout en prenant de l'altitude. Il survola l'arrière du *Leonora Christine*. Tandis que l'*Everness* tournait sur lui-même, tout le Grand Port de Hackney apparut dans l'encadrement du petit hublot embué de la cuisine, comme un diaporama. Vus d'en haut, les quatre dirigeables amarrés au même dock ressemblaient à des pétales. Hackney était un champ parsemé de fleurs colossales. Les rails de chemin de fer couraient telles des veines argentées sur les viaducs et les voies suspendues. Les toits s'étendaient jusqu'à l'infini ; ici brillait le filament d'un canal, là les lignes à haute tension formaient un treillis. Bientôt, la masse gigantesque, monolithique, de Haggerstown passa devant ses yeux. Ils avaient encore pris de l'altitude et les tours de Londres apparurent, des blocs d'immeubles de bureaux, qui jouaient des épaules comme des voyous, jusqu'à la cathédrale St. Paul, qu'ils tyrannisaient avec leurs statues de dieux, d'anges et de gargouilles, et d'un bout à l'autre de Fleet Street jusqu'au Strand, des rives du fleuve jusqu'aux palais gouvernementaux de Whitehall. Dominant tout cela, d'une finesse improbable, il y avait la flèche du port aérien de Sadler's Wells, chargée de dirigeables amarrés. À l'ouest se massaient les gratte-ciel de Bloomsbury. Everett aperçut la pointe dentelée de la tour Tyrone. L'exaltation se transforma alors en sentiment d'horreur.

– Non, vous ne pouvez pas décoller maintenant ! hurla-t-il dans le petit cercueil de bois de la cuisine. Vous ne pouvez pas partir déjà ! Je dois... Faites demi-tour ! Faites demi-tour !

Il martela la coque. La structure en nanocarbone absorba ses coups et ne les lui rendit même pas, tandis que l'*Everness* poursuivait son ascension, en douceur, comme si flotter était la chose la plus naturelle au monde. Everett voyait maintenant les marais scintillants de givre, la boucle du fleuve à la hauteur de Greenwich, et sa longue course jusqu'à la mer. Les rotors se mirent en position horizontale pour le vol. Pourtant, Sharkey avait dit que le chargement ne serait pas terminé avant demain ! Il s'agissait donc d'un départ précipité. Everett jaillit hors de la cuisine, sur la passerelle avant, et gravit deux par deux les marches de l'escalier en colimaçon menant au poste de pilotage. La porte du pont était ouverte. Tous les moniteurs étaient allumés, des indications en caractères verts clignotaient à travers les loupes grossissantes. En entendant arriver Everett, Sharkey leva les yeux de son poste. Sen se tenait à la barre, un levier de contrôle dans chaque main. La capitaine Anastasia était plantée devant la grande vitre incurvée, les mains dans le dos.

– Que se passe-t-il ? s'écria Everett. Où va-t-on ? Vous ne pouvez pas partir maintenant !

La capitaine ne se retourna pas, elle ne bougea pas le moindre muscle en réaction à cette intrusion.

– Monsieur Sharkey, dit-elle d'une voix contenue mais menaçante, veuillez raccompagner M. Singh à la cuisine. Et s'il vous importune d'une quelconque manière, enfermez-le pour toute la durée du vol. Monsieur Singh, je ne tolère rien sur mon pont dont je ne reconnaisse la beauté ou l'utilité. Votre langage déplacé vous a desservi, mais je vous offre l'occasion de vous racheter. Apportez-moi un chocolat chaud. Ici même, illico.

– Qu'est-ce qui se passe ? demanda Everett, alors que Sharkey le saisissait brutalement par le col pour l'emmener. Je ne l'ai jamais entendue parler de cette façon.

Le responsable du pesage attendit qu'ils soient hors de portée de voix pour murmurer :

– « Méfie-toi de lui et obéis à sa voix, ne le provoque point, car il ne pardonnera pas ta transgression. » Je l'ai déjà entendue parler comme ça. Rarement, il est vrai, et toujours de manière mémorable, mais je l'ai déjà entendue. Et vue aussi.

Sharkey ouvrit la porte de la cuisine pour laisser entrer Everett dans le réduit et il la referma sur eux.

– Vous avez intérêt à préparer le meilleur chocolat chaud de votre vie, monsieur. J'en prendrai un, moi aussi.

Everett fit fondre du chocolat, y ajouta de la crème, en le fouettant, jusqu'à le rendre onctueux et brillant, puis il versa quelques gouttes de sirop d'érable épicé. Pendant ce temps, l'*Everness* survolait les immenses docks de Silverton, un ensemble géométrique de quais, de bassins et d'écluses.

– Pourquoi avons-nous décollé ? Où allons-nous ?

Sharkey mordilla sa lèvre inférieure.

– À Goodwin, monsieur. Le Banc de sable de Goodwin. « Le bruit y court toujours, sans que nul le contredise, qu'Antonio a perdu dans le détroit un navire richement chargé à l'endroit qu'ils nomment, je crois, les Goodwin ; un bas-fond dangereux et fatal, où sont ensevelis les carcasses d'une multitude de gros navires… »

– C'est dans la Bible ?

– Non. Shakespeare. *Le Marchand de Venise*. Je connais tout Shakespeare également. Et Milton. Et *Moby Dick*. Mais généralement, je les laisse de côté. Seuls les psychopathes, les farfelus et les sociopathes citent Shakespeare. Le Banc de sable de Goodwin se trouve à dix kilomètres des côtes du Kent. Et c'est vrai pour de nombreux dirigeables comme pour les navires de commerce d'Antonio. On raconte qu'à marée basse, on peut voir leurs membrures, leurs colonnes vertébrales et leurs squelettes dépasser du sable. Et c'est là où nous allons, mon ami. Parmi toutes ces choses que Mlle Sen vous a enseignées sur le mode de vie des Airishs, a-t-elle mentionné le mot kris ?

– J'ai entendu parler de l'amriya.

Everett servit à Sharkey une toute petite tasse de chocolat chaud, épais, sucré et épicé. L'Américain but une gorgée et ferma les yeux de bonheur.

– Ce chocolat, monsieur, est tout bonnement divin. Kris… vous avez partiellement raison ; à bien des égards, c'est comme une amriya, en ce sens qu'on ne peut pas la refuser. Sans se déshonorer. Un kris est une provocation en duel. Un duel de dirigeables. Personne n'a exigé un kris depuis une génération, mais la mère Bromley, cette vieille sorcière, se targue d'incarner le cœur et l'âme du Grand Port de Hackney, et d'être la seule à se souvenir des anciennes coutumes. En tout cas, elle s'est souvenue de celle-ci. Elle a notifié le défi dans les règles, par l'intermédiaire de son fils cadet, Kyle Bromley. Surnommé le Beau Gosse. Il a prononcé le nom d'Anastasia trois fois ; le parchemin était soigneusement fermé par trois rubans rouges et tout était formulé dans le plus officiel et le plus correct des langages. « Suite aux insultes, blessures et affronts que j'ai endurés, émanant du cœur, des mains et de la bouche de la capitaine de l'*Everness*, je provoque en kris la capitaine Anastasia Sixsmyth ; il est donc de son devoir, juste et impérieux, d'offrir satisfaction à la capitaine de l'*Arthur P* en un combat aérien, ici même, de navire à navire, de main à main et de cœur à âme, dans ce lieu consacré par l'usage, à trois heures, cet avvo. Si elle ne se montre pas, que sa coque soit transpercée par d'innombrables barbelés et son gaz vidé, sa membrure brisée et ses moteurs tordus, que son nom soit honni et déshonoré, que tous fuient devant son ombre, de génération en génération. » Elle a le sens de la formule, la mère Bromley. Dommage que ses fils n'aient pas hérité de son cran.

– Quand est-ce arrivé ?

– Pendant que vous faisiez les courses pour le repas de Noël. Kyle Bromley est venu en personne, ce sale rat, avec un sourire jusqu'aux oreilles. Il peut s'estimer heureux d'avoir encore des oreilles, d'ailleurs, après la raclée que nous avons filée à ses frères, Mchynlyth et moi. Évidemment, ça veut dire que je suis en partie responsable… « Suite aux insultes, blessures et affronts… » Vous pensez avoir vu la capitaine en colère contre vous à cause de votre impertinence tout à l'heure sur le pont… Détrompez-vous. Vous auriez dû la voir quand ce misérable morveux lui a remis le document ! Lui, épouser la capitaine Anastasia ?

– Un duel de dirigeables, dit Everett en remplissant soigneusement la tasse d'Anastasia de chocolat chaud.

Il essuya une petite goutte avec du papier absorbant.

– Les règles sont relativement simples, dit Sharkey. Le vainqueur remorque le vaincu jusqu'au port ou bien il gît, brisé et broyé, sur le Banc de sable de Goodwin. Quant à la façon de faire, nous avons entière liberté. (Il vida sa tasse.) Mais revenons-en à Annie. Elle aura besoin de tous les bras, y compris les vôtres, monsieur Singh.

La capitaine se tenait toujours devant la grande baie vitrée quand Everett retourna sur le pont, plus discrètement cette fois. Comme précédemment, elle sembla ignorer sa présence, mais elle tendit la main, sans un mot. Everett lui donna sa tasse de chocolat et recula. Elle but une gorgée. Il l'entendit inspirer profondément.

– Dans votre monde, monsieur Singh, avez-vous une chose comparable à celle-ci ?

L'*Everness* suivait le tracé de la Tamise en glissant au-dessus de champs gelés. Ils approchaient maintenant de la trouée, éclatante et argentée, que formait le fleuve à la hauteur de Dartford, dans le mur des centrales électriques et des cheminées. Les dirigeables volaient plus bas et plus lentement que les avions ; leur altitude de croisière se situait à environ mille mètres. Everett essayait d'estimer leur vitesse en regardant passer les champs, les villages et les routes sous leurs pieds. Cent cinquante, deux cents kilomètres / heure ? Il renonça. Ce spectacle était hypnotique. Les avions vous emmenaient trop haut, vous ne voyiez plus les détails, vous étiez déconnecté de la Terre. Mais du pont de l'*Everness,* on apercevait les trains qui fonçaient sur leurs voies, le reflet du soleil bas sur les rails. Des voitures et des camionnettes suivaient les rues sinueuses des villages. De la fumée s'échappait des cheminées des maisons, droite comme un trait de crayon dans l'air immobile. Un énorme tracteur à vapeur traversait un champ et des mouettes longeaient le sillon tracé par le soc, à la recherche de grains de blé. Tout était calme. Les rotors électriques ne faisaient quasiment aucun bruit. Everett entendait le fracas d'un train, les cris des mouettes, le tintement d'une cloche d'église. C'était comme quand vous rêviez que vous voliez; vous leviez les bras, simplement, et parce que c'était un rêve, vous décolliez du sol. Aussi léger que l'air.

– Non, madame, répondit Everett. Rien de tel.

Il aurait juré qu'elle avait souri.

– Mademoiselle Sixsmyth!

– Oui, capitaine, lança Sen de son poste de pilotage.

– Maintenez le cap. Altitude normale pour la traversée de l'Anneau de Fumée.

À l'attention d'Everett, elle ajouta:

– Air toxique, monsieur Singh.

Sen actionna les leviers de contrôle.

– Altitude standard six mille pieds, madame.

Le sol s'éloigna sous eux sans aucune sensation physique d'ascension. L'*Everness* approchait de l'immense mur de cheminées et de tours de refroidissement. À cette hauteur, Everett apercevait toute la courbe: ce n'était pas un trait qui barrait le monde, mais une véritable muraille. Pour enfermer ou protéger? se demanda-t-il. Sen fit franchir au dirigeable la couche de smog orange où les fumées de chaque haut-fourneau se mélangeaient et mêlaient leurs composantes chimiques. L'*Everness* trembla au milieu des courants d'air chaud émanant des tours de refroidissement. La tasse de la capitaine vibra dans la soucoupe. Elle but une autre gorgée de chocolat, en regardant Everett comme pour le défier de se tenir à quelque chose. Il plongea le regard dans les gueules noires et béantes des cheminées tout en bas. Le vaisseau trembla de nouveau, puis ils émergèrent enfin de l'Anneau de Fumée.

– Bona air, monsieur Singh, déclara la capitaine.

– J'ai l'*Arthur P* sur la caméra 10, annonça Sharkey.

Un moniteur fixé au bout d'un bras articulé au-dessus de la vitre clignota, puis fit apparaître une image prise par-dessus l'empennage de l'*Everness*. Un énorme dirigeable approchait de front, plat et menaçant comme un requin. Le blason sur la proue représentait un dragon enroulé autour d'un globe terrestre couronné.

– Ils gagnent du terrain, dit Sharkey. Vitesse au sol : deux cent quatre-vingt seize.

– Calquez notre allure sur la leur, mademoiselle Sixsmyth. Personne ne pourra dire que l'*Everness* lambine comme une truie que l'on conduit au marché. Monsieur Sharkey, informez-moi si l'*Arthur P* modifie sa vitesse.

– À vos ordres, madame.

Sen poussa doucement sur les commandes des gaz jusqu'à ce que les chiffres indiqués sur ses écrans verts grossissants correspondent à la vitesse souhaitée.

– Objectif dans dix-neuf minutes, annonça-t-elle.

Everett découvrait une Sen qu'il ne connaissait pas. Sa concentration était totale. Pas de réponses cinglantes, pas de palari superficiel, pas de fanfaronnades. Il ne l'avait jamais véritablement crue quand elle affirmait être la pilote de l'*Everness* (elle avait tendance à exagérer), mais elle n'avait pas menti et elle était extraordinaire. Elle contrôlait le dirigeable avec toutes les parties de son être. Ils survolaient le Kent maintenant. Sur leur gauche se trouvait l'île de Sheppey et la vaste étendue des estuaires de la Medway et de la Tamise, grises et tristes. À droite, vers l'avant, Everett croyait apercevoir la structure cruciforme de la cathédrale de Canterbury; les tours projetaient de longues ombres hivernales sur les toits des maisons environnantes. Droit devant, une bande de nuages sombres, ourlés de jaune, comme des coquards, courait d'un horizon à l'autre.

– Alors, qu'en pensez-vous, monsieur Singh ?

– Je dirais que c'est un front, capitaine. Venant de l'est, à cette époque de l'année, ça pourrait être de la neige.

– Et je serais d'accord, monsieur Singh. Monsieur Sharkey, bulletin météo. Contrairement à vos air-o-planes, monsieur Singh, nous ne pouvons pas voler au-dessus des conditions météorologiques. Nous naviguons avec. Un bon capitaine doit savoir tirer avantage des vents, des gradients de pression, des ascendances thermiques et des courants d'air descendants.

– Bulletin de la station météo automatisée de South Sandettie à quatorze heures, dit Sharkey, une main plaquée sur son casque à la manière d'un DJ. Vents d'est-nord-est évoluant nord-nord-est, trente nœuds, neige, visibilité cent mètres, pression cent cinq millibars, en baisse.

– Excellent ! commenta la capitaine Anastasia en se frottant les mains. Mademoiselle Sixsmyth, maintenez le cap et la vitesse. Descendez-nous à l'altitude de croisière.

Everett s'approcha de la vitre. Il appuya ses mains contre le carreau. Dans cette position, semblable à la figure de proue d'un navire, il pouvait imaginer qu'il volait librement, porté par les vents et la pression, poussé vers le cœur de la tempête qui arrivait en tourbillonnant des Pays-Bas. Ils atteignaient la côte : une autre ligne d'horizon. Les flocons de neige s'écrasaient contre la vitre inclinée et se transformaient en grains de riz gelés. Everett frissonna : le froid pénétrait à l'intérieur de l'*Everness*.

– Et notre rival, monsieur Sharkey ?

– Il maintient l'allure et le cap.

– Mademoiselle Sixsmyth, descendez à deux cents. Branchez le pilote automatique.

L'*Everness* traversa la ville de Deal avec sa promenade de bord de mer et son antique jetée ornée de guirlandes électriques qui dansaient au vent. Everett vit des gens qui promenaient leurs chiens lever la tête au moment où la gigantesque masse sombre du dirigeable passait au-dessus d'eux, en silence. De la taille d'un gratte-ciel, mais léger comme l'air. Quelques minutes plus tard, ils survolaient une mer grise fouettée par les bourrasques. Le soleil avait disparu. Du gris au-dessus, du gris en dessous et du gris moucheté de flocons tourbillonnants devant. La tempête de neige attendait, tapie, repliée sur elle-même, puis elle éclata au passage de l'*Everness,* dans un mugissement de rafales glacées. Le navire frémit, mais continua à s'enfoncer dans le blizzard.

Anastasia leva un doigt pour attirer l'attention.

– Sen, monsieur Singh. Il est important que vous voyiez ça et que vous priiez le Très Cher pour ne plus jamais le revoir.

Après avoir enclenché le pilotage automatique, Sen rejoignit sa mère et Everett qui contemplait l'immensité grise et floue d'un blizzard au-dessus de la mer. La neige s'accumulait dans les coins de la vitre. Everett sentait le froid glacial derrière le carreau. Il distingua une tache de gris plus clair dans la grisaille intense, un endroit où les vagues écumaient en se brisant. Des hauts-fonds aux reflets verts. Il devinait les contours fantasques des bancs de sable. Un peu plus loin, l'eau épousait un dessin plus régulier: une succession d'arêtes ressemblant au squelette d'un poisson, enfoui tel un dinosaure fossilisé. À cause des tourbillons de neige, des tons gris sur gris et des vagues écumantes, il était difficile d'évaluer l'échelle, mais quand une bourrasque dégagea la vue l'espace d'un instant, Everett découvrit une chose immense, d'une centaine de mètres de long. Il s'agissait du squelette d'un dirigeable mort depuis longtemps et avalé par le sable. Un deuxième squelette dessinait un motif sur le fond, un troisième gisait en travers. Un peu plus loin, il y en avait un quatrième et un cinquième, plus visibles car l'eau moins profonde à cet endroit laissait affleurer les bancs de sable. Des enchevêtrements de membrures, certaines brisées comme une colonne vertébrale cassée en deux, d'autres se dressant vers le ciel tels les doigts d'un pilote de dirigeable noyé, les vagues qui déferlaient tout autour, les lambeaux de coque qui claquaient au vent comme des bouts de peau. Les mouettes quittaient leurs perchoirs et fuyaient devant l'avancée de l'*Everness*, en poussant leurs cris d'âmes mortes. Des dizaines de dirigeables étaient morts ici et avaient été aspirés par les sables mouvants. Ce lieu était leur cimetière.

– Le Banc de sable de Goodwin, annonça la capitaine. Terrain de duel des Airishs. Sen, les cartes.

Sen sortit le tarot d'Everness qu'elle gardait près de son cœur. Anastasia battit les cartes et les coupa, trois fois. Elle les rendit à Sen. Celle-ci, livide, le regard aussi mort que les navires enfoncés dans le sable, disposa cinq cartes, en croix, devant elle. Puis elle les retourna une par une.

La carte du haut de la croix montrait un enfant dans un coquillage tiré par des tortues. L'enfant affichait un sourire radieux, indifférent aux éclairs qui déchiraient le décor.

– « L'Enfant-coque », dit Sen. L'innocence sous la menace. L'ignorance n'est pas le bonheur. Grand danger.

Sur le pont, tout le monde s'était rassemblé autour du poste de Sen.

La carte en bas de la croix : deux cygnes portant des couronnes autour du cou. Les couronnes étaient attachées par des chaînes.

– « Swannhilde et Swannhamme », commenta Sen. Une association ou une union de toute une vie. Elle peut être brisée. Les cygnes s'accouplent pour la vie. Si l'un meurt, l'autre meurt peu de temps après.

Le côté gauche de la croix : un vieillard barbu, assis, les genoux contre la poitrine, regardait le spectateur avec des yeux écarquillés. La neige s'amoncelait autour de lui, elle lui arrivait au cou.

– « Le Guetteur de l'hiver », expliqua Sen. Le froid. La faim. Le manque. Le printemps reviendra-t-il ? Si on est en novembre ou en février : la mort d'une personne âgée. Ce sont des mois meurtriers.

Elle retourna ensuite la carte située sur le côté droit de la croix. Un homme coiffé d'un chapeau et vêtu d'une culotte à la mode du XVIIIe siècle suivait un chemin sinueux qui s'enfonçait dans les profondeurs du dessin, appuyé sur un bâton, le visage grave et déterminé. Une fois de plus, Everett se demanda comment Sen s'était procuré ces cartes, et qui lui avait enseigné leurs interprétations.

– « Le Voyageur se hâte à la nuit tombée », annonça-t-elle. Le temps presse et la colline est sombre. Je dois parcourir des kilomètres avant de dormir. Ce n'est pas une route facile.

Pour finir, elle souleva le coin de la dernière carte, celle qui se trouvait au centre de la croix. Elle la reposa. La capitaine Anastasia s'en saisit et la retourna courageusement. Le soleil et ses planètes tombaient dans la gueule d'un loup affamé.

– « La Saison du loup », commenta Sen. Le jet de dé le plus faible. Les méchants l'emportent. Le soleil est dévoré. Le monde est offert pendant toute une saison aux forces des ténèbres, il n'y a plus de lumière.

– Ainsi soit-il, lâcha la capitaine. Ici, on a pour habitude de forcer la chance. Tous à vos postes. On a du travail. Monsieur Sharkey, où en est notre ennemi ?

– Rien sur les caméras, madame. Mais il faut dire qu'on ne voit même pas notre propre empennage avec ce temps. Le radar envoie toutes sortes de fantômes et de relevés erronés.

Anastasia leva la main. Le silence se fit aussitôt sur le pont. Elle demeura totalement immobile. Everett retint son souffle. Lentement, au rythme d'un glacier, la capitaine se tourna vers sa gauche. Ses yeux s'écarquillèrent.

– Sen ! À tribord toute !

La jeune fille donna un grand coup de gouvernail, tandis qu'une chose énorme, capable d'écraser la Terre entière et de la dévorer, jaillissait de la tempête de neige. Le loup, pensa immédiatement Everett. Le loup qui mangeait le soleil. Non, pire encore. Un dirigeable qui fonçait droit sur eux, à toute allure.

– Posez-nous ! cria Anastasia.

Sen poussa les leviers à fond.

– Accrochez-vous !

Everett se retrouva plaqué contre la vitre, tandis que l'*Everness* tournait sur lui-même tout en piquant vers le sol. Les deux cents mètres du navire furent secoués d'un tremblement lorsque l'*Arthur P* frôla son flanc gauche. L'espace d'un instant, Everett imagina que toute la structure se disloquait, que les cellules de gaz se libéraient et s'envolaient dans la haute atmosphère, que la coque s'arrachait comme un peau d'orange, que le nez se détachait et qu'ils se trouvaient projetés vers la neige et la mer, droit sur les membrures des dirigeables morts, semblables à des pieux. Mais soudain, Sen les fit ressortir dans un ciel dégagé. C'est comme si Anastasia avait entendu, pensa Everett en regardant la capitaine décrocher l'interphone. Il y avait quelque chose dans l'air, une vibration, un changement de pression qu'elle ressentait à travers la peau. Elle les avait entendus venir. Autrement...

– Monsieur Mchynlyth, étendue des dégâts.

La voix de l'ingénieur leur parvint au milieu d'un mugissement provenant des entrailles du navire.

– Ces vermines ont détruit les rotors 3 et 5 !

– Dans combien de temps pourrons-nous récupérer notre pleine puissance ?

– Capitaine, je ne peux avoir la pleine puissance si les moteurs...

– J'ai des images ! s'exclama Sharkey.

– Sur mes écrans, je vous prie.

Les images fournies pas la caméra étaient granuleuses et neigeuses, mais Everett distinguait malgré tout les longerons brisés, les gerbes d'étincelles qui jaillissaient des câbles d'alimentation sectionnés. La pureté des lignes de l'*Everness* avait été souillée. C'était comme si on l'avait amputé d'un doigt pour chaque moteur détruit. Le visage de la capitaine Anastasia était sombre. Son navire avait survécu, mais il avait souffert.

– Sen, coupe les rotors 4 et 6. Je ne veux pas que les vibrations le disloquent. Et fais-nous remonter. Ici, en bas, c'est la mort assuré. Monsieur Sharkey, je compte sur vous pour interpréter les données du radar. Je veux savoir où est l'*Arthur P.*

– Il n'y a rien sur l'écran. À croire qu'il a disparu.

– Les dirigeables ne disparaissent pas, monsieur Sharkey.

– Je n'ai que de la neige et des mouettes tout autour de nous.

– Sur mon écran.

Anastasia déplaça les lentilles grossissantes au-dessus de son écran pour se plonger, de plus en plus profondément, dans la contemplation de ce maelström. L'*Arthur P* avait surgi de nulle part et après avoir failli éperonner l'*Everness*, il était retourné dans le néant. Un engin volant de deux cents mètres de long ! Impossible. Irrationnel. Certes, ce décor avait quelque chose de fantomatique, mais il n'y avait rien de surnaturel dans tout cela. En tant que goal de l'Équipe Rouge, Everett avait la réputation de posséder des super-pouvoirs inquiétants, comme un Jedi. C'était cool de passer pour un ninja gardien de but, mais il s'agissait de pure superstition. En vérité, il se contentait d'analyser toutes les possibilités, les probabilités et de raisonner en trois dimensions, ou plus.

– Peut-être qu'il n'est pas *autour*, dit-il. Peut-être qu'il est au-dessus.

Everett n'avait jamais vu Anastasia ouvrir de si grands yeux.

– Monsieur Sharkey, balayage vertical.

Le radar pivota afin d'envoyer ses rayons de haut en bas, et non plus devant et derrière. Aussitôt, sur l'écran de la capitaine apparut l'ombre immense de l'*Arthur P*, positionné juste au-dessus. Mais surtout, il descendait à toute vitesse... Il voulait écraser l'*Everness*, l'empaler sur les squelettes des épaves enfouies dans le sable.

– En avant, toute! hurla Anastasia.

Sen poussa à fond les manettes des gaz. L'*Everness* réagit aussitôt, mais c'était un navire énorme et pesant, lent, très lent, d'autant que la moitié de ses moteurs était hors d'usage. Everett regarda l'ombre de l'*Arthur P* grossir encore, jusqu'à occuper tout l'écran radar. Trente mètres d'écart. Le pouvoir d'accélération d'un dirigeable tel que l'*Everness* était faible. Il fallait lutter contre une colossale force d'inertie. Dix mètres... Everett sentait les vibrations des rotors soumis à rude épreuve, à travers la coque, jusque dans ses dents.

– Allez... Allez... Allez... murmura-t-il.

Ils allaient bientôt pouvoir se dégager. Plus que... Soudain, un choc ébranla tout le dirigeable. Celui-ci émit un gémissement qui se propagea dans chaque longeron, chaque fibre de nanocarbone. Le sol s'inclina. L'*Arthur P* avait attrapé l'*Everness* par le gouvernail et pesait sur son empennage, ce qui faisait s'élever la proue. La tasse de chocolat vide roula sur le pont et finit sa course contre une cloison. Everett s'agrippa à un étai.

– Accrochez-vous, il est en train de redresser le nez! s'écria Sen en poussant le manche à balai. J'espère que vous avez bien arrimé la cargaison, Sharkey.

Les rotors hurlèrent de plus belle. L'*Everness* était presque à la verticale. Les lentilles grossissantes se détachèrent des écrans. La voix de Mchynlyth crépita dans l'interphone.

– Cette gamine est en train de détruire mon navire !

Sen se cramponnait au manche à balai en serrant les dents. Enfin, l'empennage de l'*Everness* parvint à échapper au poids écrasant de son adversaire et le dirigeable retrouva sa liberté.

– Demi-tour, sus à l'*Arthur P* ! ordonna la capitaine. Reste en position, à cinquante mètres de sa proue.

– À vos ordres, capitaine.

– Mchynlyth !

– On vole encore, mais seul le Très Cher sait comment ! Va me falloir un petit moment pour inspecter la direction.

– Inutile, monsieur Mchynlyth.

Sen fit pivoter l'*Everness*, de manière qu'il puisse foncer droit sur l'*Arthur P*, qui se stabilisait après sa descente précipitée. Pendant ce temps, Anastasia s'approcha de la grande baie vitrée, s'y appuya et scruta le paysage gris.

– Kyle Bromley est incapable de piloter un dirigeable de cette façon, dit-elle. C'est Dona Bromley elle-même qui se trouve sur le pont. Et elle a l'intention de provoquer notre naufrage pour offrir nos os aux mouettes, aux calamars et au sable froid. Elle se dit que si elle ne peut s'emparer de l'*Everness*, personne d'autre ne l'aura. (Elle décrocha de nouveau l'interphone.) Sommes-nous en mesure de nous battre, monsieur Mchynlyth ?

– Vous voulez plaisanter ? Je ne suis même pas sûr qu'on puisse se maintenir en l'air.

– J'en déduis que la réponse est non. Soit. Vous m'avez eue une fois, vous m'avez eue deux fois, mais Anastasia Sixsmyth ne se laissera plus avoir ! Monsieur Sharkey, contactez l'*Arthur P*. Dona Bromley n'est pas la seule à connaître les usages d'autrefois.

Sen vint se placer devant le navire ennemi, en faisant reculer l'*Everness* au rythme exact de l'avancée de l'*Arthur P*.

Everett scrutait à travers le rideau de neige le blason sur la proue et la rangée de hublots en dessous.

– *Everness*, ici l'*Arthur P*, dit une voix de femme dans le haut-parleur, criarde et crépitante.

– Dona Bromley, répondit Anastasia. Vous pilotez bona.

– Capitaine Sixsmyth ! J'aimerais vous retourner le compliment, mais votre réputation dépasse largement vos talents. Finalement, vous n'êtes peut-être pas l'épouse dont j'avais rêvé pour Kyle, dit la mère Bromley.

Everett vit les mâchoires de Sharkey se crisper et ses lèvres tressaillir sous l'effet de la colère.

– Alors, reprit la harpie, autant que je décide de vous faire mordre la poussière... ou le sable plus exactement, là où est votre place.

– Je m'adresse à vous, Dona Bromley, répondit calmement Anastasia. Je m'adresse à vous et à toutes les personnes ici présentes, pour qu'à cet instant, en ce lieu, vous m'affrontiez en combat singulier.

Sharkey s'était levé. Le visage de Sen était encore plus pâle que d'habitude. Everett laissa échapper un hoquet. Il n'aurait jamais cru que cela soit possible : avoir le souffle coupé par la stupeur. Anastasia leva la main pour empêcher son équipage de se manifester.

– Le kris est une coutume ancienne, mais le droit d'obtenir réparation l'est encore plus. Et je crois qu'il ne peut être refusé. Ai-je tort, Dona Bromley ?

Il s'ensuivit un long silence entrecoupé de grésillements. Everett crut voir des silhouettes se déplacer derrière les hublots de l'autre dirigeable.

– Vous pouvez vous faire remplacer par votre champion, reprit Anastasia. Comme je n'ai pas pour habitude de me battre contre des vieilles dames, j'accepte d'affronter votre fils.

Sur ce, elle interrompit la communication.

– Ils vont vous tuer ! s'exclama Sharkey.

– J'ai appris la savate avec le légendaire maître Gastineau, de Marseille.

– Ce n'est pas ça qui… Enfin quoi, Kyle Bromley… C'est un… c'est un…

– Un homme ?

– Oui.

– Et je ne suis qu'une femme ?

– Les polones ne devraient pas se battre contre des omis.

– J'ai toujours eu un problème avec cette formule, « ne devrait pas ». Une vilaine formule pleurnicharde. (Anastasia appuya de nouveau sur le bouton pour rétablir la communication.) Puis-je connaître votre réponse, Dona Bromley ?

– Vous savez pertinemment que nous ne pouvons pas refuser, dit Dona Bromley.

Everett perçut l'aigreur et la haine dans cette voix. « Anastasia vous a eue, pensa-t-il. Vous vouliez jouer à la reine du Grand Port de Hackney, incarner le cœur et l'âme des traditions et elle vous a prise à votre propre jeu, grâce à une tradition plus ancienne encore. Elle vous a battue. Mais qu'a-t-elle gagné, au juste ? »

– Nous nous retrouverons à bord de votre navire dans cinq minutes, dit Anastasia. Et j'obtiendrai réparation. (Elle fit signe à Sharkey de couper la communication.) Vous avez raison, évidemment, monsieur Sharkey. Je ne peux pas l'emporter et ils ne se battront pas à la loyale. Monsieur Mchynlyth, avez-vous entendu cette conversation ?

– Vous êtes complètement folle, répondit la voix venue des entrailles du dirigeable. Mais je suis avec vous.

– Un jour, vous avez cru devoir vous battre pour défendre mon honneur. Ce n'était pas nécessaire ; aujourd'hui, ça l'est. Messieurs, j'ai besoin de toute votre énergie. Mon rôle est de gagner du temps. Le vôtre est d'infliger le maximum de dégâts à l'*Arthur P*. Et j'imagine que vous êtes capables du pire. Monsieur Singh !

Everett sursauta. Il était à demi hypnotisé par le ballet de la neige à l'extérieur.

– J'ai besoin de tous les bras, reprit-elle. Sen, je compte sur toi pour piloter l'*Everness*. Monsieur Singh, vous faites partie de l'équipage ; à ce titre, vous vous battrez pour défendre ce navire. M. Mchynlyth vous armera. Vous vous sentez d'attaque, omi ?

25

Deux dirigeables se faisaient face dans l'espace, à dix mètres l'un de l'autre, conservant leur position dans le maelström de la tempête grâce à de subtiles coups de rotors. Dix mètres : ils auraient pu s'embrasser. Les passerelles avaient été sorties. Mchynlyth et son homologue de l'*Arthur P* s'affairaient au milieu des tourbillons de neige pour les accrocher l'une à l'autre. De son poste d'observation dans la soute, Everett trouvait que les longs ponts grêles ressemblaient à des trompes de papillon. Mchynlyth se hâta de regagner la soute. D'un geste du pouce, il fit signe à la capitaine Anastasia que tout était en ordre. Celle-ci releva le col de son manteau. Elle décrocha l'interphone.

– Mademoiselle Sixsmyth, dit-elle, je vous confie le commandement. L'*Everness* vous appartient.

– Bien, capitaine. Maman...

Everett crut entendre des larmes dans la voix de Sen. Mais c'était peut-être le vent qui faisait gémir la membrure et accumulait la neige contre les parois. Anastasia mit rapidement fin à la conversation.

– Messieurs, je compte sur vous pour semer le chaos.

Sur ce, elle pivota et emprunta à grandes enjambées le fragile pont suspendu, au-dessus des déferlantes de Goodwin. Les basques de son manteau flottaient derrière elle. Puis la neige s'engouffra dans la soute et Everett ne vit plus rien. Une lumière ambrée s'alluma sur un boîtier près de l'écoutille. Mchynlyth appuya sur un bouton pour escamoter la passerelle.

– C'est bon.

Il fit pivoter la porte de la soute et la verrouilla solidement.

La voix de Sen résonna dans les haut-parleurs :

– Accrochez-vous. Ça risque de secouer.

D'une démarche titubante, Everett se dirigea vers l'écoutille, pendant que l'*Everness* reculait et s'éloignait de l'*Arthur P.* Sharkey et Mchynlyth avaient déjà descendu la moitié de l'escalier en colimaçon qui menait à la plateforme de fret. Everett roula contre la rambarde quand Sen effectua un demi-tour avec ce qui restait des moteurs et de la direction. La plateforme surgit sous ses pieds. Il prit appui sur la rambarde pour s'éloigner du vide. Sharkey et Mchynlyth traversaient bruyamment la passerelle. Anastasia estimait pouvoir faire durer les formalités pendant cinq minutes, au maximum. Sen disposait donc de ce délai pour placer l'*Everness* en position de larguer un groupe d'attaque. Everett chancela de nouveau. Le pont s'inclina. S'il perdait l'équilibre, il risquait de dévaler toute la longueur du dirigeable et d'aller s'écraser contre le mécanisme du gouvernail à l'arrière. Le navire trembla. Sen avait allumé les deux autres rotors de tribord pour obtenir plus de vitesse, quitte à provoquer des dommages à cause des vibrations. Everett sentait sous ses pieds l'odeur de brûlé des installations électriques soumises à rude épreuve. Il fut ballotté dans toutes les directions en traversant la dizaine de mètres qui le séparaient de l'ouverture de la soute. Sharkey avait eu le temps de s'armer. Mchynlyth tendit à Everett une douzaine de câbles et ce qui ressemblait à un pistolet, doté d'un canon évasé comme un tromblon, avec une peluche fourrée à l'intérieur.

– C'est un estourbisseur. Tu t'es déjà retrouvé devant un de ces engins, expliqua Mchynlyth. Ça te met KO, pour sûr, mais ça fait pas de trous dans la carcasse. C'est pas mortel.

Avec le bout de l'arme, il écarta les pans du manteau de Sharkey. Les crosses des fusils à canon scié brillèrent. Il fit claquer sa langue d'un air désapprobateur.

– Prends ça aussi, dit-il en remettant à Everett une sorte de manche courbé et ouvragé. Un dépeceur.

D'un geste du poignet, il ouvrit le clapet d'un talkie-walkie.

– Ici, on est prêts et impatients.

– Donne-moi un mot de passe pour que je sache si je dois venir vous récupérer.

– Tottenham Hotspur, suggéra Everett.

– Je suis au-dessus de l'*Arthur P.*

– Accroche-toi à tes miches, dit Mchynlyth et il appuya sur le bouton de commande.

Des treuils gémirent. Everett sentit le pont tanguer sous ses pieds. Une fente apparut dans la coque. L'air glacé s'engouffra. La fente s'élargit et céda la place au vide, au ciel nu. Le blizzard enveloppait de ses mugissements stridents la plateforme qui descendait et la faisait se balancer sur ses câbles. En dessous se trouvait la coque enneigée de l'*Arthur P.*

– « J'exercerai sur eux de grandes vengeances, en châtiant avec fureur ceux qui tentent d'empoisonner et de détruire mes frères », récita Sharkey en poursuivant sa descente au milieu des coups de fouet glacés de la neige. « Et ils sauront que je suis l'Éternel, quand j'exercerai sur eux ma vengeance. »

– Ça, je connais, dit Everett. C'est dans *Pulp Fiction*. Un film, là-bas dans mon monde. Samuel Jackson prononce ces paroles juste avant de tuer quelqu'un.

Sharkey sourit. En voyant le vent balayer ses cheveux et l'étincelle briller dans ses yeux, Everett était prêt à croire toutes les sombres histoires que l'on racontait à son sujet.

– Trente secondes, annonça Mchynlyth dans le talkie-walkie.

Everett enroula un câble autour de son bras. L'*Arthur P* était si gigantesque que l'avant et l'arrière étaient invisibles dans le blizzard. La partie supérieure était large et peu bombée, mais la neige compacte, transformée en glace, la rendait dangereuse. Un seul faux pas et c'était le toboggan de la mort, direct jusque dans la mer tout en bas. La plateforme cogna contre la coque de l'*Arthur P.*

– Les omis débarquent, dit Mchynlyth. Everett, suis-moi et essaye de ne pas recevoir un coup d'estourbisseur.

Le Pendjabi-Écossais sauta sur le dirigeable et s'accroupit pour se protéger du vent. Everett jeta un coup d'œil pardessus son épaule; il vit la passerelle et l'*Everness* reprendre de la hauteur, changer de cap et disparaître dans le gris.

– Yah!

Mchynlyth sortit son dépeceur, le planta profondément dans la coque de l'*Arthur P* et découpa un carré en un tournemain. Il l'arracha pour regarder dessous.

– Parfait. Un petit saut de rien du tout.

À peine eut-il prononcé ces paroles qu'il disparut à l'intérieur. Cent mètres plus haut, à l'extérieur de la coque, Sharkey découpa sa propre entrée et plongea à son tour dans les entrailles de l'*Arthur P*. Everett se retrouva seul au sommet du dirigeable. Alors, il agrippa les bords de l'ouverture pratiquée par Mchynlyth, s'enfonça dans l'obscurité et lâcha prise. Il atterrit brutalement sur la passerelle supérieure, mais il fléchit les genoux et roula sur lui-même comme il l'avait appris au judo. Mchynlyth lui fit signe de le rejoindre. Plié en deux, ils coururent jusqu'à l'escalier central, situé entre les énormes sphères des cellules de gaz, puis descendirent sans bruit jusqu'à la passerelle centrale. Everett sentit quelque chose sous son pied. La plaque de cuivre qui indiquait le centre de gravité, le cœur de l'*Arthur P*. Mchynlyth tendit le doigt par-dessus la rambarde. Une minuscule silhouette en orange fluo patrouillait sur la plateforme de chargement. Everett sortit son estourbisseur.

– Non, trop loin, murmura Mchynlyth. Les sacs sont accrochés à une petite ficelle, pour pouvoir les récupérer ensuite. C'est économique. Tiens...

Il sortit deux câbles de rappel. Everett glissa un poignet et une cheville dans les boucles.

– À votre avis, que fait la capitaine en ce moment? demanda-t-il à voix basse.

– Elle se bat. Cette boxe française, c'est rudement efficace. Même si je m'y fierais pas pour sauver ma peau un samedi soir dans Argyll Street. Bon, j'ai pas les commandes pour ces trucs-là, c'est de la chute libre. Mais ils sont à enrouleur, alors ça sera pas trop méchant. À trois. Un... Deux... Trois!

Ils bondirent par-dessus la rambarde. Everett se sentit plonger dans le vide, jusqu'à ce que le système à enrouleur retienne le câble et le fasse descendre lentement dans les profondeurs insondables du dirigeable. Prêt à subir l'impact avec le sol, il se posa en douceur, aussi souple qu'un chat. En deux enjambées, il se retrouva caché au milieu des containers. Mchynlyth s'était dissimulé derrière celui d'en face. Il fit signe à Everett de bouger. Ils se rapprochèrent de l'homme d'équipage en passant d'un container à l'autre.

« Couvre-moi », articula l'Écossais et il se plaça à portée de tir dans le dos de l'homme.

Deux détonations retentirent à l'avant du dirigeable. Elles se répercutèrent entre les longerons. Surpris, l'homme d'équipage se retourna. Il tira en même temps qu'il découvrit les intrus. Le sac de l'estourbisseur atteignit Mchynlyth dans l'estomac et l'envoya valdinguer contre un container. L'homme s'avança pour immobiliser sa victime. Everett sortit alors de sa cachette, braqua sur lui le canon du tromblon et pressa la détente. Le sac le frappa en plein visage. L'homme s'écroula. Everett s'empressa de l'attacher au garde-fou avec un câble de rappel. Il s'approcha ensuite de Mchynlyth, affalé contre un container, le souffle coupé.

– Ça va ?

– Non, ça va pas du tout. (Il tenta de se redresser et grimaça de douleur.) Oh là là là, le misérable ! Mes côtes... Écoute-moi, mon gars. Sharkey est occupé à défourailler dans tous les coins comme s'il refaisait la bataille de Bull Run. C'est à toi de jouer. Tu vas bousiller l'*Arthur P.*

– De quelle manière ? Je ne sais pas comment faire...

En regardant les batteries en dessous, les containers autour de lui, les passerelles et les cellules de gaz au-dessus, il sut. Première étape : le chariot élévateur. Il avait observé Sharkey durant les opérations de chargement de l'*Everness* et il savait comment actionner les loquets pour détacher les containers du pont. Le chariot élévateur démarra du premier coup. C'était amusant à conduire. Everett recula pour avoir de l'élan.

– Qu'est-ce que tu manigances, mon gars ? lui lança Mchynlyth en se relevant péniblement.

En guise de réponse, Everett percuta un container. Celui-ci bougea de quelques centimètres. Il recula et recommença. Encore quelques centimètres. Et ainsi de suite. Quelques centimètres à chaque fois. C'était suffisant. La physique ferait le reste. Pendant ce temps, l'homme d'équipage de l'*Arthur P* était revenu à lui. Il se jeta sur Everett juché sur le chariot élévateur. Heureusement, le câble de rappel l'arrêta dans son élan. Il sortit son talkie-walkie. Mchynlyth pointa son estourbisseur sur lui.

– On ne bouge plus.

Everett en avait terminé sur la plateforme de fret. Il s'accrocha à un câble de rappel et tira dessus d'un coup sec pour déclencher l'enrouleur. Tout là-haut, sous le toit, des ressorts en métal intelligent changèrent de forme et il fut aspiré dans les airs. Il dépassa à toute vitesse l'ossature centrale du dirigeable. Il entendit la voix de Mchynlyth monter de tout en bas, au milieu des containers déplacés.

– J'espère que c'est une idée de génie, monsieur Singh !

Le timing. La synchronisation du gardien de but. Everett lâcha le câble au moment où il dépassait la passerelle supérieure et il atterrit sur la grille en carbone aussi habilement que s'il avait arrêté un ballon brossé qui se dirigeait droit vers le coin des filets. Finalement, tout était une question de filets. De filets et de containers. Sans oublier cette petite plaque de métal au centre de gravité.

D'autres détonations retentirent; elles se rapprochaient de l'endroit où il avait laissé Mchynlyth. Il aurait dû prendre le talkie-walkie. Mais le temps lui manquait. « Regarde. Calcule. Pense en trois dimensions et plus. Là-bas. La troisième cellule de gaz en partant du CDG. » Il grimpa sur le gardefou, sauta dans le vide et s'accrocha des deux mains au filet de retenue. Il coinça son bras gauche entre les mailles pour sortir le dépeceur. Vers le haut pour couper. La nanofibre de carbone restait de la nanofibre de carbone, qu'il s'agisse de la coque du dirigeable ou d'un filet. Il fit glisser le bouton vers le haut et, d'un seul mouvement, il ouvrit une entaille de un mètre. La cellule de gaz, aussi grosse pour lui que s'il était une mouche posée sur un ballon de foot, grinça et bougea. Everett se déplaça en crabe en s'accrochant au filet et fit une deuxième entaille derrière lui. Il renouvela l'opération, plusieurs fois. La cellule de gaz pesait de plus en plus sur les points faibles du filet. Il continua à tailler. Finalement, la cellule saillit par l'ouverture. Encore quelques coups de dépeceur. Le filet en nanofibre était résistant, mais la cellule de gaz exerçait une pression énorme. Il finit par céder, avec un bruit qui ressemblait à une succession de coups de feu. Everett s'accrocha de toutes ses forces au fil déchiré. Il se retrouva suspendu dans le vide, trente mètres au-dessus de la plateforme de fret. La cellule de gaz s'extirpa de sa prison et se retrouva coincée entre ses deux jumelles de devant. Un déplacement de quelques mètres seulement, mais suffisant. Le centre de gravité bougea. La proue de l'*Arthur P* se redressa. D'un ou deux degrés, mais là encore, cela suffit à faire glisser le container soigneusement positionné par Everett au préalable. Il alla heurter le container suivant, qu'Everett avait détaché du pont, et le fit glisser à son tour. Et ainsi de suite. Accroché à sa toile d'araignée, tout là-haut, Everett assista à cette lente avalanche de caisses. L'homme d'équipage, ligoté au garde-fou, les regarda passer devant lui, hébété. Plus ils glissaient, plus le nez du dirigeable, déséquilibré, se dressait.

Everett sentit le filet tanguer. Il s'y accrocha de plus belle. Puis, lentement, par à-coups, il l'escalada. Il leva les yeux. Mchynlyth avait grimpé sur la passerelle supérieure et il hissait le filet. Avec un sourire éclatant.

– Yah, *stoater*! cria-t-il.

Everett supposa que c'était un compliment. Mchynlyth le hissa jusqu'à ce qu'il puisse attraper le garde-fou et grimper sur la passerelle. Le monde penchait.

– Comment vont vos côtes? demanda Everett.

– Je survivrai.

– On s'attaque aux deux suivants?

Le souffle coupé, Mchynlyth hocha la tête et sortit son dépeceur.

– Prends à droite, je prends à gauche.

Everett rampa sous la cellule de gaz libérée (elle avait réussi à glisser en travers de la passerelle) et escalada le filet de la cellule voisine, le dépeceur entre les dents. Il jeta un coup d'œil sur le côté pour voir Mchynlyth planter son outil dans le filet et glisser le long de la cellule, laissant une longue entaille dans son sillage. Tout le dirigeable grogna quand le filet céda, libérant l'énorme poche de gaz. Everett en fit autant. Le gigantesque navire tangua. D'en bas monta un crissement, celui du métal qui frotte contre le métal, puis il y eut une succession de claquements : les loquets des containers sautaient les uns après les autres, et toutes les caisses glissèrent en même temps, allant rejoindre leurs semblables à l'arrière.

L'*Arthur P* se dressait maintenant à trente degrés. Everett était accroché au filet, au-dessus de cinquante mètres de vide. Il parvint à se hisser jusqu'à la passerelle, qui ressemblait davantage à une échelle désormais.

– Encore deux, dit-il.

Le Pendjabi-Écossais hocha la tête. Ils gravirent la passerelle, en utilisant les rambardes comme des échelles. Tous les muscles d'Everett, dans les épaules, les bras, les mains, jusque dans les doigts, hurlaient de douleur. Malgré tout, il s'accrochait. Il grimpait. Il tranchait. Il n'avait pas le choix. Reconnaître la douleur, se relâcher, était synonyme de chute vertigineuse et de mort certaine sur les containers tout en bas. Mais ça faisait affreusement mal ; jamais il n'avait connu une telle souffrance. Rassemblant ses ultimes forces, il donna encore un coup de dépeceur. Sous la pression des trois cellules empilées derrière lui, le filet céda. Il envoya valdinguer Everett, qui se retrouva pendu au bout d'une bande de filet de trois mètres. Il se balançait au-dessus des entrailles du navire. La passerelle, et donc la sécurité, étaient hors de portée. Il essaya de l'atteindre en exécutant un mouvement de pendule, mais il n'en avait plus la force. Il ne pouvait plus s'accrocher. Pourtant, il le devait. À chaque seconde qui passait, l'*Arthur P* se rapprochait de la verticale. Quarante-cinq degrés, soixante degrés... Quatre-vingts degrés...

– Oh, bonté divine ! s'exclama Mchynlyth, suspendu à la passerelle.

Sa voix était empreinte de terreur pure.

Le dirigeable était maintenant à la verticale. Les containers empilés finirent par s'éparpiller dans un fracas d'acier, rugissant et retentissant. Ils percutèrent le servomoteur du gouvernail, arrachant au passage passerelles et portiques, rebondissant contre les longerons.

– Mchynlyth ! cria Everett. Je ne peux plus...

Soudain, une silhouette jaillit entre les cellules de gaz coincées, au-dessus de lui, un homme suspendu à un câble, basques flottant au vent, un chapeau posé négligemment sur la tête.

– « Des profondeurs, je crie vers toi, Seigneur, car près du Seigneur est la grâce et près de lui l'abondance du rachat ! » lança Sharkey.

Il descendit au niveau d'Everett, agrippa le filet dans son poing et commença à se balancer.

– Accrochez-vous de toutes les forces de votre être, monsieur. (À chaque balancement, il rapprochait un peu plus Everett de la passerelle.) Maintenant !

Everett lâcha une main pour saisir la rambarde.

– Le colleur ! Servez-vous du colleur ! cria l'Américain.

Everett comprit immédiatement. Il enroula la bande de filet autour de la rambarde, il abaissa la gâchette du dépeceur et, puisant dans ses ultimes réserves, il scella la boucle. Il était maintenant en sécurité, ligoté à la passerelle, devenue une échelle verticale. Mchynlyth était descendu pour lui tendre la main. En voulant la saisir, Everett laissa échapper le dépeceur. Il le regarda plonger dans l'immense puits du dirigeable.

– Je suis impressionné, Everett Singh, dit Mchynlyth. Tu as bel et bien bousillé ce fichu navire.

– Avez-vous vu la capitaine ? demanda Everett à Sharkey.

– Elle est capable de se débrouiller seule.

Il libéra le frein du câble et plongea jusqu'à la passerelle, orientée à quatre-vingt-dix degrés maintenant, sur le côté.

– Voilà notre ticket de sortie, dit Mchynlyth. Y a plus qu'à foncer !

Ils descendirent le long des rambardes. C'était une manœuvre facile, mais tous les muscles d'Everett tremblaient, de douleur et de fatigue. Il n'était pas encore sauvé. Mettre un pied derrière l'autre, une main derrière l'autre. « Ne regarde pas en bas », lui avait dit Sen, Reine des Toits du vieux Hackney. Alors, il regarda autour de lui l'architecture renversée du dirigeable qui avait chaviré. Sharkey les attendait sur la passerelle. Mchynlyth sortit son talkie-walkie.

– *Everness, Everness*. Mission accomplie.

La voix de Sen grésilla :

– Fantabulosa. Oh, vous auriez dû voir ça !

– On en a vu suffisamment. C'est le jeune M. Singh qu'il faut féliciter. Prêts pour la récupération, galerie de bâbord.

Il passa le talkie-walkie à Everett.

– Tottenham Hotspur, dit celui-ci.

Ils progressèrent lentement, mais régulièrement, sur la passerelle, en posant soigneusement les pieds sur chaque barreau, se tenant aux étançons au-dessus d'eux. Un pont de singe au-dessus du grand vide, jusqu'à la partie arrière du navire, écrasée. Mchynlyth ouvrit le panneau d'écoutille. Le vent se rua à l'intérieur ; Everett fut aveuglé par la neige et le froid. La galerie était inclinée sur le côté et le fossé entre la coque et l'extrémité de la rambarde avait de quoi intimider. Mais quand le rideau de neige s'écarta, l'*Everness* apparut, droit devant. Everett apercevait Sen derrière les hublots éclairés de la salle des commandes ; ses mains voltigeaient d'un instrument à l'autre, faisant danser le dirigeable sur ses rotors endommagés. Le navire se rapprocha. Everett s'accrochait à la rambarde, fouetté par les bourrasques glacées, grelottant. Derrière lui, l'*Arthur P* se dressait tel le donjon de quelque seigneur malfaisant. Sen fit pivoter les nacelles des rotors et abaissa délicatement l'*Everness* jusqu'à ce qu'il se trouve à la hauteur de la galerie. L'écoutille du nez s'ouvrit; la rampe d'embarquement sortit. Elle s'arrêta à un mètre de la galerie. Elle ne pouvait pas aller plus loin. Deux sauts, donc. Le premier sur la balustrade, et le second, en plein ciel, pour atteindre la rampe.

– Allez, Everett, dit Mchynlyth. C'est simple comme bonjour. Regarde.

Il bondit de l'écoutille sur la balustrade, puis sur la rampe. Il fit signe à Everett de le rejoindre.

– « Mais ceux qui espèrent dans le Seigneur renouvellent leur force, ils déploient leurs ailes comme des aigles, ils courent sans s'épuiser, ils marchent sans se fatiguer », déclama Sharkey.

Everett s'élança. Il attrapa la balustrade, retint son souffle et son courage. Il avait affronté les Bromley et il les avait vaincus. Il avait détruit leur navire amiral. Il avait franchi des univers. Un mètre de vide, ce n'était que ça : du vide. Il contourna le bord de la balustrade, se mit en position et sauta. Il atterrit sur la passerelle avec la souplesse d'un chat, et, en vingt pas, il se retrouva dans la soute de l'*Everness*. Sen était déjà en train de s'écarter du navire ravagé des Bromley quand il monta sur le pont.

– Et la capitaine ? interrogea-t-il.

– Annie va bien, répondit Sen.

D'un mouvement de tête, elle montra la vitre.

L'*Arthur P*, déséquilibré de manière irrémédiable, se dressait dans le vide, aussi haut qu'un gratte-ciel. La passerelle sortait de sa proue telle une antenne radio. Une silhouette la gravissait, vêtue de jodhpurs beiges et d'une chemise blanche, chaussée de bottes ; elle escaladait les barreaux, indifférente aux rafales de vent et de glace, intrépide. Voyant son navire surgir du blizzard, la capitaine Anastasia Sixsmyth lui adressa de grands signes.

– Mchynlyth, ouvrez les portes de la soute, ordonna Sen dans l'interphone.

– À vos ordres, madame.

Sen se tourna vers Everett.

– Tu as entendu ? *Madame*. Bonaroo.

Anastasia avait atteint l'extrémité de la passerelle. Elle se tenait droite comme un I, défiant les éléments, bras écartés pour accueillir l'*Everness*. Et Sen le manœuvra si bien, avec une telle douceur, une telle précision, qu'Anastasia n'eut qu'un pas à faire pour atteindre la soute.

– Capitaine à bord ! s'exclama Sharkey, tandis qu'Anastasia montait sur le pont, à grandes enjambées.

Elle était couverte de bleus et d'éraflures, sa chemise blanche était ensanglantée. Sen faillit sauter de joie en la voyant.

– Mademoiselle Sixsmyth, je vous relève de votre commandement. Attendez vos ordres. Monsieur Mchynlyth, vérifiez l'état de l'appareil. Monsieur Sharkey, contactez l'*Arthur P*. Informez sa capitaine qu'elle va être remorquée comme une prise de guerre. Les Bromley me doivent un manteau.

26

La neige arriva par l'est. Elle traversa le Kent, déposa une couche blanche de dix centimètres sur les promenades et les jetées de Deal et sur les tours de la cathédrale de Canterbury, sur les villes et les villages du Medway et sur les trains de banlieue qui ramenaient vers leurs foyers des employés de bureau, des fonctionnaires et des personnes parties faire des courses. Elle fit tourbillonner ses flocons autour des vortex et des courants ascendants qui s'échappaient des cheminées et des conduits d'aération de l'Anneau de Fumée. Elle envoya une avant-garde pour saupoudrer d'argent les Albert Docks et l'Île aux Chiens, comme une promesse de blancheur immaculée.

Au cœur de cette tempête, l'*Everness* rentrait au port. Un long retour effectué en boitant sur quatre des huit rotors. Et en remorquant un lourd fardeau. Un demi-kilomètre derrière se trouvait la masse de l'*Arthur P*, silhouette fantomatique dans le blizzard; parfois visible, semblable à un gratte-ciel au bout d'un fil de pêche; parfois caché, si bien que les câbles de remorquage semblaient disparaître dans le néant. Mais l'humiliation des Bromley ne pouvait pas échapper aux radars. Le contrôle du trafic aérien repéra immédiatement cette anomalie qui arrivait par la Manche, et en quelques secondes, la nouvelle fit le tour de toute la communauté airish, de Paris à Copenhague, d'Aberdeen à Amsterdam. Même les pilotes des navires de ligne, bêcheurs et hautains, qui ne voulaient pas s'abaisser à s'occuper des faits et gestes de cette vulgaire flotte marchande, lancèrent en l'air leurs casquettes chic. Anastasia Sixsmyth avait vaincu les puissants Bromley. Et pas seulement. Elle les avait anéantis, broyés, humiliés! Dans le Grand Port de Hackney, on préparait les feux d'artifice, la fanfare et les sifflets de train pour accueillir l'*Everness*. Une fête monstre serait organisée. Tant que les ingénieurs n'auraient pas rétabli l'équilibre de l'*Arthur P*, il resterait suspendu à la verticale tel un gigantesque point d'exclamation. La coutume voulait que l'équipage du navire vaincu soit recueilli par le vainqueur. Cette idée révulsait la mère Bromley. Ils resteraient à bord de leur dirigeable, malgré l'inconfort, orientés à quatre-vingt-dix degrés, tant pis.

Si l'exploit d'Anastasia Sixsmyth parcourait les ondes, celle-ci ne se réjouissait pas pour autant. Elle était assise dans ses quartiers, une tasse de chocolat chaud aux épices à portée de main. Son visage paraissait aussi lugubre que le temps qu'elle contemplait à travers le hublot. Sa peau noire était marbrée de marques plus sombres encore. Son oreille était recouverte de pansements jaune vif, car deux de ses boucles avaient été arrachées durant le combat. Elle avait refusé de commenter son duel avec Kyle Bromley, se contentant de déclarer: «Je n'ai pas déshonoré mon navire.» Quant à Kyle Bromley, il n'en parlerait sans doute jamais, lui non plus. Tenu en échec par une femme! C'était la plus grande honte de leur défaite honteuse. Les blessures, visibles et invisibles, et les lourds dégâts infligés à son dirigeable n'étaient pas à l'origine de la morosité d'Anastasia. La cause en était Everett Singh, debout devant elle, plus nerveux qu'il ne l'avait jamais été.

– Alors comme ça, cette Mme Villiers retient votre père prisonnier dans la tour Tyrone, dit la capitaine.

– Oui.

– Une plénipotentiaire de la Plénitude.

– Oui.

– Jouissant de pouvoirs et de ressources quasiment illimités.

– Oui.

– Munie d'un expulsor.

– Je l'ai vu de mes propres yeux. Demandez à Sen…

– Qui s'est introduite dans la tour Tyrone.

– Elle s'est portée volontaire.

– Cette Charlotte Villiers vous a suivis jusqu'à l'*Everness*, et elle ne reculera devant rien pour s'emparer de votre comptator… votre Infundibulum.

– Exact.

– Me voilà donc impliquée, que je le veuille ou non.

Everett ne pouvait rien répondre à cela. La capitaine poursuivit :

– Et maintenant, vous me demandez de risquer mon dirigeable, mon équipage et ma fille pour vous aider à récupérer votre père.

– Oui.

– Ensuite, vous partirez avec votre père et votre famille dans un autre plan, loin, très loin, où vous vivrez heureux pendant que nous, nous resterons ici dans ce monde pour affronter la colère de la Plénitude.

– Oui, avoua Everett.

C'était affreux.

– Je pourrais vous livrer à eux, monsieur Singh. Je pourrais vous conduire à la tour Tyrone et dire à la personne de l'accueil qui vous êtes et ce que vous possédez. Je pourrais le faire et mon dirigeable serait à l'abri, moi aussi et Sen également. Pourquoi ne le ferais-je pas ?

– Rien ne vous en empêche.

– Asseyez-vous, monsieur Singh. Je vais vous raconter une histoire. Une bonne histoire, authentique.

Everett abaissa un siège fixé au mur et s'assit.

– Il y a longtemps, ou peut-être pas si longtemps que ça, dans l'infini bleuté, je pilotais un dirigeable baptisé *Fairchild*, un navire bona comme il en existe peu dans le Grand Port de Hackney. Le capitaine, Matts Hustveit, était un Norvégien de la deuxième génération ; ses parents avaient émigré lors de la guerre russo-suédoise. Son épouse, Corrie, était responsable du pesage, c'était une vraie de vraie, une Airish de Hackney depuis l'époque où ils avaient gonflé un sac avec du gaz pour la première fois. Ils étaient comme une famille. Ils étaient ma famille. Quant à ma véritable famille... Disons qu'une famille, c'est ce qui fonctionne. Je ne suis pas d'ici, je ne suis pas une polone de Hackney, je suis une Airish de l'Ouest, je suis née dans le Grand Port de Bristol, à portée des cloches de St. Mary Redcliffe. Vous auriez dû voir tous ces navires, alignés nez à nez le long du Port flottant, toute la Flotte transatlantique. Québec, Boston, Atlanta, Miami, La Havane, Caracas, Recife et Rio. Montevideo et Buenos Aires. Je connaissais la destination de chaque dirigeable, et le nom de celui qui le commandait. Mon père était pilote sur la ligne de Montevideo. Ma mère travaillait au Bureau du gaz, mais c'était une véritable Airish. Mon père promettait toujours de m'emmener avec lui, à New York, Savannah ou Salvador. Mais il est parti, alors je suis partie aussi. Découvrir soudainement que quelqu'un n'est plus là, sans savoir pourquoi, et découvrir que tout ce que l'on vous a raconté n'est pas vrai, et ne l'a peut-être jamais été... Je connais ça, monsieur Singh. Je les ai quittés, pour pouvoir voler. Je n'en suis pas fière, mais je devais le faire.

« Je venais de passer trois années à l'école de pilotage des Voiles du Ciel, et je me suis retrouvée en train de chercher une place à bord d'un dirigeable. J'avais des dettes. De grosses dettes. J'en ai encore. Les places de pilote sont rares, c'est comme enfiler les chaussures d'un mort. Les équipages sont très proches. Ils forment une famille. Le capitaine Matts venait de perdre son pilote, Hugh Bom Jesus. Mère originaire de Hackney, père de Lisbonne. Excellent pilote, mais gros buveur. Le *Fairchild* devait se rendre à Dresde, mais Hugh n'avait pas dessoûlé depuis trois jours. Quelqu'un, béni soit le Très Cher, l'a enfermé dans la cave des Chevaliers et a refusé de le laisser décoller. Il aurait planté l'appareil à coup sûr. Mais le capitaine Matts avait des marchandises à transporter, et je suis arrivée à ce moment-là. Coup de chance? Rien de tel, monsieur Singh. Vous voyez passer des occasions, des instants, des configurations et vous en profitez. Vous les provoquez. J'ai accepté la mission et je suis passée au pesage. Je m'en souviendrai toute ma vie: cinquante et un kilos de ballast. Je me suis mise aux commandes, on a décollé et on a rejoint Dresde en quatrième vitesse.

« Désormais, c'était moi qui pilotais le *Fairchild* et j'étais devenue la coqueluche. À Hackney, on ne parlait que de moi. Pas un pêcheur qui ne veuille m'offrir un verre, pas un omi – et même quelques jolies polones – qui ne me désire. Et c'était chouette, on formait un équipage uni. Le capitaine Matts et Corrie avaient une fille... Je suis sûre que vous devinez de qui il s'agit. Elle avait six ans quand je suis arrivée à bord du *Fairchild*, et c'était une sale gamine gâtée, bien plus que maintenant. Elle menait tout le monde par le bout du nez, cette Sen Hustveit. Nous étions un bon équipage, très soudé. Une famille.

« Je pilotais ce dirigeable depuis deux ans quand nous avons rallié la mer des Sargasses. Initialement, nous parcourions surtout la Baltique: l'empire germanique, la Pologne, l'empire de toutes les Russies, ce qui restait de la Scandinavie.

Mais il s'agissait d'un contrat avec le gouvernement; il fallait agir vite et bien. Le navire habituel était en révision. Nous étions pressentis pour rejoindre la flotte de la Poste royale et je pense qu'ils voulaient voir si nous pouvions faire face à une urgence, à la demande du gouvernement. Notre mission était à la fois rapide et simple: réapprovisionner un navire d'étude de la Société royale de géographie et d'océanographie dans la mer des Sargasses. Transporter, larguer et rentrer au bercail. Sans avoir besoin d'attendre une autre mission pour revenir.

« Nous avons décollé. C'était au mois d'août. Il faisait beau et chaud, le ciel était dégagé. Un puissant anticyclone s'était installé sur l'Europe; les gens ont gardé le souvenir d'un formidable été. Nous avons survolé les mers bleues dans un ciel d'azur, sans croiser un seul nuage jusqu'à ce qu'on recharge à Madère et reparte vers l'ouest, en plein océan. Août, c'est la saison des cyclones, et s'il y a de hautes pressions au-dessus de l'Europe, elles sont basses au-dessus de l'Atlantique. Là, trois systèmes de basses pressions s'étaient réunis pour former une dépression homérique. Mais notre radar la suivait à la trace et le capitaine Matts veillait à ce que l'on passe au large de ce qui couvait là-bas. Le baromètre descendait vers des niveaux de pression que je n'avais jamais connus, l'horizon était entièrement noir. À trois cents kilomètres de distance, nous étions secoués par les bourrasques. Les vents contraires étaient féroces. Nous avons largué notre cargaison et fait demi-tour pour aller recharger à Madère. Mais parfois, certains phénomènes, quand ils prennent trop d'ampleur, se transforment en monstres, des choses que nul ne peut prédire et auxquelles nul ne peut se préparer. Cette tempête s'est renforcée, encore et encore, en se nourrissant de la chaleur de la mer des Sargasses; elle s'est amplifiée jusqu'à devenir une chose que personne n'avait jamais vue.

Le navire d'étude a changé de trajectoire pour la devancer. Nous, nous avons fait demi-tour. Nous avons fui... ou tenté de fuir. Mais nous avions gaspillé trop d'énergie pour affronter les vents contraires. Nous n'avions plus de quoi rejoindre l'île de Madère. Privés de puissance, nous allions tourbillonner dans le ciel comme une feuille sous une tempête.

« Alors, Matts a pris une décision. Une décision terrible. Mais la seule qu'il pouvait prendre. Si bien qu'en définitive, il n'y avait pas le choix. Il m'a ordonné de refaire demi-tour pour plonger au cœur de la tempête. Ce n'est pas une tactique fréquente, mais tous les dirigeables possèdent l'équipement adapté : il s'agit de recharger grâce à l'orage. J'ai exécuté la manœuvre et mis le cap droit sur le cyclone...

Anastasia jeta un coup d'œil au hublot, derrière lequel s'amoncelait la neige.

– Vous pensez sans doute que nous sommes dans une tempête, monsieur Singh. Erreur. Ce n'en est pas une. Ce jour-là, c'était vraiment une tempête. Renfield, notre mécanicien, a branché les capteurs d'éclairs. Le ciel semblait carbonisé et en ébullition, zébré par la foudre. Soudain, nous avons été pris dans les bourrasques et j'ai senti le manche à balai s'affoler. J'ai résisté. J'ai piloté ce navire au milieu des coups de tonnerre. J'ai maintenu le cap, droit vers l'œil du cyclone. Pendant que nous attirions les éclairs. Quand un dirigeable prend la foudre, tout devient électrique. Le moindre clou, la moindre poignée... produit des étincelles. Vos cheveux se dressent. Le verre est parcouru de feux Saint-Elme. Des boules de feu traversent les ponts. Malgré tout, j'ai réussi à maîtriser le navire, au cœur de l'ouragan, alors qu'il continuait à absorber les éclairs. Quand les compteurs ont indiqué que les batteries étaient rechargées, j'ai repris la direction de Madère.

« Aujourd'hui encore, je ne peux pas me défaire de l'idée que c'est arrivé à cause de ce demi-tour, et que c'est moi la responsable. On ne le saura jamais. Un arc électrique s'est propagé du capteur d'éclairs dorsal jusqu'au gouvernail, et il a enflammé la fibre de carbone. Le nanocarbone ne brûle pas facilement, mais quand cela se produit, il se consume à toute vitesse, en dégageant une énorme chaleur. Il détruit tout : la coque, les étais, la membrure, l'ossature même du navire. Nous étions en feu. Vous n'avez jamais vu un dirigeable brûler, monsieur Singh. Peu de gens ont assisté à un tel spectacle. Il n'y a rien de plus horrible. Tous les espoirs que nourrit une personne, toutes les choses qu'elle aime et chérit, partent en fumée. Le feu ne réfléchit pas, il n'a aucune conscience. Un dirigeable qui brûle dans le ciel, c'est un ange qui brûle.

« Le *Fairchild* était en flammes et nous étions à une centaine de kilomètres des côtes. Corrie a lancé un appel de détresse au navire d'étude de la SRGO. Le capitaine Matts m'a confié Sen et m'a ordonné de la conduire aux nacelles de sauvetage. « Montez dans une nacelle. Sauvez-vous ! » Elle n'avait que huit ans. Et elle a vu sa maison, son navire, brûler.

« Le feu est parti de la queue. J'ai pris Sen dans mes bras et je me suis enfuie avec elle, en courant, et devant moi l'empennage n'était plus qu'une masse de flammes blanches. Le nanocarbone se consume comme le magnésium et se transforme immédiatement en suie, sans faire de cendres. J'ai vu le feu ramper le long de la membrure et la coque se volatiliser. On aurait dit une maladie : la peau du dirigeable se transformait en gaz et explosait. J'ai vu toute l'ossature chauffer à blanc, puis disparaître.

Aucune autre nacelle de secours n'a quitté le navire. Je pense qu'ils disposaient d'un plan de la dernière chance pour expulser l'hélium, ce qui aurait étouffé le feu. Mais rien n'est sorti du *Fairchild*. J'étais terrorisée, jusqu'à ce que le parachute s'ouvre, mais mon angoisse ne s'est pas dissipée pour autant car des lambeaux de toile enflammée pleuvaient sur nous. Si l'un d'eux nous tombait dessus, nous étions mortes. Je revois encore le *Fairchild,* dans le ciel, éclairé de l'intérieur par la membrure qui se consumait. Il devait être visible à des centaines de kilomètres... si quelqu'un avait été aussi fou que nous pour s'aventurer dans cet enfer. Pour finir, les cellules de gaz se sont détachées. Je les ai vues dégringoler, s'embraser, dans les bourrasques. Rien d'autre n'a quitté le navire. Finalement, nous avons amerri et je n'ai plus eu le temps de penser à ce que j'avais vu. J'ai largué le parachute pour qu'il ne nous entraîne pas, j'ai jeté l'ancre et allumé la balise d'urgence. Et nous avons attendu, ballottées au milieu de l'océan et de l'ouragan. La mer me fait peur. Elle est plus vaste que tout. Même un grand dirigeable de la taille du *Fairchild* n'est rien comparé à l'océan ; une allumette que l'on gratte dans le noir. *Pouf !* Disparue. Et l'océan nous hait. Depuis toujours. Ou alors, s'il ne nous hait pas, il se fiche pas mal de nous et de nos exploits. Il n'est pas humain. J'ai stabilisé la nacelle, j'ai branché la radio et nous avons subi la tempête toute la nuit. Livrées à nous-mêmes : une jeune femme et une enfant, seules en pleine mer.

« L'océan est une chose étrange, monsieur Singh. La plus étrange qui soit. Je crois que rien ne m'effraie davantage. Nous avons dormi, je ne sais pas comment, puis l'ouragan a agité sa queue et il est reparti vers l'ouest, nous laissant flotter sur l'eau dans notre nacelle. comme un bouchon À mon réveil, la mer était calme, le ciel dégagé et le soleil frappait mon visage à travers le hublot. Et il y avait un vaisseau au loin. Mais ce n'était pas celui de la SRGO. J'aborde maintenant la partie de ce récit que vous aurez du mal à croire, je le sais, même si la preuve est ici, devant vous, monsieur Singh. (Elle frappa plusieurs petits coups sur la table avec son poing éraflé.) Ce n'était pas un navire mais un dirigeable, immobilisé à trois cents mètres d'altitude, laissant traîner ses câbles d'amarrage dans l'eau. Il était là, moteurs coupés. Rien sur les fréquences radio. Un dirigeable, monsieur Singh, en plein ciel ! *Ce* dirigeable. L'*Everness*. Je pourrais vous raconter dans le détail comment je l'ai attrapé par un câble et comment je me suis hissée à bord, difficilement, pour découvrir qu'il était désert. Pas âme qui vive. Je pourrais vous raconter comment je l'ai ramené au port, mes démêlées avec l'administration et les tribunaux, comment je suis devenue propriétaire et capitaine d'un dirigeable qui n'existait pas officiellement. Je pourrais vous raconter tout cela, monsieur Singh. Mais ce n'est pas nécessaire. Les preuves sont autour de vous. Sachez seulement que j'ai vu le *Fairchild* brûler et dégringoler, entraînant dans sa chute la mère et le père de Sen, et à cet instant, je suis devenue sa famille. Je ne suis pas une femme superstitieuse, ni particulièrement croyante, ni plus ni moins que n'importe quel Airish, mais je sens, au plus profond de moi, que l'*Everness* m'a été donné pour que j'en fasse son foyer.

« Sen ne vous a jamais parlé de sa famille. Je sais que vous l'avez questionnée pourtant. Elle me parle de ces choses. Elle ne vous en parlera jamais. Les cauchemars ont disparu, depuis environ deux ans maintenant, pour elle et pour moi, mais ils ne sont jamais loin. J'ai fait tout mon possible pour elle. Je ne suis pas sa mère, je ne suis même pas une mère. Mais Matts et Corrie m'ont offert une famille et un foyer, et moi, j'ai offert la même chose à Sen. Comme je vous le disais, monsieur Singh, la famille, c'est ce qui fonctionne.

« Voilà pourquoi je vous aiderai. Sans doute avez-vous entendu dire, par Sen elle-même peut-être, que j'ai une amriya, une promesse sacrée dans notre palari. C'est un serment que je me suis fait à moi-même. J'ai promis de donner autant que j'ai reçu. Je suis encore loin d'avoir remboursé ma dette. Alors, je vous aiderai. Mon dirigeable et mon équipage sont à votre disposition. Et nous avons un compte à régler, en mémoire de ce pauvre bougre d'Appening Ed. Il nous arrive de nous chamailler et de nous battre entre nous, mais quand quelqu'un offense l'un des nôtres, il nous offense tous. Mme Charlotte Villiers a besoin d'apprendre que nous ne sommes pas ses domestiques. Et puis, vous m'avez aidée, monsieur Singh. Vous avez sauvé mon navire, à ce qu'il paraît. Sans vous, l'*Arthur P* nous aurait abandonnés là-bas sur le Banc de sable de Goodwin, parmi les autres épaves. À mon tour de vous venir en aide.

Un puissant sifflement résonnait dans la tête d'Everett. Différent de celui qu'il avait entendu lorsqu'il avait formulé son incroyable requête à Anastasia, ce son aigu qui vous vrille les tympans quand vous faites une chose que vous devez absolument faire, mais que vous n'avez absolument pas envie de faire, quand vous vous entendez prononcer les mots et que vous haïssez votre voix, quand vous haïssez le sentiment qu'ils vous procurent. C'était le son, très différent, que vous entendez quand vous vous êtes convaincu que la personne d'en face va dire non, que toutes vos paroles ne peuvent déboucher que sur une réponse négative, et quand cette personne dit oui, finalement. Un oui si discret qu'il vous a échappé tout d'abord, puis vous trébuchez dessus, comme sur un obstacle que vous n'aviez pas vu sur le trottoir, et après vous être affalé, vous êtes obligé de revenir sur vos pas pour constater qu'il y a bien quelque chose à cet endroit. Elle avait dit oui. Everett se balançait d'avant en arrière. Oui. Son visage était en feu. Il crut qu'il allait pleurer. Elle était d'accord. Elle avait dit oui.

– Vous pourriez me remercier, monsieur Singh, dit Anastasia.

– Merci.

– Merci qui ?

– Merci, capitaine.

– De rien, monsieur Singh. Sur le pont. Convoquez l'équipage à son poste. Je vous rejoins tout de suite. Il faut que je me refasse une beauté. Nous allons bientôt arriver à Hackney, je veux que nous ayons tous l'air en pleine forme et irrésistibles ! Vous pouvez disposer.

– Bien, capitaine.

27

– Montez à l'altitude minimale, dit Anastasia.
– À vos ordres, capitaine.

Sen poussa les manettes vers l'avant et l'*Everness* s'éleva en douceur, silencieux comme une prière, pour quitter son poste d'arrimage. La neige venant de l'est et l'époque des fêtes avaient vidé les rues du Grand Port de Hackney. C'était le réveillon de Noël ; les gens fermaient leurs portes et leurs volets pour s'isoler du monde et se concentrer sur leurs proches. Les rares personnes encore dehors – les vendeurs de châtaignes, la fanfare de la mission qui jouait des hymnes près du viaduc de Clapton, les fêtards qui sortaient avec leurs tenues de soirées sous leurs gros manteaux, les premiers ivrognes qui quittaient en titubant les pubs du coin de la rue et celui des Chevaliers de l'Air, à moitié réparé – levèrent la tête en entendant le bourdonnement des rotors, en sentant ce très léger déplacement d'air qui accompagnait le passage d'un énorme navire volant. Malgré la banalité de la chose, malgré le nombre d'appareils qui décollaient et atterrissaient chaque jour, il n'y avait pas à Hackney d'esprit trop blasé pour rester insensible à la caresse de l'ombre d'un dirigeable. Personnellement, Everett savait que jamais il ne se lasserait de rester devant un hublot pour regarder défiler le monde étendu à ses pieds. Et il n'oublierait jamais, car après cette nuit, après ce vol, il ne le referait jamais plus. Il ne reviendrait plus jamais dans ce monde. Il ne pourrait plus revenir dans ce monde. Dans très peu de temps – moins d'une heure –, il reverrait son père. L'excitation était si grande qu'elle en devenait presque effrayante. Elle lui donnait la nausée. Cela faisait si longtemps, – des semaines, des mois, lui semblait-il –, qu'il avait vu, alors qu'il attendait devant l'ICA, les sbires de Charlotte Villiers arrêter son père sur son vélo et l'enlever pour le conduire dans ce monde. En réalité, cela faisait un peu plus d'une semaine. C'était si facile de mélanger l'espace et le temps : quelques jours se confondaient avec les distances d'univers entiers. L'excitation et l'impatience se mêlaient à la peur et à un sentiment de perte. Ses retrouvailles avec son père signifieraient l'adieu à l'équipage de l'*Everness* : Mchynlyth et Miles O'Rahilly Lafayette Sharkey, Sen et Anastasia Sixsmyth. Ils regagneraient leur dirigeable et voleraient vers un port sûr, au-delà des traités d'extradition britanniques. Son père et lui partiraient de leur côté, à travers les mondes, dans un lieu où personne ne pourrait les retrouver. Everett aurait tant voulu pouvoir ramener ses amis de l'*Everness* dans sa ville de Stoke Newington. Ce serait tellement plus simple d'expliquer à sa mère qu'ils devaient émigrer dans un autre univers en voyageant à bord de ce dirigeable de deux cents mètres de haut qui flottait au-dessus de Roding Road. Hélas, c'était impossible. Seuls les individus pouvaient sauter d'un monde à l'autre.

Sharkey était à son poste, son casque à moitié sur les oreilles. Everett ne doutait pas un instant que les fusils à canon scié se trouvaient toujours dans la doublure de son manteau. Sharkey le bavard, toujours prêt à porter la parole du Seigneur, avec ses manières de gentleman du Sud. Quelle part de vérité dans tout cela ? Quand vous êtes loin de chez vous, quand vous êtes un exilé, vous vous enveloppez d'histoires. Il se disait mercenaire, aventurier, homme du monde. Gardien de but, mathématicien, voyageur et transplans, avait répondu Everett. À force de le répéter, ça devenait la vérité.

Mchynlyth. Monté sur la coque, sous ce ciel de cristal, se balançant au bout de son câble, très haut au-dessus des clochers de Londres, riant comme un beau diable pendant qu'il mettait au point la supercherie qui leur permettrait de duper le contrôle aérien de Dunsfold. Mchynlyth : né à Glasgow, mais pas Écossais, possédant un ADN indien, mais pas pendjabi. *Airish*. Vous êtes ce que vous choisissez d'être.

La capitaine Anastasia. Grâce, puissance et dignité, même avec la moitié de l'oreille arrachée. Culottée, chic, téméraire. Elle terrifiait Everett, mais il l'adorait. Il pourrait passer sa vie à lui apporter du chocolat chaud aux épices. « Vous êtes tout ce que j'admire. J'aimerais vous ressembler. J'aimerais être vous. »

Sen. Il n'osait pas la regarder. Si légère et frivole quand elle ornait l'*Everness* de décorations de Noël (des guirlandes clignotaient dans les moindres recoins du pont). Si sérieuse et concentrée quand elle tenait la barre pour guider le navire au-dessus des lumières éclatantes de Londres. Ses moues boudeuses qui se transformaient en grands sourires ; sa fourberie et sa spontanéité, sa fierté toujours prompte à s'enflammer. Son ravissement devant tout ce qui brillait.

« La famille, c'est ce qui fonctionne », avait dit Anastasia. Sa famille *fonctionnerait*-elle une fois qu'il l'aurait rassemblée, dans un monde qui ressemblait suffisamment à celui d'où ils venaient pour qu'ils puissent retrouver un peu de leur ancienne vie ? Une vie qui n'avait pas fonctionné. Sa mère et son père s'étaient séparés. De quel droit pouvait-il les obliger à réessayer, dans un monde totalement inconnu ? Se sépareraient-ils de nouveau ? Sa mère accepterait-elle seulement de les accompagner ? Allait-il provoquer la séparation ultime : sa mère et Victory-Rose d'un côté, son père et lui de l'autre, séparés pour toujours dans des univers différents? C'était un choc, terrible, sombre, un poing qui lui broyait le cœur: il s'apercevait que toutes les décisions qu'il avait prises, toutes les actions qu'il avait entreprises avaient obligé quelqu'un à payer un prix élevé et cruel. Dans les films d'action, ce n'était jamais comme ça. Il n'y avait jamais de conséquences.

– Monsieur Sharkey, dit Anastasia.

Celui-ci actionna un interrupteur.

– Contrôle Dunsfold, contrôle Dunsfold, ici le dirigeable *Everness*.

– Bien reçu, *Everness*, ici Dunsfold.

– Demande plan de vol Grand Port de Hackney-Grand Port de Bristol.

– Bien reçu. La capitaine Annie rentre chez elle pour Noël? demanda le contrôleur aérien.

Il avait un ton suffisant, lourd de sous-entendus. Everett entendait des rires en bruit de fond. Anastasia abaissa un micro fixé au bout d'une perche.

– Non, Dunsfold. Nous allons en réparation.

– Ils n'ont pas d'ateliers à Hackney? demanda le contrôleur impertinent.

– Pas aussi bon marché.

D'autres rires retentirent dans la salle de contrôle. Sur le pont de l'*Everness,* l'ambiance était tendue.

– OK, *Everness,* vous avez l'autorisation de suivre le cap 268° 12' 30" à destination de Bristol. Altitude standard, itinéraire régulier, annonça le contrôleur. Au fait, capitaine, j'ignore comment vous avez fait, mais ce que vous avez infligé à l'*Arthur P*, c'était... fantabulosa, pour reprendre votre expression.

– Merci, Dunsfold. Terminé. (Anastasia coupa la liaison radio.) Suivez les consignes, mademoiselle Sixsmyth. Deux cents mètres. Monsieur Sharkey, activez notre radiophare. Nous ne voudrions surtout pas érafler la peinture d'un de ces beaux et étincelants navires de ligne.

Les lumières de Londres virevoltèrent devant les yeux d'Everett quand le dirigeable pivota sur son axe. Tout en prenant de l'altitude. Sen jouait des rotors comme on joue d'un instrument de musique, avec délicatesse. L'*Everness* prit son cap. Sen actionna les leviers de poussée. Deux cents mètres, c'était la hauteur des tours, des gratte-ciel. Everett retint son souffle en voyant passer juste sous ses pieds les Victoires ailées, les Némésis armées d'épées et de boucliers, les Justices aux yeux bandés tenant des balances, toutes couronnées de neige fraîche, les voûtes, les croix et les clochers. Il pouvait plonger son regard dans les rues et admirer l'éclat d'acier de la ville. Devant lui le dôme de St. Paul, inondé par les projecteurs, resplendissait sous sa calotte de neige; Fleet Street et le Strand étaient illuminés par les éclairages de Noël. Il voyait les voitures, les trains, les gens qui se frayaient un chemin sur les trottoirs blancs, le fleuve parcouru à toute vitesse par des hydrofoils et des hovercrafts. Sen manipula les commandes et l'*Everness* se déplaça d'un cheveu vers les élégantes terrasses et les places enneigées de Bloomsbury. La verrière de la British Library était éclairée de l'intérieur. Un peu plus loin, la tour Tyrone se dressait telle une main d'acier; des projecteurs baignaient d'une lueur bleutée, fantomatique, ses contreforts, ses gargouilles et ses corniches. Du sommet jaillissait une flèche de lumière qui semblait transpercer le ciel.

– Rapproche-nous, Sen, chuchota Anastasia. En douceur. Nous sommes censés être estropiés.

Tottenham Court Road était une balafre de néons. Au sud, Soho formait un nœud incandescent. Quelques flocons égarés passaient devant la grande vitre et tournoyaient, telles de minuscules étincelles, dans l'éclat des lampadaires et des enseignes lumineuses; l'hiver les cernait de nouveau.

– Arrêt complet, mademoiselle Sixsmyth.

Sen tira vers elle toutes les manettes. Elles revinrent au point mort avec un petit clic. L'*Everness* s'immobilisa à environ cinq cents mètres de la tour Tyrone, à l'est.

– Monsieur Sharkey, signalez l'urgence.

– Dunsfold, Dunsfold, ici l'*Everness*. Nous signalons une urgence, dit l'Américain dans le micro. Nous avons une panne d'alimentation principale. Nous n'avons plus de force motrice.

– Bien reçu, *Everness*, répondit le contrôleur aérien de Dunsfold. (C'était l'homme qui avait félicité Anastasia pour le sort infligé aux Bromley, mais il paraissait d'humeur beaucoup moins enjouée.) Vous dérivez?

– Nous pouvons maintenir notre position, dit Sharkey.

– Indiquez-nous vos coordonnées.

Sharkey énuméra une succession de chiffres.

– Merci, *Everness*. Nous captons votre radiophare. Avez-vous une estimation du temps nécessaire?

– Deux heures pour rétablir la force motrice.

– Nous allons lancer un avis de danger standard sur l'ensemble du trafic aérien. Au moins, vous avez eu la bonne idée de choisir une nuit calme.

– Nous vous informerons dès que nous aurons récupéré notre puissance. Terminé.

La capitaine Anastasia attendit deux secondes, puis elle décrocha l'interphone.

– Monsieur Mchynlyth, c'est à vous. Déployez le drone. Monsieur Sharkey, la caméra, je vous prie.

Les écrans suspendus s'allumèrent, mais Everett, posté à son endroit préféré, derrière la vitre, avait une meilleure vue. Le drone jaillit de sous la coque de l'*Everness*, demeura suspendu un bref instant dans le vide, puis fit pivoter ses hélices et, guidé à distance par Mchynlyth, partit en bourdonnant vers la tour Tyrone. Il s'agissait d'un petit drone d'inspection, une sorte d'insecte mécanique conçu pour examiner les endroits trop dangereux, à l'extérieur d'un dirigeable. Certes, Mchynlyth ne considérait aucun endroit comme « trop dangereux », mais il gardait ce drone car c'était une très belle réalisation technologique, intelligente, et il aimait les objets intelligents et bien réalisés. Au niveau du design, il était presque identique à cette caméra volante qu'Everett avait vue sur les séquences vidéo fournies par Colette Harte : quatre hélices, des pieds et une unité de traitement. Le design fonctionnel restait le même, quel que soit l'univers.

Le drone traînait un filament de nanocarbone fin comme un cheveu, résistant comme un diamant. Quand Mchynlyth l'avait montré à Everett, il lui avait bien dit de faire attention à ses doigts. « Il te les couperait illico, *clac*. De manière tellement nette que tu le sentirais même pas. » Un fil si fin qu'il demeurait invisible pour les objectifs des caméras basse résolution, mais Everett crut entrapercevoir un scintillement, comme quand le soleil éclaire un fil d'araignée, lorsque le fil passa dans le faisceau d'un des projecteurs. Les écrans affichèrent ce que voyait la caméra du drone. Mchynlyth le fit descendre jusqu'au vingt-deuxième étage et enroula le grappin, fixé au bout du fil, autour des épaules d'une guerrière de pierre casquée, au visage dur, debout à côté d'un bouclier. Après quoi, il le largua.

– Monsieur Sharkey, monsieur Singh, sur la plateforme de fret.

Everett n'avait jamais entendu la capitaine Anastasia s'exprimer d'un ton aussi solennel. L'heure avait sonné. Mais il ne se sentait pas prêt. Il devait se mettre en condition ; il devait réfléchir à ce qu'il allait faire. Pas le temps. Il fallait qu'il soit prêt. Certaines paroles devaient être prononcées. Des paroles d'adieu, déchirantes. Il constata que Sen en avait conscience, elle aussi · le moment de la séparation définitive était venu ; dans quelques instants, il quitterait le pont et disparaîtrait.

– Everett Singh !

Jamais il n'avait vu un visage si blanc, des yeux si semblables à de la glace.

– Sen...

– Je viens avec toi.

– Reste ici ! rugit Anastasia.

– J'y vais. Je veux être avec Everett.

Sa veste était boutonnée, elle avait déjà enfilé un gant, son sac pendait sur son épaule.

– Reste sur le navire.

– Non !

Elle s'éloigna du tableau de bord.

– L'*Everness* vous appartient, mademoiselle Sixsmyth, déclara Anastasia. Vous avec les commandes.

Le sac glissa de l'épaule de Sen, jusqu'au sol. Elle recula. En tant que mère, Anastasia n'aurait pas réussi à l'arrêter. En tant que capitaine, elle n'avait même pas besoin de lancer un ordre direct : Sen ne pouvait pas lui désobéir. Il s'agissait de l'*Everness*. Ses yeux donnaient l'impression que la chose la plus cruelle au monde avait pénétré en elle pour lui arracher le cœur. Une moue d'incompréhension entrouvrait sa bouche.

– Monsieur Singh.

La main de la capitaine Anastasia se referma comme un étau sur l'épaule d'Everett pour l'entraîner sur la passerelle principale. Il envisagea, presque, de se libérer d'un mouvement brusque, de lui briser les doigts, et de lui hurler au visage. Il envisagea, presque, de se retourner vers Sen abasourdie, le cœur brisé sur le pont désert, devant les guirlandes de Noël qui clignotaient. Mais cela l'aurait détruit, à l'intérieur. Anastasia Sixsmyth avait raison : tous les adieux devaient être brefs. Puis il vit l'expression d'Anastasia, sa bouche crispée, ses yeux brillants et humides. Et il comprit: elle voulait assurer la sécurité de sa fille, l'enfant qu'elle avait sauvée de la destruction du *Fairchild*; elle voulait tenir la promesse qu'elle avait faite à bord de ce navire en feu. Elle savait qu'ils risquaient de ne pas revenir, ni l'un ni l'autre.

Mchynlyth avait abaissé le hayon de la soute de un mètre pour permettre au drone de sortir. Un saut facile. Le suivant, dans le vide, au-dessus de Grafton Place, aurait paralysé de terreur Everett quelques jours plus tôt. Depuis, il avait couru sur des toits, sauté par-dessus des ruelles, il s'était balancé au bout d'un filet au-dessus de l'acier tranchant, il avait bondi dans les airs pour atterrir sur une bande de nanocarbone pas plus large que l'écartement de ses bras. Il retomba sans encombre sur le hayon. Mchynlyth avait déjà fixé les harnais de la tyrolienne au long fil invisible. Ils semblaient accrochés dans le vide. Everett voulut tester son harnais; Mchynlyth lui donna une tape sur la main.

– On ne touche pas au fil!

Il le sangla dans le harnais et prit celui de derrière.

– Le frein est ici. Là, c'est pour décrocher le harnais. Ne confonds pas les deux, surtout.

– Prête, monsieur Mchynlyth, dit Anastasia.

Elle se trouvait juste devant Everett sur le fil. Sharkey passerait le premier. Mchynlyth appuya sur un boîtier de télécommande. Le hayon de la soute s'ouvrit entièrement. Everett se retrouva suspendu à un fil, dans le vide. Face à lui, l'obscurité était remplie de bourrasques de neige. Sharkey poussa son cri de guerre des conféds avant de plonger dans la nuit.

– Allons-y, monsieur Singh, dit Anastasia.

Elle lui sourit par-dessus son épaule, leva la main et, une seconde plus tard, elle n'était plus qu'une minuscule silhouette, sorte de poupée qui fonçait vers l'architecture gothique de la tour Tyrone. Everett ôta le frein. Aussitôt, il fut emporté dans les airs. Le froid et la vitesse lui coupèrent le souffle. La neige s'écrasait contre son visage ; il la chassait avec ses doigts gelés. Sous lui défilaient les toits, les cheminées, les pylônes électriques, les terrasses et les jardins de Bloomsbury. Quelqu'un avait décoré un balcon de guirlandes de Noël ; ailleurs, un sapin avait été planté dans un porte-drapeau ; sur un jardin en terrasse, un homme et une femme buvaient un verre en regardant tomber la neige. Ils ne virent pas les voltigeurs qui traversaient le ciel : simples taches au milieu des flocons tourbillonnants. Everett se sentait invisible, invulnérable. Il volait à travers les sons. Londres jouait une symphonie autour de lui : le grondement de la circulation tout en bas, les mugissements des klaxons, la musique pop qui s'échappait des appartements, le fracas métallique des trains, les sirènes des ambulances dans le lointain, le ronronnement des moteurs de l'*Everness* derrière, le sifflement du câble à travers les roulements à billes de son harnais, et maintenant, arrivant par vagues, lointaines, de plus en plus : les cloches qui sonnaient dans tous les clochers, tous les beffrois, pour fêter Noël. Everett se retourna brièvement. Mchynlyth descendait juste derrière lui, avec un sourire de dément ; on aurait dit qu'il était assis dans le vide. Dans son dos flottait l'*Everness,* tacheté de neige. Des guirlandes scintillaient sur le pont. Était-ce une silhouette qu'il apercevait derrière la grande vitre ? Il arracha son regard à ce spectacle pour reporter son attention devant lui. La tour Tyrone arrivait à toute allure : une paroi déchiquetée faite d'arcs-boutants, de corniches, de fleurons et de longues flèches de pierre. Sharkey se trouvait déjà sur le balcon du vingt-deuxième étage, identifié comme objectif par Everett. La capitaine Anastasia s'arrêta et se laissa tomber sur le balcon juste en dessous. Laquelle de ces poignées était le frein ? Laquelle permettait de décrocher le harnais? Everett appuya sur un bouton. Au-dessus de sa tête, les roulements à billes crissèrent quand les freins mordirent le câble. Il s'immobilisa, en se balançant légèrement, face au visage sévère de l'ange gardien de pierre.

– Dégage de là, mon gars! brailla quelqu'un derrière lui.

Everett libéra le harnais et atterrit sur le balcon, au moment où les bottes de Mchynlyth sifflaient au-dessus de sa tête. Quelques secondes plus tard, les quatre membres de l'opération de sauvetage étaient regroupés sur l'étroit balcon. Des pigeons, dérangés, s'envolèrent dans un claquement d'ailes.

– Tu as pensé à apporter... ce que tu sais? demanda Mchynlyth.

Everett tapota son sac à dos. Sharkey avait déjà crocheté la fenêtre. Ils pénétrèrent dans le hall des ascenseurs, inachevé, qu'Everett avait découvert grâce à la caméra espion de Sen. Les images de Dr Quantum ne pouvaient pas restituer l'odeur de poussière, de ciment, de plâtre et de bois.

– Passez devant, monsieur Singh, dit Anastasia.

Il fit apparaître sur l'écran le plan de l'immeuble et zooma sur le vingt-deuxième étage. Il leva la tablette pour comparer avec la réalité.

– Derrière ces bâches, dit-il.

Il avait programmé Dr Quantum de façon que le plan se réoriente chaque fois qu'ils tournaient dans un couloir.

– Tu crois qu'il y a des gardiens? demanda Mchynlyth.

En disant cela, il posa la main sur sa poche de pantalon, gonflée par la forme caractéristique d'un estourbisseur.

– Je n'en ai vu aucun, répondit Everett. (Anastasia haussa les sourcils.) Je veux dire... Sen n'en a vu aucun.

Néanmoins, il remarqua que Sharkey resserrait les pans de son manteau, alourdis et raides, comme s'ils dissimulaient des canons.

– C'est ici, dit-il. Dans ce couloir. (La seule différence entre l'image et la réalité, c'était l'absence du chariot de la femme de chambre.) La dernière porte à gauche.

Voilà, il y était. Au vingt-deuxième étage de la tour, dans le couloir, seule une porte le séparait encore de son père. Mais tout avait été si soudain, il s'était passé tant de choses qu'il ne se sentait pas prêt. Non, il n'était pas prêt.

Anastasia frappa à la porte.

– Professeur Singh ?

Pas de réponse.

Sharkey intervint :

– « Voici, je me tiens à la porte, et je frappe. Si quelqu'un entend ma voix et ouvre la porte, j'entrerai chez lui. »

– Fermez-la, monsieur Sharkey, dit Anastasia. (Elle frappa de nouveau.) Professeur Singh, je suis Anastasia Sixsmyth, capitaine de l'*Everness*. Votre fils est ici avec moi. Everett.

Elle adressa un signe de tête au jeune garçon.

– Papa ? (Everett colla son oreille à la porte.) Papa ? Tu m'entends ? C'est moi, Everett. Tu es là ?

Pas de réponse. Pas un bruit à l'intérieur. Et s'il n'était pas dans cette chambre ? songea-t-il. S'ils l'avaient conduit ailleurs, pendant qu'il faisait ses emplettes de Noël, s'enfuyait sur les toits, affrontait les frères Bromley et élaborait des plans de sauvetage ? S'il avait trop attendu ? Peut-être l'avaient-ils emmené dans un endroit plus secret, mieux protégé ; peut-être même dans un autre monde !

Anastasia frappa encore une fois.

– Professeur Singh, je vous conseille de reculer. Monsieur Mchynlyth, enfoncez la porte.

– À vos ordres.

D'une autre de ses nombreuses poches, il sortit un outil qu'il mania avec soin, comme s'il s'agissait d'un serpent, petit et fragile, mais terriblement venimeux. Il s'accroupit devant la serrure. Everett n'arrivait pas à voir quel était cet objet qui paraissait plutôt rudimentaire : deux lamelles de la longueur de son petit doigt, de l'épaisseur d'une feuille de papier, effilées à leur extrémité. Mchynlyth les introduisit dans l'interstice entre la porte et l'encadrement, un peu plus haut que la serrure, l'une au-dessus de l'autre. Celle du bas, il l'enfonça entièrement. D'une autre poche, il sortit un crochet avec lequel il trifouilla au niveau de la serrure, en marmonnant, jusqu'à ce qu'il réussisse à saisir la lamelle du bas, sous le pêne.

– Reculez, dit-il.

Serrant une lamelle dans chaque main, il tira vers lui d'un coup sec. La porte pivota doucement vers l'intérieur. Il brandit une lamelle ; la seconde se balançait en dessous, suspendue à un fil invisible. De la nanofibre, devina Everett.

– Voilà pourquoi faut pas approcher les doigts, dit Mchynlyth.

Le pêne avait été sectionné net.

Anastasia poussa la porte. Celle-ci s'ouvrit sur une enfilade de pièces obscures. Everett devina la présence de canapés, de chaises, de plusieurs bureaux, d'un comptator. Il y avait même un vélo sur un support pour s'entraîner en appartement, un Milani de route en carbone avec des moyeux Shimano. La dernière fois qu'Everett l'avait vu, c'était dans le coffre d'une Audi, sur le Mall.

Une porte s'ouvrait sur une pièce beaucoup mieux éclairée. Une silhouette se découpait dans l'encadrement, en ombre chinoise. Elle tenait à la main une lampe, à la manière d'une arme.

– Papa ?

La silhouette leva la main. Des lumières aveuglèrent le commando. Everett cligna des yeux. Il découvrit un homme de petite taille à la peau mate et aux yeux marron, frêle, svelte, sans cet embonpoint qui caractérisait beaucoup d'Indiens d'un certain âge. Il portait un pantalon de survêtement Canterbury et un T-shirt. Il était pieds nus comme s'il sortait du lit et avait eu juste le temps d'enfiler ce qui lui tombait sous la main. C'était lui. Lui, tellement lui, totalement lui, complètement lui. Incapable de réfléchir plus longtemps, Everett se précipita vers son père.

Tejendra brandit la lampe comme une matraque.

– Stop ! Je ne sais pas qui vous êtes.

– C'est moi, Everett. Everett !

– Oui, peut-être. Mais êtes-vous mon Everett ? Mon fils ?

« Il n'y a pas un seul toi », lui avait dit son père par une douce nuit d'été, alors que assis sur Parliament Hill, ils contemplaient un Londres alangui, dans la brume de chaleur. « Il existe de nombreux toi. »

– Évidemment que c'est moi ! s'écria Everett.

– Vous n'allez pas dire le contraire.

Il avait confié à Sen qu'à son avis Charlotte Villiers et l'homme blond au beau costume étaient une seule et même personne, dans des univers parallèles. Charlotte et Charles. Ils n'auraient aucun scrupule à faire venir un autre Everett Singh d'un autre plan pour duper Tejendra. Là-bas, très très loin, dans son monde, Everett avait bu un cappuccino sur le parvis de Covent Garden balayé par la pluie, pendant que Colette Harte lui parlait d'un autre plan, E4, quasiment identique en tout point à E10, à l'exception de la politique et d'une chose survenue à la Lune. Il pouvait donc exister un Everett Singh dans ce monde.

– Il faut me croire ! s'exclama-t-il.

– À vous de me convaincre.

« Un truc connu seulement de papa et moi », se dit-il.

– On devait aller écouter une conférence sur les nanotechnologies à l'ICA.

– Ils le savent. C'est là qu'ils m'ont enlevé.

– Au stade. Le 2 novembre. On a battu l'Inter de Milan 3 à 1. Gareth Bale a réalisé un hat-trick.

– La moitié de Londres se souvient de ce match.

– Vinny nous a pris en photo. En train de manger des friands.

Il y eut un silence.

– Il m'en faut plus, dit Tejendra.

– Nos soirées cuisine ! Tu préparais des plats thaïs.

– Exact.

– Et moi, des plats mexicains.

– Lesquels ?

– Du chili. Avec...

– Avec quoi ?

– Du chocolat.

« Du chocolat dans le chili. Des épices dans le chocolat. »

Tejendra laissa tomber la lampe.

– Mon fils, dit-il simplement. Désolé, il fallait que je sois sûr.

Everett ne savait absolument que faire, ni dire. Bonjour, peut-être. Ou une solide poignée de main. Ou une réplique spirituelle, comme un personnage dans un jeu. Il pourrait lui donner un coup de poing dans le bras. Salut, papa ! Finalement, il cessa de se poser des questions idiotes. Ils s'étreignirent. Tout simplement. Puis ils se séparèrent pour se regarder. Ils s'étreignirent de nouveau. Everett serra son père contre lui, il le broya de toutes ses forces, comme s'il ne voulait plus jamais le lâcher. Mais il fallait bien que ça s'arrête. Il faut toujours que ça s'arrête, et, dans ces moments-là, la gêne s'installe. Ils reculèrent l'un et l'autre.

– Tu as réussi à le faire fonctionner, dit Tejendra. Le fichier.

– L'Infundibulum. Le lacet de ta chaussure.

Tejendra remua la tête, ce vieux geste pendjabi qui signifiait à la fois : « oui / bien / en quelque sorte ».

– Je savais que tu saisirais l'allusion.
– Et si je ne l'avais pas saisie ?
– Tu aurais compris d'une autre façon. Ton papa te connaît. Je peux le voir ?
Everett posa Dr Quantum sur le bureau. Il ouvrit l'icône de l'Infundibulum. Sur l'écran apparut l'entrelacs lumineux, qui tournoyait lentement, de la Panoplie de tous les mondes. Tejendra se pencha en avant. L'écran illumina son visage d'une lueur verte.
– Des nœuds fractals en sept dimensions, commenta-t-il.
Dans ses yeux brillait cette lueur qu'Everett voyait quand son père lui expliquait le véritable fonctionnement de l'univers. Qu'importe qu'Everett comprenne ou pas, ce qui comptait, c'était qu'il perçoive cette lueur, qu'il sente toute la ferveur de son excitation. Les yeux de la science : Tejendra voyait l'univers dans toute son immensité, la façon dont tout s'imbriquait. Toutes les merveilles.
– Beau, très beau travail, Ev.
De la beauté de scientifique. Le beau était au cœur de la physique : les lois de la réalité et les mathématiques qui les expliquaient de manière si précise étaient toujours simples, élégantes, belles. Vraies. Le cœur d'Everett enfla. Il n'existait pas de meilleur compliment.
– Messieurs, je ne voudrais pas vous bousculer, mais... dit la capitaine Anastasia.
Tejendra leva la tête.
– Il faut filer d'ici, papa, expliqua Everett. Nous devons atteindre les portes.
C'était loin d'être fini. Il devait encore accéder à l'étage des portes de Heisenberg et en ouvrir une. Il devait ensuite retourner dans Roding Road, émerger du néant le soir du réveillon de Noël, dans son propre salon, pendant que Tejendra tenait la porte ouverte. Il devait tous les réunir et leur faire franchir

la porte une dernière fois, pour trouver refuge dans un monde lointain, un endroit où on ne les retrouverait jamais.

– Papa!

Tejendra s'arracha à sa fascination.

– Oui, oui, allons-nous-en, dit-il. Je possède les codes d'utilisation, j'en ai besoin pour le travail que j'effectue... croient-ils.

Mais il semblait hésiter encore. Il prit Dr Quantum et déclara d'un ton solennel:

– Everett, capitaine, messieurs. Quoi qu'il arrive, cette femme, Charlotte Villiers, ne doit pas s'en emparer. Sa puissance dépasserait alors tout ce que vous pouvez imaginer. Il existe au sein de la Plénitude un groupe baptisé l'Ordre. Ce sont des politiciens, des hommes d'affaires, des gens des média, des militaires, il y a même quelques scientifiques et des religieux. Ils convoitent l'Infundibulum. Voilà pourquoi ils m'ont enlevé, pour m'obliger à recréer mon travail ici. Ils contrôleraient la Plénitude et toute la Panoplie. Ils pourraient projeter leur pouvoir n'importe où dans le multivers. Il y a quelque chose dans le multivers, ils l'ont découvert et ils nous cachent son existence, mais c'est énorme et ça se rapproche. Ils prétendent qu'ils ont besoin de l'Infundibulum pour nous donner l'avantage, pour nous protéger. Ils disent toujours ça: c'est pour notre sécurité, pour nous défendre. C'est pour notre bien. Quoi qu'il arrive, Ev, elle ne doit pas s'emparer de l'Infundibulum.

Tejendra rendit la tablette à son fils.

Au même moment, les fenêtres explosèrent vers l'intérieur. Everett eut le réflexe de se protéger la tête pendant que les débris de verre pleuvaient autour de lui. Des individus tout de noir vêtus firent irruption dans la pièce, à travers les vitres pulvérisées, suspendus à des câbles, et se laissèrent tomber sur le sol. Simultanément, d'autres individus habillés de manière identique s'engouffrèrent par la porte restée ouverte. Des rayons laser balayèrent l'air. Mchynlyth se jeta à terre, roula sur lui-même et se releva avec son estourbisseur dans la main. Sharkey, une fraction de seconde plus tard, voulut dégainer ses fusils à canon scié. Il se figea avant d'achever son geste. Un viseur laser dessinait un petit point rouge au milieu de son front.

– « Pareil aux poissons qui sont pris au filet fatal, et aux oiseaux qui sont pris au piège ; comme eux, les fils de l'homme sont enlacés au temps du malheur », cita-t-il.

Il leva lentement les mains. Les soldats s'empressèrent d'encercler Tejendra et l'équipage de l'*Everness* dans un faisceau de rayons laser. Leurs uniformes étaient entièrement noirs, ils portaient des bonnets noirs, même leurs armes étaient noires. Parmi eux se trouvait une femme dont la queue-de-cheval blonde dépassait de sous son bonnet. Everett avait l'impression de l'avoir déjà vue. Soudain, ça lui revint : elle faisait partie des gardes qui défendaient la porte de Heisenberg dans le tunnel sous la Manche, là-bas sur sa Terre.

– Des sharpies, cracha Mchynlyth. Je déteste les sharpies.

La capitaine Anastasia ne disait pas un mot.

Le cercle des soldats s'ouvrit. Deux personnages pénétrèrent dans la suite. Le premier était un petit homme à la démarche hésitante, portant un manteau informe et des chaussures mal cirées : Paul McCabe. Le deuxième était Charlotte Villiers, sanglée dans un tailleur cintré à la taille. Son petit chapeau sévère était agrémenté d'une voilette qui masquait son visage. On aurait dit la Mort en talons hauts.

– Repos, soldats.

Ils baissèrent leurs armes, mais demeurèrent vigilants, prêts à intervenir.

– Everett, Everett, Everett, dit Paul McCabe. (Ce ton faussement navré donnait à Everett envie de lui écraser son poing sur la figure.) Si seulement tu avais été honnête avec moi, si tu m'avais fait confiance dès le départ. Tout cela est totalement inutile. Je vais te ramener chez toi. Viens.

– Silence, McCabe, ordonna Charlotte Villiers, sèchement. Everett, je pourrais vous expliquer que votre père nous caricature de manière grossière. Eh oui, nous avons tout entendu, évidemment. Notre monde est menacé, le vôtre aussi, tous nos mondes sont menacés. Nous sommes honnêtes. Nous sommes bons. Nous avons raison. Mais en définitive, pourquoi me faire du souci ? J'ai ici tout le pouvoir nécessaire. Il est indispensable que je possède cet appareil. Donnez-le-moi.

– Non.

Il serra Dr Quantum contre sa poitrine.

– Oh, monsieur Singh, nous ne sommes pas dans un film. Sergent ! (Les soldats levèrent leurs armes.) Commencez par la femme. Puis cet Américain qui aime tant la Bible. Il pourra ainsi découvrir le bien-fondé des paroles qu'il cite.

Les armes se braquèrent sur Anastasia.

– Eh bien, monsieur Singh ? demanda Charlotte Villiers.

– Elle n'hésitera pas, Everett, dit Paul McCabe.

– Papa ?

– Donne-le-lui, Ev.

– Mais tu disais...

– Elle peut s'en emparer à tout moment. Donne-le-lui.

Everett posa Dr Quantum par terre et le poussa vers Charlotte Villiers.

– Le bon sens l'emporte. Je vous remercie. (Elle ouvrit sa pochette et, soudain, l'expulsor se retrouva dans sa main.) Franchement, j'en ai plus qu'assez de la famille Singh.

Elle le pointa sur Everett et Tejendra.

– Adieu, dit-elle.

Everett se retrouva projeté au sol, poussé par son père. Un éclair lumineux se produisit. Tejendra avait disparu...

Charlotte Villiers émit un petit cri aigu d'animal, tel un chat de gouttière qui affronte un congénère pour une proie, et elle braqua l'expulsor sur Everett. Il y eut un drôle de bruit, semblable à une toux mécanique. L'arme redoutable jaillit de la main de Charlotte Villiers. Elle poussa un cri de douleur et se tint le poignet. Un sac d'estourbisseur gisait par terre, à côté de l'expulsor. Au centre de la fenêtre brisée, Sen se balançait dans un harnais, armée d'un estourbisseur. Des rayons laser décrivirent une sarabande dans les airs : tous les soldats avaient braqué leurs armes sur Sen. Elle ne put réprimer un couinement. Profitant de cette diversion, Sharkey dégaina ses fusils, Mchynlyth leva son estourbisseur et Everett roula sur lui-même pour récupérer l'expulsor. Il le pointa sur Charlotte Villiers.

– Faites-le revenir.

– Vous savez bien que je ne peux pas.

Les soldats tenaient en respect l'équipage de l'*Everness*. On était dans une impasse.

– Je vais tirer, menaça Everett.

– Et alors ? Je vivrai ailleurs, mais vous, vous serez tous morts. Et nous aurons l'appareil. La balance penche de mon côté.

Tejendra avait disparu. Tejendra avait *disparu.*

Everett ramassa Dr Quantum et pointa l'expulsor dessus.

– Vous ne le retrouverez jamais.

Paul McCabe intervint :

– Sache, Everett, que je n'approuve pas...

– La ferme, imbécile ! cracha Charlotte Villiers.

– Je vais le faire, menaça Everett.

– Je vous crois, dit la femme.

– J'ai des câbles de rappel ! cria Sen par la fenêtre brisée. (Elle ramena le sac de l'estourbisseur à l'intérieur du canon.) Allez, viens !

– Ordonnez-leur de poser leurs armes, dit Everett.

Il tint Dr Quantum à bout de bras, l'expulsor toujours pointé sur l'écran.

– Faites ce qu'il demande, sergent, dit Charlotte Villiers. Vous venez de rééquilibrer les plateaux de la balance, jeune homme.

Sharkey couvrit Everett avec ses fusils à canon scié pendant que la capitaine Anastasia le poussait vers un câble de rappel. L'expulsor était encombrant et incroyablement lourd dans la main d'Everett, comme si cette arme diabolique conservait le poids de tous ses méfaits. Il avait de plus en plus de mal à la pointer sur la tablette. La brûlure de l'adrénaline, ses réflexes de gardien de but qui lui avaient permis de plonger pour se mettre à l'abri, de voir l'expulsor qui tournoyait par terre, de le ramasser et de le braquer sur son ennemie sans même réfléchir, par pur instinct, s'amenuisaient. Les tremblements, la peur s'emparaient de lui peu à peu. Il avait réussi le sauvetage de sa vie. Non, il n'avait rien sauvé du tout. Il n'avait pas sauvé l'essentiel : son père n'était plus là. Il avait été là pendant un instant, un instant réel, tellement réel que tout le reste, bien qu'incroyable, avait paru réel également. Mais il avait suffi d'un éclair et son père avait disparu. Dans un endroit inconnu, où personne ne pourrait jamais le retrouver. Pour Everett, il était mort. Et plus rien n'était réel.

– Une main ici, un pied là, expliqua Anastasia. Mais vous savez comment faire, Everett.

Elle l'attacha au câble sous Sen. Le garçon gardait l'expulsor pointé sur Dr Quantum même si chacun de ses muscles hurlait de douleur.

– Everett, dit Paul McCabe, je suis vraiment navré.

Sa voix ressemblait à un jappement de petit chien, du genre de ceux à qui on a envie de donner un coup de pied.

Pour Everett, il n'y avait qu'une seule personne dans la pièce. Il regardait Charlotte Villiers droit dans les yeux, des yeux froids, pâles, aussi bleus que l'Atlantique, sans une once de pitié. Il y voyait du respect, et donc de la haine. Personne n'avait jamais pris le dessus sur elle, et pour cette raison, elle demeurerait éternellement son ennemie. Elle le traquerait jusqu'aux confins du multivers pour rectifier cette erreur.

– Mademoiselle Sixsmyth, je vous avais formellement ordonné de rester à bord du navire ! rugit Anastasia, pendant qu'elle s'attachait à son tour.

– Vous avez également dit, formellement, que c'était moi qui commandais, souligna Sen.

– C'est exact. Et vous avez assumé le commandement. Bien joué, mademoiselle Sixsmyth.

– Je t'aime, maman, dit Sen avec un grand sourire. C'est parti. Trois, deux, un !

Elle appuya sur le boîtier de contrôle fixé à son poignet. Everett fut emporté par la fenêtre, si brutalement qu'il faillit lâcher l'expulsor. Il volait. Il volait dans la nuit noire et froide, à travers les rafales de neige. Il leva la tête. Au-dessus de lui, comme posé en équilibre au sommet de la tour Tyrone, flottait l'*Everness*. Dessous se dressait la sombre façade gothique de la tour ; une lumière jaune se déversait par les fenêtres brisées de la suite du vingt-deuxième étage.

– Papa ! hurla-t-il dans l'obscurité. Papa ! Papa ! Papa !

28

Sen se laissa tomber sur son siège, face aux commandes. Sharkey s'installa au poste de communications. Les écrans montraient un gros plan déformé de Mchynlyth dans la salle des moteurs. Il souriait à la caméra, pouces levés. La capitaine Anastasia, penchée au-dessus d'un comptator, pianotait sur le clavier.

– Votre cap, mademoiselle Sixsmyth.

– Bien, capitaine, répondit Sen.

Elle introduisit dans le comptator de navigation les coordonnées qui venaient de s'afficher sur son écran.

– En avant, toute.

Elle poussa les manettes à fond. L'*Everness* trembla lorsque les rotors mordirent à pleines dents dans l'air. Mchynlyth avait récupéré un moteur à tribord et, après une manœuvre palpitante nécessitant des cordes et des élingues pour une descente en rappel, il l'avait installé à la place d'un des moteurs de bâbord, endommagé lors du combat avec l'*Arthur P.* L'*Everness* volait maintenant avec six moteurs au lieu de huit, mais il avait retrouvé son allant et son équilibre. De surcroît, Mchynlyth disposait de moteurs de rechange qu'il se vantait de pouvoir bricoler en une heure, chacun, si jamais ils avaient besoin de forcer l'allure. Cette histoire de réparation à Bristol était une fiction destinée à leur permettre de louvoyer au-dessus du centre de Londres, à distance de tyrolienne de la tour Tyrone.

– Montons jusque dans les nuages. Monsieur Sharkey, éteignez le radar et maintenez le silence radio. On ne doit pas se faire repérer.

– Nous allons voler à l'aveugle, si vous me pardonnez cette remarque, madame, dit Sharkey.

– C'est noté, monsieur Sharkey... et pardonné. Toutes les caméras externes sur les moniteurs, je vous prie. Gardons les yeux ouverts. Sen, direction les côtes germaniques à bona vitesse.

– « Si un aveugle conduit un aveugle, ils tomberont tous les deux dans une fosse », marmonna l'Américain, pendant que Sen tirait lentement sur le manche à balai.

Des rubans de nuages, parsemés de neige, frangèrent le haut de la vitre. Puis l'*Everness* disparut dans le néant gris.

– Monsieur Singh.

Quelqu'un l'appelait? Des bruits, des voix, des gens se déplaçaient à l'intérieur du dirigeable, tels les flocons de neige qu'il traversait. Rien n'était réel, rien n'était palpable. Il savait qu'il se trouvait sur le pont du navire et qu'il survolait un paysage urbain, hivernal, en direction de la mer et de l'empire germanique au-delà – la sécurité – à basse altitude et dans le noir pour ne pas être repérés. Mais il ignorait comment il s'était retrouvé ici, après avoir été propulsé dans la nuit londonienne par le câble de rappel. Il savait que ces silhouettes qui allaient et venaient dans son esprit engourdi et brumeux étaient des gens qu'il connaissait et aimait, des gens qui essayaient de sauver leur vie et leur navire. Il le savait, mais il n'arrivait pas à se rattacher à cette scène. Impossible de lui conférer un sentiment de réalité. Il n'aurait pas dû se trouver avec ces gens. Il aurait dû être avec son père, avec sa mère et Victory-Rose. Sans cesse, sa mémoire le ramenait au vingt-deuxième étage de la tour, dans cette chambre, face à Charlotte Villiers qui tenait à deux mains l'expulsor, les jambes écartées, l'étrange petit canon qui ne ressemblait pas à un canon, pointé sur lui. Il revoyait le rictus de ses lèvres rouge vif au moment où elle pressait sur le bouton. Il revoyait la moquette de la chambre (tellement neuve qu'il y avait encore des peluches, mais horrible comme toutes les moquettes d'hôtel) se précipiter vers lui après que son père l'avait poussé à terre. Il revoyait l'éclair accompagnant l'ouverture de la porte. Ce qu'il ne voyait pas, c'était le moment où Tejendra était passé de *là* à *plus là*. Plus là. Plus jamais. Il ne serait plus jamais là. Il avait été expédié dans un monde au hasard, parmi les dix mondes puissance quatre-vingts que comptait la Panoplie. De nouveau, cette voix. Ce son. Son nom. Anastasia l'appelait.

– Oui, capitaine ?

– J'aimerais examiner l'arme que vous avez prise.

Elle fit signe à Everett de s'asseoir à la place du mécanicien, inoccupée. Mchynlyth aimait rester près de ses machines pendant le vol. En outre, cela lui permettait de demeurer à l'abri d'Anastasia.

Everett posa l'expulsor sur le bureau. Il s'essuya les mains sur son short. Il avait l'impression que l'arme avait laissé sur ses doigts une pellicule grasse qu'il n'arriverait jamais à faire disparaître ; elle avait pénétré dans les cellules de sa peau, comme un tatouage. Il n'avait plus envie d'y toucher. Anastasia la prit délicatement et l'examina avec une grimace de dégoût. C'était un petit objet trapu, rondelet, qui semblait changer de forme pour s'adapter à sa paume. Il y avait deux molettes crantées sur le dessus, une gâchette sur la poignée et un port de connexion derrière. Mais aucun chiffre, aucune indication. Le canon, court et épais, était légèrement concave à l'extrémité.

– Un objet impie. Monsieur Singh… Everett… j'ai besoin

de votre aide. J'ai besoin de tout savoir sur cette chose. Pouvez-vous me rendre ce service ?

Elle regarda Everett droit dans les yeux, le mettant au défi de détourner la tête, de la repousser dans un recoin brumeux, flou et irréel de son esprit.

– Vous voulez bien faire ça pour moi ?

C'est alors que le plancher se mit à pencher. Les moteurs hurlèrent. Le nez de l'*Everness* se redressa brutalement. Everett roula vers la porte ouverte. Il eut le réflexe d'attraper le bord du bureau et de s'y accrocher. L'expulsor glissa. Anastasia plongea sur le poste de travail pour le retenir, à deux mains. Le dirigeable continuait à se redresser. Une avalanche d'objets traversa la pièce. Everett vit Sen lutter de toutes ses forces contre les manettes. Le navire tremblait. Tous les écrans, les cadrans, les loupes vibraient bruyamment. Everett s'agrippait désespérément au bureau. À travers la grande vitre, il aperçut l'empennage enneigé d'un autre dirigeable. Il remplissait tout le cadre. Et l'*Everness* continuait à grimper, mètre par mètre, presque à la verticale, pour tenter d'éviter le navire qui coupait sa trajectoire. Il se produisit un bruit effroyable, comme si les mâchoires d'acier du loup qui dévorait le soleil venaient de se refermer. L'*Everness* fut secoué jusqu'à la moelle. Sen poussa le manche à balai vers l'avant. La capitaine se démena pour atteindre l'interphone, en rampant.

– C'était quoi, ça ? demanda-t-elle.

– Un Horizon 2202 ibérique. L'*Infanta Isabel,* la liaison Madrid-Londres, dit Sharkey. Il est passé assez près pour que je puisse lire le nom d'el capitano sur son épaule.

– Il a surgi de nulle part, ajouta Sen.

Son visage était plus pâle que pâle, sa voix grêle.

La capitaine appuya sur le bouton de l'interphone avec son pouce.

– Monsieur Mchynlyth, quelle est la situation ?

Sur l'écran, le Pendjabi-Écossais haussa les épaules d'un air résigné.

– Bah, après les Bromley, les sharpies, la Plénitude, le Banc de sable de Goodwin et la tour Tyrone, un dirigeable qui passe à deux centimètres de notre gouvernail, c'est rien ! On survivra.

– Capitaine...

Toutes les têtes se tournèrent vers le poste de communication de Sharkey. Personne ne l'avait jamais entendu appeler Anastasia par son grade.

– Ils savent où nous sommes maintenant. L'ibérique a envoyé un rapport relatif à une collision évitée de justesse.

Anastasia grimaça. Les mains appuyées contre la vitre, elle scruta le brouillard neigeux.

– Nous ne sommes même pas au-dessus de l'Anneau de Fumée.

– Capitaine, dit Sharkey, la tour de contrôle de Dunsfold exige que l'on s'identifie et que l'on dépose un plan de vol.

– Ignorez-les, monsieur Sharkey. Sen, maintiens la vitesse et le cap. S'ils savent où nous nous trouvons, inutile de continuer à nous battre contre cette purée de pois. Prends de l'altitude et fais-nous sortir de là.

Sen s'exécuta aussitôt. Le brouillard s'ouvrit devant la proue de l'*Everness* et, bientôt, ils émergèrent de l'épais nuage de neige, dans un ciel dégagé. Une demi-lune flottait à l'extrémité est du monde, appuyée paresseusement sur une couverture moelleuse et argentée. Le ciel était illuminé par les étoiles, tout aussi acérées que la pointe d'une flèche. Malgré sa torpeur, le choc, l'irréalité de la situation, Everett sentit le ciel le toucher, l'appeler. C'était le plus vieux des mystères, la merveille sur laquelle flottait toute la science : les étoiles. Il s'approcha de la vitre. Le dirigeable semblait filer au-dessus du paysage infini des nuages baignés de lune. Il leva les yeux vers les constellations. Il connaissait leurs formes, il connaissait leurs noms ; les dieux, les monstres et les héros qui détenaient des vérités plus énormes, plus extraordinaires que n'importe quelle légende. La lune illuminait son visage. Il avait conscience que la capitaine Anastasia l'observait.

Sharkey plaqua son casque contre une oreille et leva la main : « Silence sur le pont. »

– Je capte une discussion sur la fréquence 28.

Des regards inquiets s'échangèrent.

– C'est quoi, la fréquence 28 ? demanda Everett à Sen, tout bas.

– La fréquence des militaires.

– Puisqu'ils peuvent nous voir, autant qu'on les regarde, nous aussi, dit Anastasia. Balayage radar complet, monsieur Sharkey. Mais n'en faites pas trop quand même. Nous voulons préserver une certaine apparence de mystère.

Elle se pencha au-dessus d'un moniteur. L'écran agrandi par la loupe baigna son visage d'une lumière verte. « Comme le visage de mon père quand il a contemplé l'Infundibulum », pensa Everett. À cet instant, il regarda les étoiles et leur fit une promesse. « Je le retrouverai. Quitte à parcourir tous les mondes, tous les plans, je le retrouverai. Je possède l'Infundibulum. La Panoplie m'appartient. Et c'est lui qui a construit la porte de Heisenberg. Quel que soit le monde dans lequel il se trouve, si celui-ci dispose des ressources et des connaissances nécessaires, il pourra en construire une autre. Nous ne sommes pas encore vaincus, Charlotte Villiers. »

– Capitaine, madame... dit Everett.

Anastasia leva la main. « Silence. »

– Deux contacts ? demanda-t-elle en fronçant les sourcils devant l'écran.

– D'après mon estimation, madame, répondit Sharkey. Dans notre direction. Petits, rapides et sur nos traces.

– Nous devrions faire remonter M. Mchynlyth, dit la capitaine. Il pourra mettre à profit son séjour dans la marine de Sa Majesté.

Mchynlyth fut convoqué dans la salle des machines.

– Mchynlyth était dans la flotte aérienne? demanda Everett à Sen.

– Mécanicien à bord du *Royal Oak*.

« C'est quoi, le *Royal Oak*? » voulut-il demander, mais il commençait à comprendre qu'avec les dirigeables et leurs équipages, chaque question en entraînait une autre.

Sur le pont, Mchynlyth paraissait aussi déplacé qu'une tiare sur la tête d'un cochon.

– Exact, confirma-t-il en ajustant la loupe et en plissant les yeux dans la lumière verte. Deux vedettes, sans le moindre doute. Avec cette signature, impossible de se tromper.

– Nous avons déjà semé des vedettes, dit Anastasia.

– Nous avons semé de vieux chalands des douanes allemandes au-dessus de la Baltique, rectifia Mchynlyth. Là, ce sont des engins Classe 22, les petits salopards les plus rapides de ce côté-ci de l'Atlantique.

– Et si nous installons les moteurs de rechange?

– Ils mettront deux heures et demie pour nous rattraper au lieu de deux.

La capitaine reporta son attention sur ses cartes du ciel. Everett avait senti l'*Everness* frémir quelques minutes plus tôt, au moment où le navire traversait les courants ascendants de l'Anneau de Fumée, les cheminées qui alimentaient Londres étant cachées sous le nuage de neige. Il effectua des calculs dans sa tête. Ils devaient survoler les plaines enneigées de l'East Anglia. La côte n'était plus qu'à quelques minutes, et ensuite il y avait la mer, puis l'espace aérien allemand. Il vit Anastasia effectuer les mêmes calculs et parvenir à ses propres conclusions.

– Prenez de l'altitude, mademoiselle Sixsmyth. Dix mille mètres.

– Maman ? Madame ?

– Dix mille mètres, mademoiselle Sixsmyth.

– C'est la hauteur maximale de notre enveloppe opérationnelle, dit Mchynlyth. Si nous mettons trop de pression…

– Je le sais bien, monsieur Mchynlyth. Je sais également que la station météo automatisée de Sheerness annonce une déviation du jet-stream polaire jusqu'à cinquante et un degrés nord. Si nous parvenons à saisir ce courant, il nous fournira quatre-vingts nœuds supplémentaires et nous entraînera tout droit vers la Baie Allemande. Êtes-vous d'accord, monsieur Mchynlyth ?

– Nous possédons l'intégrité structurelle d'un pet dans un ouragan.

– Êtes-vous d'accord, oui ou non ?

– Je suis d'accord, madame.

– Hissez-nous jusqu'au plafond, mademoiselle Sixsmyth.

– « L'arrogance précède la ruine et l'orgueil précède la chute », murmura Sharkey.

L'*Everness* obéit promptement et en douceur aux commandes de Sen. Mais il broncha et se cabra tel un cheval en pénétrant dans les turbulences du violent courant de haute altitude. La couche de nuages était si lointaine maintenant que, aux yeux d'Everett, elle ressemblait à un véritable paysage, une nation de ténèbres. Il voyait à cinq cents kilomètres dans toutes les directions. Ces étincelles rouges et vertes qui se mouvaient au milieu des nuages, c'étaient les lumières des dirigeables. Il voyageait parmi les étoiles. Soudain, il prit conscience de la présence de Sen à côté de lui.

– Hé ! Comment… Qui est-ce qui… ?

– Pilotage automatique. C'est un peu agité, mais la machine peut gérer ça sans moi, Everett Singh. Je t'ai fait quelque chose.

Il sentit qu'elle glissait une carte de son tarot d'Everness dans sa main, face cachée contre sa paume.

– Ce jeu de cartes, c'est comme un être vivant, non ? Alors, il faut qu'il se développe, car quand une chose cesse de grandir, elle commence à mourir. Et donc, de temps en temps, il me dit qu'il a besoin de parler d'une nouvelle personne ou d'une nouvelle aventure, d'un nouveau départ, d'une nouvelle possibilité. C'est pour ça que je crée une nouvelle carte.

– C'est la mienne ?

Everett voulut retourner la carte. Sen l'arrêta, rapidement et délicatement.

– Non, Everett Singh. Tu la regarderas quand tu en auras besoin.

Il glissa la carte dans une des poches de son grand short.

– Ils nous appellent, annonça Sharkey. Une des navettes de la marine.

– Sur les écrans, je vous prie, dit Anastasia.

Tout le monde orienta les loupes au-dessus des minuscules tubes. En se dissipant, les parasites laissèrent apparaître la passerelle d'un dirigeable. Tous les postes – pilotage, navigation et commandement – étaient occupés par des hommes aux coupes de cheveux impeccables, portant des vestes militaires bleu ciel et des bérets assortis, ornés de pompons rouges. Le capitaine se distinguait par sa casquette et un tas de galons dorés.

– *Everness*, ici l'*Infatigable*, déclara ce dernier. Je suis le capitaine Davenport. Je souhaiterais parler à votre commandant.

Anastasia abaissa un micro fixé à une perche et appuya sur un bouton.

– Je suis la capitaine Anastasia Sixsmyth, de l'*Everness*. Que voulez-vous ?

– Capitaine Sixsmyth, descendez à mille mètres, coupez tous vos moteurs et préparez-vous à être arraisonnés.

– Les deux vedettes ont pénétré dans le jet-stream et se rapprochent, dit Sharkey.

– C'est noté, répondit Anastasia. (Elle appuya sur le bouton pour rétablir la communication.) Capitaine, nous sommes un navire marchand dûment enregistré qui effectue un vol commercial à destination de Berlin.

– Vous n'avez pas déposé de plan de vol, en violation des règles de contrôle du trafic aérien, et nous savons de source sûre que vous détenez illégalement un outil technologique qui représente une menace pour la sécurité de ce royaume.

Le capitaine Davenport était un homme d'un certain âge, élégant, mais au visage rondouillard ; ses cheveux étaient soigneusement lissés en arrière et il affichait cet air guindé, teinté d'amertume, de celui qui sait que jamais il ne s'élèvera au-dessus du statut de commandant d'une vedette. Jamais il ne vivrait d'aventure plus exaltante.

– Quelle source sûre ?

Charlotte Villiers s'interposa entre le capitaine Davenport et l'objectif. Elle sourit. Le grand-angle déformait ses lèvres rouge sang de vampire.

– Moi. Bonsoir, capitaine Sixsmyth. Bonsoir, Everett. Et joyeux Noël. Je vous suggère sincèrement de suivre les conseils du capitaine Davenport. Vous êtes en possession d'une chose qui appartient à la Plénitude et il m'incombe, en ma qualité de plénipotentiaire, de la protéger. Je suis à bord d'un dirigeable militaire parmi les plus rapides et les plus modernes. Vous voyagez à bord d'une barge volante qui, soyons honnêtes, a connu des jours meilleurs. En outre, j'ai à ma disposition deux escouades de commandos de marine. Et vous… nous voyons ce dont vous disposez. Des enfants, capitaine, des enfants. Soyez raisonnable. Vous pouvez éviter un drame. Oh, au cas où vous envisageriez de tenter un coup de génie à la dernière minute ou une fuite audacieuse, je vous suggère d'effectuer un nouveau balayage avec votre radar.

Sur ce, Charlotte Villiers éteignit la caméra.

– Par saint Pio, murmura Sharkey.

L'image radar illumina les écrans. Venant du nord, un point monstrueux se dirigeait droit vers les côtes de Norfolk : un gigantesque dirigeable escorté par six navires plus petits. Mchynlyth régla le grossissement de la loupe jusqu'à ce qu'il puisse déchiffrer l'immatriculation.

– RAN 101, lut-il en plissant les yeux. C'est bien lui. Mon vieux pote le *Royal Oak*. Il devait patrouiller le long des côtes norvégiennes pour surveiller ces perfides tsaristes.

– C'est quoi, le *Royal Oak* ? demanda Everett, encore une fois.

Mchynlyth fit rouler le trackball en cuivre du comptator principal et appuya sur quelques touches en métal.

– C'est ça !

L'illustration qui apparut sur l'écran montra un dirigeable suspendu dans les airs au-dessus des quais, des bassins, des écluses et des canaux, imposants, des docks de l'est de Londres. Par comparaison, on aurait dit de vulgaires bassins de jardin, et les navires qui déchargeaient leurs cargaisons ressemblaient à des jouets mécaniques, du genre de ceux que vous preniez une fois dans votre bain et qui ne marchaient plus jamais. Everett savait qu'il contemplait un monstre. Même les nuages paraissaient petits à côté. Le *Royal Oak* était une véritable ville volante.

– Si cette image est exacte, il doit mesurer… cinq ou six cents mètres.

– Cette image ne lui rend pas justice. Deux mille pieds du nez à la queue, déclara fièrement Mchynlyth. Et ce fut un honneur de servir sur chacun d'eux. Et ces petites taches sur le radar, tout autour, ce sont des mouches ? Non, ce sont des corvettes, dont chacune est aussi grande que notre ballon d'air.

Trente nacelles de rotors. Plusieurs ponts de commandement, couverts et découverts. Des tourelles et des rangées de missiles. De chaque côté, trois ailes, et sur chaque aile, un avion perché sur des rails de lancement : un ptérodactyle aux ailes repliées autour de son cockpit de verre.

– Ces chasseurs nous rattraperont avant même qu'on approche de l'espace aérien germanique. Ils peuvent nous abattre en plein ciel, sans qu'on puisse faire quoi que ce soit.

Everett fronça les sourcils. Des vedettes remplies de soldats se rapprochaient par-derrière et le bâtiment le plus puissant de la Royal Air Navy, escorté de six navires de la taille de l'*Everness*, arrivait du nord pour leur couper la route. Avec une telle puissance de feu, ils avaient les moyens de transformer leur dirigeable en un tas de cendres qui serait emporté par le vent. Mais ça n'avait aucun sens.

– Capitaine Anastasia, puis-je avoir l'expulsor ?

Elle le lui tendit. Everett le trouvait toujours gras et sale, foncièrement malfaisant, mais il le déposa sur l'établi de Mchynlyth pour l'examiner. Attentivement. Longuement. Il observa chaque encoche, chaque ligne, chaque molette. Les réglages étaient simples. La molette de droite contrôlait l'ouverture : quand il l'actionna, l'écran afficha un petit éventail qui s'élargissait et s'intensifiait pour symboliser la zone d'action du rayon. L'autre molette semblait contrôler le temps de rechargement : plus il était court, moins la zone d'action était large. En gros, l'expulsor offrait le choix entre de nombreux petits tirs rapides ou quelques tirs plus puissants, à plus large portée. Le témoin d'alimentation était au maximum. Sous la crosse, un petit compartiment accueillait une batterie rectangulaire. Everett ne pouvait rien en tirer. Il la remit à sa place. Elle s'enclencha en douceur, avec un petit clic. La détente était munie d'une bague de sécurité : il fallait appuyer et tourner pour la déverrouiller. Le bouton de tir jaillit et s'alluma. Everett s'empressa de remettre la sécurité. Le port de connexion. En approchant l'arme de ses yeux, il vit des contacteurs métalliques. Ça ressemblait beaucoup à un port USB. La forme de la prise et la disposition des contacteurs différaient, mais Everett était certain que, s'il le lui demandait, Mchynlyth pourrait bricoler un câble adapté. Cette arme était conçue pour être connectée à un outil de calcul. Elle contenait des informations, assurément. Mais quel genre d'informations ?

Des schémas, des coïncidences, des objectifs commençaient à s'ordonner dans son esprit.

– Capitaine... dit-il.

Au même moment, tout le monde baissa la tête sur le pont de l'*Everness* lorsque deux petits objets blancs, d'une incroyable vélocité, jaillirent de sous la coque, passèrent devant la vitre à toute vitesse et demeurèrent suspendus dans le vide, sur la trajectoire du dirigeable, sans se laisser emporter par les tourbillons du jet-stream.

– Éclairez ces choses, monsieur Sharkey, ordonna la capitaine.

Des projecteurs placés sous la grande vitre dardèrent leurs faisceaux sur les objets en suspension. Il s'agissait de deux drones télécommandés, positionnés sur la même ligne, à dix mètres l'un de l'autre. Le contrôle était parfait : ils calaient précisément leur allure sur celle de l'*Everness*.

– Oh, la petite Mme Villiers a pris personnellement les choses en main, commenta Mchynlyth.

– Expliquez-vous, s'il vous plaît, monsieur Mchynlyth.

– Ces trucs-là, vous connaissez pas. Ils sont pas produits en série... pas encore. Moi, je sais ce que c'est grâce à de vieux matelots avec qui je trinque aux Chevaliers. C'est des aérolames, capitaine. Ce que vous voyez pas, c'est qu'entre les deux, y a de la fibre de nanocarbone. Comme celle avec laquelle j'ai forcé la serrure, mais beaucoup plus solide. Je crois que vous avez saisi. Ils vont couper nos nacelles de rotors, l'une après l'autre, *clac*, et ensuite, ils vont nous débiter en tranches comme une saucisse polonaise.

– Capitaine, un mot, je vous prie, dit Sharkey.

– Parlez, monsieur Sharkey.

Les aérolames gardaient leur position, en formation parfaite.

– Avec votre permission, madame, dans votre cabine.

– Impossible, monsieur Sharkey.

– Ce que j'ai à dire est… confidentiel.

– Ce n'est pas possible, monsieur Sharkey. Dites ce que vous avez à dire, ici, et vite. Nous sommes à court de solutions.

– Soit, madame. (L'Américain fit pivoter sa chaise vers le centre de la cabine.) Je vous ai laissé le choix, nous en sommes tous témoins. Donnez-lui ce qu'elle veut. Le gamin. Donnez-le à cette Villiers. Elle peut s'emparer quand bon lui semble de ce comptator qu'il trimballe partout. Nous ne sommes pas en position de l'en empêcher. Donnez-lui donc ce qu'elle réclame. Ainsi, nous pourrons peut-être sauver notre navire. Nous pourrons peut-être continuer à sillonner les routes commerciales comme nous l'avons toujours fait. Nous serons autre chose que des rebelles, des renégats et de vils délinquants. Nous aurons peut-être une meilleure vie, au lieu d'être traqués comme des pies voleuses jusqu'à la fin de nos jours. Donnez-lui le garçon, capitaine. Sauvez l'*Everness*.

Sharkey observa tous les visages, un par un. Il soutint le regard d'Everett, plus longtemps que les autres. Le garçon ne cilla pas.

– Je vais les contacter moi-même.

À cet instant, Sen bondit par-dessus le poste de pilotage, s'empara d'un tournevis sur l'établi et, une fraction de seconde plus tard, elle appuya l'extrémité tranchante contre le coin de l'œil gauche de Sharkey. Celui-ci était sur le point de dégainer ses fusils.

– Ne dites jamais jamais jamais ça, cracha-t-elle d'une voix glaciale. (Elle se pencha vers lui, comme si elle voulait l'embrasser.) Ne faites jamais jamais jamais ça. Et ne pensez jamais jamais ça, espèce de sale type perfide. Ici, c'est l'*Everness*. C'est nous. Nous tous. On est une famille. La famille d'Everett. La famille, c'est tout ce qu'on a.

– Sen, retourne à ton poste ! rugit la capitaine.

Sen éloigna lentement le tournevis de l'œil de Sharkey, sans le quitter du regard.

– Mademoiselle Sixsmyth, à votre poste ! Vitesse, cap et altitude inchangés. Monsieur Sharkey, maintenez le silence radio.

– Le *Royal Oak* a largué ses chasseurs, annonça Mchynlyth, penché au-dessus de l'écran radar.

– Pourquoi ? s'écria Everett.

Toutes ses pensées qui affluaient, éparses et tourbillonnantes, tous ses doutes, ses soupçons n'en faisaient plus qu'un : il n'y avait qu'une seule explication.

– Pourquoi ? répéta-t-il. J'ai encore l'expulsor. Je peux expédier l'Infundibulum dans n'importe quel univers, au hasard. Si Charlotte Villiers m'attaque, elle a perdu. Alors, pourquoi nous menace-t-elle ? À moins... à moins qu'elle pense que je ne le ferai pas. Et pourquoi penserait-elle ça ? Parce qu'elle sait quelque chose et elle croit que je le sais également. Un élément qui rend l'Infundibulum aussi précieux à mes yeux qu'aux siens. Quoi donc ?

– Capitaine, les chasseurs seront sur nous dans trois minutes, dit Mchynlyth.

– C'est noté. Continuez, monsieur Singh.

Everett brandit l'expulsor dans sa main droite, Dr Quantum dans la gauche.

– Serait-ce que tout cela n'a jamais existé jusqu'à maintenant ? Cela plus cela ? L'expulsor plus l'Infundibulum ? Il y a un port d'ordinateur sur le pistolet, afin d'extraire des informations. Mais peut-être qu'on peut aussi en introduire. Ce serait une sorte de porte de Heisenberg portative. Je sais programmer les portes. C'est comme ça que je suis arrivé ici. Je peux faire en sorte qu'elles m'emmènent où je veux. Et maintenant, je me demande : quelles informations peut-on tirer de cette arme ? Elle vous expédie dans un monde au hasard. C'est l'effet quantique. Les effets quantiques sont aléatoires. Mais pas dénués de sens. Écoutez-moi, écoutez-moi : il existe en physique un phénomène nommé « enchevêtrement quantique ». Deux particules, une fois qu'elles sont dans le même état quantique – enchevêtrées –, demeurent connectées, quelle que soit la distance que vous placez entre elles. Vous pourriez en envoyer une aux confins de l'univers, tout ce que vous ferez subir à la particule restée sur Terre se répercutera sur l'autre particule, instantanément. Elles sont enchevêtrées. Se peut-il que cette arme ouvre une porte au hasard, mais que l'enchevêtrement laisse une trace à l'intérieur, à condition que l'on puisse la trouver ? Peut-être que ça n'a jamais été une arme, peut-être s'agit-il d'un outil d'exploration, pour cartographier la Panoplie, par exemple ? On ouvre une fenêtre sur un autre univers, et on lit les coordonnées. Car dans ce cas, si elle est capable de faire ça, ça veut dire qu'il reste une trace, un enregistrement, à l'intérieur, de l'endroit où elle a envoyé mon père. Et je crois qu'elle en est capable, voilà pourquoi Charlotte Villiers pense que je ne détruirai pas l'Infundibulum. J'ai besoin des deux. J'ai besoin des informations contenues dans l'expulsor pour trouver cette trace et j'ai besoin de l'Infundibulum pour contrôler cette arme.

L'*Everness* avait volé jusqu'aux limites de la nuit. L'aube était un trait de lumière jaune à l'horizon, qui se fondait dans un dégradé indigo tacheté d'étoiles. Les nuages formaient un tapis noir et violet ininterrompu. Les chasseurs surgirent de l'aube dorée, dans un hurlement de leurs bimoteurs. Ils étaient trois, sveltes, agressifs et affamés comme des requins volants. Ils longèrent à toute allure, en rase-mottes, l'épine dorsale de l'*Everness*, firent demi-tour et effectuèrent un nouveau passage. Des canons apparurent sous leurs ailes, des rangées de missiles sortirent de leurs ventres blancs.

– Qu'est-ce que je vous disais ! s'exclama Sharkey. Donnez-lui ce machin ! Donnez-le à Charlotte Villiers. Comme ça, tout le monde sera gagnant.

– Silence, monsieur Sharkey ! ordonna la capitaine. Non, tout le monde ne sera pas gagnant. Everett ne sera pas gagnant. Nous avons déjà vu ce dont est capable Charlotte Villiers quand elle détient l'expulsor et l'Infundibulum. Elle est la plus forte pour l'instant car elle pense que M. Singh n'a d'autre choix que de se rendre. Je ne crois pas aux scénarios perdant-perdant. Monsieur Singh, cette arme est-elle conçue pour être programmée ?

– Oui.

– Pouvez-vous la faire fonctionner ?

– Je pense... Oui, je sais comment faire. Mais ça prendra un peu de temps.

– Du temps, je peux vous en donner. Expédiez-nous loin d'ici.

Sharkey se leva d'un bond.

– Avez-vous perdu la tête ?

– Expédiez-nous ailleurs, monsieur Singh, répéta la capitaine. Nous tous.

Les chasseurs frôlèrent de nouveau l'*Everness*, du nez à l'empennage, et disparurent dans l'aube naissante. Les deux aérolames s'écartèrent. Au cœur de l'embrasement du soleil apparut une tache noire : le *Royal Oak* et son escorte.

– Maman ? dit Sen d'une toute petite voix.

– Monsieur Singh ?

Everett fit tourner la molette pour obtenir l'ouverture maximale.

– Je crois que ça devrait englober tout le navire.

– Voilà qui est rassurant, ironisa Mchynlyth.

Everett tendit l'expulsor à Anastasia. Celle-ci secoua la tête.

– Non, monsieur Singh. La décision vous revient.

– Ils arrivent ! s'écria Mchynlyth.

Everett pointa l'expulsor sur lui. Il ferma les yeux. Non. Il fallait qu'il voie ça, qu'il voie la porte de Heisenberg s'ouvrir devant lui. Où allaient-ils atterrir ? Nul ne pouvait le savoir. Il souleva les paupières et plongea le regard dans la gueule noire du canon concave.

– Contact avec les aérolames dans trois, deux... dit Mchynlyth.

Everett pressa la détente. Le monde devint blanc. Puis il disparut.

29

Le monde réapparut. Et il était blanc.

Toujours aucune douleur.

– On est encore là ! s'exclama Mchynlyth.

– Voilà une affirmation discutable, monsieur, répondit Sharkey.

– Radar et radio, monsieur Sharkey, ordonna la capitaine. Je veux savoir où nous sommes. Monsieur Mchynlyth, le point dès que possible. Je veux savoir si tout a franchi la porte. J'avoue que je m'attendais à quelque chose de plus… théâtral. Tout va bien, monsieur Singh ?

L'expulsor glissa entre les doigts d'Everett. Il tomba bruyamment sur le pont où il demeura inerte, froid comme la glace.

– Rien sur le radar, rien à la radio, annonça Sharkey. Nous sommes seuls.

– Et indemnes, ajouta Mchynlyth en faisant défiler les images des caméras en circuit fermé, internes et externes. Quasiment.

– Coupez tous les moteurs, ordonna Anastasia.

Sen ramena toutes les manettes au point mort. Les vibrations des rotors, légères mais permanentes, cessèrent.

– Où diable sommes-nous ?

L'équipage de l'*Everness* s'aligna devant la grande fenêtre.

– Voilà ce que j'appelle un Noël blanc, dit Mchynlyth.

– « Par son souffle Dieu produit la glace, Il réduit l'espace où se répandaient les eaux », récita Sharkey.

L'aube se déployait sur un monde de glace. D'un horizon à l'autre, la mer gelée s'étendait ; des crêtes, des crevasses et des failles projetaient de longues ombres mauves dans la lumière rasante. Malgré l'altitude, Everett voyait des trombes de poussière de glace scintillantes tourbillonner au-dessus de la mer gelée et dériver à l'abri des arêtes. Partout de la glace ; à l'infini. Il sentait le froid insondable à travers le verre épais de la vitre.

La main de Sen se glissa dans la sienne. Elle avait les doigts chauds ; ils représentaient la vie, le contact, les gens. Il avait regardé à l'intérieur du canon vide de l'expulsor, il y avait vu le froid, la destruction et le hasard.

– Nous avons du travail, déclara la capitaine. Mais avant toute chose, monsieur Singh, je crois que du gibier bien faisandé et de l'excellent manjarry de Ridley Road nous attendent en cuisine. Je compte sur vous pour nous confectionner au plus vite un fantabulosa dîner de Noël. Nous allons fêter ça.

– À vos ordres, madame.

– Quand vous serez prêt, Everett.

Avec les doigts de sa main libre, Everett suivit les contours de la carte de tarot que Sen avait créée pour lui. Il la sortit de sa poche et la retourna. Comme beaucoup d'atouts du jeu de Sen, c'était un collage : des éléments provenant d'un mélange bizarre de magazines et de journaux, soigneusement disposés et collés. Un personnage masculin portant une veste de style militaire et un short large émergeait d'un encadrement de porte blanc. Il avait les bras écartés. Dans une main ouverte il tenait un globe, et dans l'autre une galaxie spirale. À l'arrière-plan, au-dessus de l'horizon dessiné à la main, volait un minuscule dirigeable. En bas de la carte, dans l'espace vide, Sen avait écrit le nom du personnage, de son écriture maladroite et farfelue.

L'Arpenteur des mondes.

IAN MCDONALD est né en 1960, à Manchester. C'est l'un des auteurs contemporains de science-fiction les plus talentueux et les plus récompensés. Il est notamment connu pour *Brasyl* (prix British Science Fiction, 2007). Ian McDonald vit à Belfast avec sa femme.

Du même auteur

Chez Gallimard

Brasyl, Folio SF, 2011.
Prix British Science Fiction (2007)

Roi du Matin, Reine du Jour, Folio SF, 2012.
Grand Prix de l'Imaginaire (2009), Prix Imaginales (2009) et Prix Philip K. Dick (1992)

Loi n° 49-956 du 16 juillet 1949
sur les publications destinées à la jeunesse

Mise en pages : David Alazraki

Dépôt légal : mai 2013
ISBN : 978-2-07-064586-2
N° d'édition : 239937
N° d'impression : 118107

Imprimé en France par CPI Firmin-Didot